大海阳

幸福家园
的样子

张金豹

著

山东文艺出版社

图书在版编目（CIP）数据

大海阳 / 张金豹著 . -- 济南：山东文艺出版社，
2025. 6. -- ISBN 978-7-5329-7348-4

Ⅰ . I25

中国国家版本馆 CIP 数据核字第 2025VX4965 号

大海阳
DA HAI YANG

张金豹　著

主管单位　山东出版传媒股份有限公司
出版发行　山东文艺出版社
社　　址　山东省济南市英雄山路 189 号
邮　　编　250002
网　　址　www.sdwypress.com

读者服务　0531-82098776（总编室）
　　　　　　　0531-82098775（市场营销部）
电子邮箱　sdwy@sdpress.com.cn

印　　刷　山东临沂新华印刷物流集团有限责任公司
开　　本　710 毫米 × 1000 毫米　1 / 16
印　　张　20.5
字　　数　268 千
版　　次　2025 年 6 月第 1 版
印　　次　2025 年 6 月第 1 次印刷
书　　号　ISBN 978-7-5329-7348-4
定　　价　59.00 元

目　录

第四章　食比天大

序章
幸福像花儿一样

一 故事从这里开始

打开这本书，你就打开了一个故事。

不是《梁祝》式凄美动人的爱情故事，不是《潜伏》式险象环生的谍战故事，不是《三体》式纵横驰骋的科幻故事，不是《聊斋》式荒诞离奇的鬼怪故事，不是《三国》式大开大合的历史故事，也不是《奇袭》式跌宕起伏的战争故事……

这是一个关于"小人物"的故事，是一个你我他身边的故事，是一些家长里短、油盐酱醋的故事。

二 大海阳是个社区

大海阳是个社区，隶属烟台市芝罘区毓璜顶街道。

芝罘是烟台市的中心城区。先有芝罘，后有烟台，地球人都知道。如果这样说有点夸张，起码胶东人都知道。

毓璜顶是芝罘区的中心街道。大海阳是毓璜顶街道的中心社区。中共烟台市委旧址就在毓璜顶。如果把烟台看成一个圆，大海阳几乎就是那个圆心。

当然，烟台市城区并不是个圆。况且，这里所说的城区，与当下的烟台城区，不是一个概念。

1983 年 8 月，经国务院批准，撤销烟台地区行政公署，组建省辖地级烟台市。原县级烟台市改为芝罘区。所以，在老烟台人心目中，烟台城区，就是芝罘区。

由地改市以来，烟台天翻地覆，脱胎换骨。城区的面积不断扩大，城市中心随着城区的变化，也在不断移动。到烟台黄渤海新区看看，到烟台城市规划馆看看，正在建设中的烟台市区，从牟平到蓬莱，中轴线长达近百公里，究竟哪里才算市区中心？不用说外地人，当地人也说不大清楚。

不管怎么说，大海阳曾经站过烟台城区中心的 C 位。现在，所城里、朝阳街、烟台山以及张裕酿酒公司、北极星钟表公司等，还有烟台刚开埠时外国人的领事馆旧址，这些老烟台的记忆和名片，像明珠一样，散落在大海阳周边。往北不远就是海，空气中到处弥漫着大海的味道，随时可以看见海面上的点点白帆和上下盘旋的海鸥。

三　依海而居　向阳而生

很多年前，大海阳是个渔村。因为靠海，许多人以捕鱼为业，或以赶海为生。人聚多了，便成为村。

1861 年 8 月，烟台正式开埠，标志着这座城市向世界敞开了大门，成为当时北方最早开埠的城市之一。

烟台的开埠，不仅推动了港口的快速发展，也带来了城市的兴盛。开埠初期，烟台成为以港务为中心的繁荣商埠，被称为中国北方"巨大贸易中心"。

我们可以做一个大胆的推测：包括大海阳在内那一带的渔村，正是赶上了烟台兴盛的大潮，融入城市之中。

听上了年纪的人回忆说，20 世纪 50 年代初，大海阳就建立了居委会，并设立了党支部。这进一步佐证，这一带的渔村早已成为城市的组成部分。当时，这里的居民，多数为城市户口。

但令人不解的是，直到 1960 年前后，大海阳还有不少居民是农村户口。有人说，原因是当时从郊区涌入一部分"新城市人"，他们当中，有农民，有渔民，自然是农村户口。此说似乎也有道理。不过，这种工农杂居、城乡接合的状况，增加了城市管理的难度。

1986 年，"社区"这一概念从国外引入。2002 年，大海阳街居委会、大海阳南街居委会合并为大海阳社区，一直沿袭到现在。

我有些疑惑：既然是毗邻大海的渔村，为什么叫大海阳而不是大海洋？我知道，还有不少人像我一样。

我翻阅了许多资料，试图从源头上找到答案。

芝罘区得名于芝罘岛。芝罘岛，指烟台北部的一个岛屿。这个岛是中国北方最大的陆连岛。所谓芝，是指其形状如灵芝；所谓罘，是屏障的意思。芝罘，意即这座岛屿像灵芝一样，神奇而又顽强地生长在苍茫的大海上。

据《史记》载，"登芝罘，立石颂秦德焉而去"。说的是，公元前 219 年，秦始皇第一次东巡，登临芝罘，立碑，并在小岛阳坡上，祭拜八神之一的阳主。

公元前218年，秦始皇第二次来到芝罘岛，在岛上立碑刻石记功，碑文由李斯手书。此后，书史有了李斯小篆。

公元前210年，秦始皇第三次登临芝罘，亲持弓箭射杀大鲛，归途中逝于河北沙丘。

秦始皇的三次登临，令芝罘声名大振。

两千多年前那个时期，是芝罘的高光时刻。

不过，此后一千多年，芝罘一直属于蛮荒之地，只有零零星星的几个小小村落，以至于后人查考烟台早中期历史，只有芝罘，没有出现"烟台"字样。

据《明史》记载，明洪武三十一年（1398），为防倭寇侵扰，在芝罘置"奇山守御千户所"，简称奇山所。后来建成奇山所城。所城占地9.86万平方米。城设四门，东为保德门，西为宣化门，南为福禄门，北为朝崇门。

城门之上设城楼。城门及城墙用青石砌筑，城墙七米多高，厚度也将近七米。城门之间设铺，铺呈圆弧形，突出城墙外，可以三面御敌，形成四楼十六铺格局，守城官兵"修我戈矛，与子同仇"，锻造出惊天地泣鬼神的尚武精神。

明朝二百多年间，所城始终是屹立于黄海之滨的一座坚固的军事城堡。

清朝顺治十二年（1655），卫所制被废除，千户贬为庶人，官兵卸甲，就地为民。所城变成民居后，军人后裔开始在城内大兴土木，一座座典雅的四合院拔地而起，形成十字大街和若干胡同。城隍庙、药王庙、关帝庙和各种神庙迅速建成，随着居民增加，工商业乘势而起，所城一片繁荣。

后来所城发展成为"九社十三村"，这十三个村，就包括大海阳村、中海阳村、小海阳村。

这是目前我见到大海阳的最早文字记载，并且确确实实是大海阳，而不是大海洋。

上面所说的大海阳是否就是现在的大海阳？恐怕也未必，因为目前还没有确凿的文字资料予以支持。

不过，这似乎没有那么重要，年代已经久远，区划不断变更，人员不断流动，原来的大海阳不可能铁板一块。

还是没有说清为什么是大海阳而不是大海洋。

我通过一位朋友，向当地一位文化学者打听。那位文化学者说，大海阳原来就叫大海洋，至于什么时间由洋改阳，需要再做进一步考证。

此后我再没问，也就没有下文。

我有时候想，人们喜欢海洋的辽阔，也喜欢太阳的温暖。临海是生活，阳光是幸福。大海阳是否取自此意？

依海而居，向阳而生，故称大海阳。

这个解释不错，我们权且这样理解。

四　"都老掉牙了"

一般来说，每座城市的核心区域，都有一些老旧小区。它们曾有过如花似玉的年华，领潮流之先，率时尚之美，风姿绰约，备受青睐。它们见证了这座城市的历史变迁，镌刻着一代代老城市人的记忆。但岁月不居，英雄迟暮。它们再也回不去从前。

大海阳社区就是这样的社区。面积不足 1 平方公里，辖 2500 多户，7400 多人。居民楼多是 20 世纪的老旧建筑，早的六七十年代，晚的八九十年代。

几年前或十几年前，如果打听大海阳，许多人会不假思索，脱口而出："那个社区？都老掉牙了。"

老旧社区意味着什么？用伤痕累累、千疮百孔来形容，似乎并不过分。时间越长，弊端毛病暴露越明显。

首先，楼房设计不合理。在住房资源稀缺的年代，每一寸空间都会被精心算计，用到极致，从而出现许多非传统户型，在实际利用中，根本无法与现代的电梯房同日而语。

再是环境绿化欠佳。这些小区绿化美化先天不足，栽树种花都是奢侈。有的即使有基础，后期维护也难以为继。

配套设施欠账太多。由于房龄过长，老房子的电路、水路、管道老化问题日益严重，给日常生活带来诸多不便。小区建设初期，居民自有车辆很少，停车位不被重视。现在，问题暴露出来，无处停车成为很大弊病。

还有，老旧社区有个突出现象，老年居民占据相当大的比例，而其余的居住者，则多为租户。这给社区管理增加了很大难度，给社区安全带来了很大挑战。

前些年，一谈起大海阳，许多市民指指点点，连连摇头，一副不屑的样子。就连本社区的居民，也不愿意谈及自己的社区，仿佛大海阳是"贫民窟""柴禾院"，住在这里低人一等，抬不起头来。

然而，经过十几年的努力，大海阳浴火重生，华丽转身，火爆出圈。"一个老掉牙的社区"绽放出青春光彩，由一个老旧小区转变成为"全国和谐社区建设示范社区""全国最美志愿服务社区"。

这一转，转得漂亮，转得洒脱，转得令人连连咋舌。现在，环境好了，心气顺了，笑声爽了。

没有买卖，就没有伤害；没有对比，就没有精彩。

大海阳社区是山东省城市党建的一个缩影，是党建引领基层治理的一个标杆，是烟台市"幸福家园"建设的窗口。

大海阳华丽转身，蕴含着若干鲜为人知的故事。

五 老太太堆里的"小媳妇"

起风了。秋天的风，总给人以另类的感觉。

小区的法桐开始落叶，叶是黄的，无精打采，尽显憔悴，早没了先前的水灵和娇嫩。

不一会儿，落叶就铺满整条街。

十几年前，也是秋天，邢军退休了。

她是大海阳社区的老居民，干了一辈子会计。退休之前，她每天上班很早，下班回家很晚，很少有时间看看自己居住的社区。除了熟悉自己上下班来回经过的路，熟悉周边的菜市场，其他熟悉的不多。

开始，她非常高兴，终于从早出晚归中解放出来了。可时间不长，她就有点不得劲儿。原来的规律被打破，空闲多了，心也"空"了，常常觉得空落落的。

她有个习惯，空闲的时候，戴上老花镜，捧起本喜欢的书，尤其是小说、散文或人物传记，静静地坐在窗前的书桌前，或坐在洒满阳光的阳台上，把一切抛在脑后，整个身心都沉进去，与书中的人物同喜同悲、共情共鸣。看到动情处，常常泪眼汪汪。

她看的书，多是从东门图书馆借来的。这家图书馆离她当年所在的单位近。

退休后，家离那家图书馆远了。但人都有一个习惯，走顺不走近。她还是喜欢往那家图书馆跑。再说，那里的管理员她都熟悉。

那天，邢军刚出门，就碰见一群老太太在聊天。

这是社区一道独有的风景：只要不是刮风下雨，或是大雪纷飞，小区的树下，楼道拐角，总会有些老太太在那里聚堆，拉家常，扯闲篇，指不定什么时候闹出个"乌龙"来。并且，常常是人越聚越多，很有点"老太太沙龙"的味道。

如果你要了解社情民意，最好到这样的"沙龙"来几次。

"邢大姐，又要忙什么？"听见有人喊，邢军扭头一看，是和她同住一个单元的苏淑畅大姐。

"东门图书馆要搬家了，我去把书还上。"邢军答道。

苏淑畅说："他们就是不搬家，也离咱们这里太远了，倒不如找家近的，来回还方便。"

"我也是这样想的，正在打听。"邢军答道。

"我说这位大姨，咱们社区就有图书馆，怎么还舍近求远？咱这图书馆小是小点，书的种类少点。不过没关系，我们和几个图书馆有合作，他们定期会跟我们交流一些图书。您需要什么，也可以提前告诉我，我跟他们早打招呼。这样就省得您大老远跑了。还有，您如果愿意的话，社区的图书馆可以归您管，这样，您看书就更方便了。"

这时候，邢军才注意到，说话的是一个"小媳妇"。

老太太堆里，冒出个"小媳妇"，这倒是有点新鲜。

在胶东一带，刚结婚或结婚不久的年轻女性，常被人称作"小媳妇"。无所谓褒贬，就是个习惯。

后来邢军得知，那个"小媳妇"叫冷晓燕，前段时间刚调来，是大海阳社区的书记。

邢军根本没有想到，当年，因为在老太太堆里多看了"小媳妇"一眼，彻底改变了她后半生的人生轨迹。

本来，她打算退休之后，回归家庭，含饴弄孙，颐养天年，或者四处走走，放松自我。谁知却跟着"小媳妇"上了"船"：以社区志愿者的身份，担任了社区图书馆馆长、乐童室室长、东街 2 号楼楼长、社区食堂服务员……

快二十年了，快八十岁了，依然还在"船"上。

邢军更没有想到，正是当年在老太太堆里多看了一眼的"小媳妇"，给大海阳带来了天翻地覆的变化。

冷晓燕——那个老太太堆里的"小媳妇"，先后荣获"全国三八红旗手""全国劳动模范""全国优秀党务工作者"等荣誉称号，光荣当选为中共烟台市委委员、中共山东省委候补委员。2018 年被中共山东省委授予全省"担当作为好书记"，并记一等功。2022 年光荣当选为党的二十大代表。

2023 年，中央组织部、中央社会工作部、中央党校（国家行政学院）等部门联合举办全国社区党组织书记和居委会主任视频培训班，冷晓燕应邀做了社区工作案例经验分享。

可以说，大海阳是全国城市基层党建的一面旗帜，是党建引领基层治理的烟台样板，是一颗冉冉升起的新星。

六　激情还在延续

2022 年 10 月 23 日，天高云淡，晴空万里。

党的二十大胜利闭幕以后，下午两点左右，冷晓燕按照大会的统一安排，从北京经济南，返回烟台。

她没有回家，也没到社区，而是直奔芝罘区委。

她坐在一辆商务车上，从外表看，她异常平静。但透过外表，似乎能听到她的心跳，听到她内心汹涌的波澜。

冷晓燕想，一个小小的社区书记，能坐在北京人民大会堂，与全国各个层级的党代表一起，与党和国家领导人一起，讨论决定党和国家的重大方针和重大部署，这是何等荣耀！

这个时候，她不由自主地冒出一个念头：父亲如果地下有知，该是一种什么心情啊……

还在上小学的时候，冷晓燕戴着少先队红领巾，最喜欢唱的歌就是《我爱北京天安门》：我爱北京天安门，天安门上太阳升，伟大领袖毛主席，指引我们向前进……

这次她真的来到了北京，来到了天安门，并且和以往不同，她是以党的二十大代表身份来北京出席党的全国代表大会。

当她装扮一新、光鲜亮丽地走进人民大会堂，一股庄严与神圣扑面而来。宽敞的大厅内，高大的廊柱一字排开，撑起了整个穹顶。穹顶中央，是一颗巨大的五角星。五角星下方，是一幅巨大的壁画，光彩夺目，气势恢宏。

习近平总书记神采奕奕地走进会场时，全场唰地起立，接着，雷鸣般的掌声经久不息。

此时，冷晓燕虽然回到烟台，但心仿佛还在北京。那种温暖，那种幸福，那种激情，还在延续。

回到烟台的第一件事，她要去见区委主要领导。

在去北京出席党的二十大之前，区委领导班子成员目送她踏上西行的列车，深邃的目光写满了嘱托。

她要在回来的第一时间，向区委领导报告她兴奋的心情，报告她的所见所闻，报告她满满的收获，报告她已经把区委和全区党员的心愿带到了大会，分享在现场聆听总书记报告的那份满满的幸福。

区委主要负责同志和班子成员早已在那里等候。一见面，大家爽朗的笑声，把真挚的情感表达得淋漓尽致。

一番汇报交流之后，冷晓燕感到肩上沉甸甸的。

七　上车饺子下车面

冷晓燕从区委出来，已经是下午三点多了。

此时，大海阳党群服务中心的门口，像过节一样热闹。社区的人，周边的人，围得里三层外三层。大家掩饰不住内心的喜悦，迎接冷晓燕出席党的二十大胜利归来。

突然，社区主任佘静用手一指："来了！"

"哪儿呢？"慕文玉顺着佘静的手指焦急地张望。她是社区党委副书记。

这时，眼尖的几个孩子嚷嚷起来："来了！看见了！"

慕文玉高兴地大声喊道："是来了，看见了！锣鼓队，敲起来，秧歌队，扭起来！"

顿时，欢呼声、锣鼓声、音乐声，响声一片。

这下子把冷晓燕整蒙了。

她从区委出来时打了个电话，告诉社区的同志她马上回社区，和大家碰个面。

她不知道，也没人告诉她，为欢迎她归来，弄出这么大的场面和动静。

冷晓燕近前一看，嘿，这阵仗，比娶媳妇、嫁闺女还热闹。有区委组织部的领导，有街道党工委的领导，有社区居民，还有"双报到"单位的负责人。

时任区委常委、组织部部长杨建军，毓璜顶街道党工委书记刘文博，街道办事处主任乔攀，时任区委组织部组织科科长袁恩峻，早早在那里等候。

烟台市科协陈海涛主席来了，烟台海事局张鸿钧处长来了，烟台市自来水公司杨海君书记来了，山东省海洋与渔业执法监察局第三支队王宏铭政委来了，芝罘区农业农村局侯忠元局长来了……

一见到冷晓燕，老的少的，男的女的，呼啦啦，一下子把她围了起来。老人们拉着她的手，孩子们亲着她的脸。有的手捧鲜花，有的端着吃的……

社区志愿者刘延军端着一碗热腾腾的面条："冷书记，上车饺子下车面，这是我亲手擀的面条，你从北京回来刚下车，趁热把面吃了。吃了吉利，往后一切都长长远远、顺顺利利！"

此时此刻，有谁能够忍心拒绝这份情谊呢？

"谢谢延军！"冷晓燕深深鞠了一躬，接过面条，站在大街上大口大口地吃了起来。

还没等把面条咽下，七十岁的孙美香大姐又挤过来。她从上午就开始买肉买菜，和面剁馅，亲手包了三鲜水饺。

下早了，怕凉了；下晚了，又怕赶不上。她掂量了半天，还是早一点，煮熟了之后装进保温桶里。

孙美香用筷子从保温桶里夹起水饺，塞进冷晓燕嘴里。

冷晓燕嘴里的饺子还没咽下，就含糊不清地说："孙大姐，搞错了吧？我刚刚下车，吃了下车面，怎么接着又吃上车饺子呢？这下车的吃，上车的还吃，会不会搞错呀？"

"冷书记，错不了。你刚下车，吃下车面是对的。可你接着还要上车呀！不吃上车饺子怎么能行？"孙美香答道。

冷晓燕笑了笑："谁说我又要上车啊？"

"这还用说吗？你刚从习主席那儿回来，带回了福气。你不得抓紧上车，带着我们向前奔吗？大家说是不是？"

"对，面和饺子都得吃，没错！"大家齐声呼应。

这时，几个孩子把自己画的画送到冷晓燕手中："冷阿姨，自打您去了北京，我们就不停地画呀画，终于画好了，您也回来了。我们把它送给您。这不是画，是我们的心！"

冷晓燕接过画，泪珠在眼眶里打转转。

接着，街道和共建单位的同志向冷晓燕送上了鲜花。

慕文玉让身边一个小姑娘数了数，一共五十六束。

冷晓燕再也忍不住了，泪水夺眶而出。

她说，这是她有生以来收到的最多的花，最重的礼。

八　卷长长，意长长

早在二十大召开前夕，冷晓燕当选为党代表的消息一传开，大海阳的党员群众就沸腾了，共建单位的党员干部也激情难抑，奔走相告。大家纷纷感到，这是冷晓燕的光荣，也是大海阳乃至芝罘区的光荣。

周末下午，临下班前，王琳说："晓燕姐，今晚我请客，咱们庆贺一下。"

王琳刚满三十岁，2018年1月，以街道劳务派遣的身份，到大海阳社区协助工作。2019年3月，王琳参加了区里组织的社区工作者考试，可惜名落孙山。王琳有点气馁，也觉得不好意思。冷晓燕鼓励他："谁没有马失前蹄的时候？不能因为一次考试失利就丧失信心。只要努力，就有机会。"

冷晓燕亲自为他购买学习资料，辅导督促他学习，为他搭建平台，锻炼提升能力。

2021年2月，区里又一次招考社区工作者，王琳一举考中，成为正式社区工作者。

2023 年 8 月，王琳通过街道公开竞聘上岗，被任命为社区党委副书记。

冷晓燕对他的好，王琳一直记在心里。

"我举双手赞成。"慕文玉附和道。

佘静说："我也没有意见。"

冷晓燕说："有点早吧？从现在到二十大召开，还有一段时间呢。迫不及待了？"

"你说得对，是有点迫不及待了。再说，请客还分早晚？这算第一次，还有第二次、第三次。"慕文玉说。

佘静也劝道："你就给王琳个机会吧。"

冷晓燕说："那好吧，老字号。"

冷晓燕说的"老字号"，是社区隔壁的一家包子铺。有时候加班晚了，他们就会到那儿吃一顿。

每次吃饭，都是慕文玉抢着点菜。其实，说"点菜"，有点过了。你想，既然是包子铺，主打的肯定是包子，哪有多少菜可点？至多是几个家常小炒或凉拌小菜而已。

慕文玉点了两个凉拌、两个小炒，要了几杯鲜榨玉米汁、五盘包子。其中多出的一盘，是给王琳的，他饭量大。

吃着吃着，冷晓燕似乎陷入了沉思。

王琳问："冷书记，想什么呢？"

听王琳一问，冷晓燕愣了一下："噢，我是在想，你们，还有大海阳的党员，都推选我为党代表，我到北京的时候，带点什么才能表达我们大海阳社区的心意呢？"

王琳说："拍一张大海阳的全景照片吧，向习主席和党中央报告大海阳的变化，表达我们对党中央的感恩之心。"

慕文玉说："从社区摘一束樱花，寓意是，我们的梦想开成花，感谢党，感谢习主席。"

"这些想法都很好。还有一个，拍我们社区一百位老人的笑脸，集在一起，就叫幸福大海阳百名老人幸福脸谱。"佘静补充道。

冷晓燕想了想，说："你们三个谈的都很好，都很有创意。受你们的启发，把社区群众和共建单位的心愿制成一幅长卷，就叫《一颗红心献给党》，你们看怎么样？"

大家觉得这个创意更好更大气。

第二天，他们就开始行动。先是想方设法找到一卷长达 4.7 米的版纸，不加裁剪，不做粘贴。长卷左上角，扫描了一个大大的、鲜艳的党徽，接下来分为五个篇章。

第一篇章是红印向党，将大海阳党委的印章盖在中间，周围是 47 家共建单位党组织的印章。

第二篇章是民心向党，社区红色剪纸服务社的"剪娘"们把以感党恩为主题的 16 幅剪纸作品，扫描到长卷上。

第三篇章是红心向党，1300 多名党员群众工工整整在长卷上签上自己的名字。

第四篇章是童心向党，将社区孩子们精心绘制的 27 幅图画扫描在长卷上。

第五篇章是爱心向党，用一颗颗爱心图案组成"听党话、感党恩、跟党走"九个大字。

用了一个多月的时间，终于制成了这幅长卷。长卷中大家签的每一个字，盖的每一个章，画的每一幅画，创作的每一幅剪纸作品，都表达了对党的深厚感情和对党的祝福。

九 一夜无眠

从北京回来后的几天，冷晓燕忙着参加各种会议、各种活动，应邀作党的二十大精神学习辅导报告。

晚上回到家，她仍然沉浸在喜悦之中。聆听总书记的报告，参加代表团学习讨论，出席各种活动，接受中央和地方媒体多次采访，这一切，一直在脑海中盘旋。

她反复回味着习近平总书记在二十大报告中关于"坚持大抓基层的鲜明导向"，"把基层党组织建设成为有效实现党的领导的坚强战斗堡垒"的重要思想，回味着总书记2021年10月21日视察山东时提出的"要发挥好基层党组织战斗堡垒作用，努力把社区建设成为人民群众的幸福家园"的重要指示精神，越想越感到使命光荣，责任重大。

一个社区就是一个小社会，也是一个小气候。小社会连着大社会，小气候影响大气候。社区工作做不好，直接影响党的形象，影响党的执政基础。对此，冷晓燕有切身体会。

她在社区工作了二十多年，天天和社区群众打交道，最知道居民群众想什么、盼什么，希望社区党组织做什么。

幸福家园的核心就是让群众幸福。幸福不是抽象的，而是具体的。说白了，就是既要物质生活富足，又要精神生活提升。再说具体点，就是看病方便，就业稳定，空气清新，居住安全，有个好身体、好环境、好工作、好心情。

作为社区党委书记，作为党的二十大代表，有责任带领一班人把社区工作做好，让大海阳社区群众的生活更方便、更舒心、更美好，使每位居民更加自觉地热爱党、跟党走。

夜深了，冷晓燕毫无睡意，便披衣下床，重新打开《中共烟台市委组织部关于深化党建引领城市社区"幸福家园"建设的若干措施》，字斟句酌，用心领会。

市委统一部署，在全市统一开展"幸福家园"党建品牌建设，具体开展"六大行动"，即实施"组织引领·幸福堡垒"行动，系统强化社区党组织领导城市基层治理能力；实施"红网精治·幸福满格"行动，全面夯实城市基层党建引领基层治理"底座"；实施"红心物业·幸福到家"行动，以高质量物业服务推进幸福家园建设；实施"暖心服务·幸福延伸"行动，构建全享有服务供给体系；实施"民事民办·幸福睦邻"行动，依靠群众力量办好群众事情；实施"民呼我应·幸福直达"行动，全领域构建"一呼百应"治理格局。

芝罘区委从本区特点出发，以党建为引领，在全区创建"芝心港湾·幸福家园"党建品牌，作为区委书记抓基层党建突破项目，聚焦组织体系、网格治理、物业服务等六大方面，区、街、社、小区四级上下贯通、一体推进，开设社区食堂、"幸福夜校"、"幸福集市"等一批家门口服务项目，持续提升社区治理能力，强化小区治理层级，让群众幸福可感可及。

针对市委和区委的要求，冷晓燕结合大海阳实际，勾勒出大海阳"幸福家园"建设的思路和线路，这就是：把党员群众组织起来，真正让群众成为治理主体；把各类资源组织利用起来，真正凝聚起多方参与、共驻共建的强大合力；打造一支讲政治、有情怀的社区工作者队伍，真正在群众身边树立好党的威信和形象；用真心换取群众的真情，把老百姓的事作为天大的事，想方设法让群众过上幸福的生活。

几年过去，大海阳"幸福家园"建设如火如荼。

群众幸福不幸福，不是贴在墙上，而是写在脸上。

十　幸福的样子

我关注大海阳已经很久了。

近年来，我先后四次来到大海阳。

第一次是 2016 年暮春。为了筹备上海全国城市基层党建工作座谈会，我和参与文字起草的几名同志来到大海阳，开展个别访谈、开会座谈等，留下的印象很深。但那次调研，带有明显的"功利"性——筹备会议。加上时间比较紧迫，就像打井，拿着把铁锹，东挖几下，西挖几下，别说出水了，连湿土还没见到，就草草收工了。

第二次是 2017 年 6 月 22 日至 24 日。随同时任中央政治局委员、中央组织部部长的赵乐际同志，到山东烟台等地调研城市基层党建工作，听取了大海阳社区党委书记冷晓燕的汇报。赵乐际同志对大海阳强化党组织政治功能、做实网格服务群众、党建引领基层治理等创新做法，给予了充分肯定。我们随同调研的同志也深受教育。这次调研，我对大海阳的认识又加深一步，增加不少感性东西。

第三次是 2023 年 10 月 16 日至 17 日。中国共产党新闻网组织的"党建引领、党建赋能、党建聚心"新时代基层党建创新研讨行在山东烟台城市党建学院举办，我应邀参加了这一活动。活动期间，专门安排到大海阳社区考察调研。

第四次是 2024 年 4 月 8 日至 26 日。前三次与大海阳的相遇和接触，由于时间关系，总觉得意犹未尽。所以，这次用了近二十天时间，"泡"进了大海阳。

早晨 8 点至下午 5 点，我天天到大海阳社区"上班打卡"，风雨无阻。与老年人攀谈，与年轻人聊天，先后接触百人之多。吃过社区食堂的"健康餐"，吃过爱美人士的"瘦身餐"，吃过儿童食堂的"营养餐"。

有一天，天气突然变冷，冷晓燕连忙找了一件社区志愿者的棉衣给我穿上。曾经教书育人的张大姐，已经八十多岁，为人热情大方，几次邀我到她家吃她亲手包的饺子。这些都让我感到非常温暖。

邢军大姐夸赞我："你也是咱社区的志愿者。"我听了非常高兴，因为他们没把我当外人。

大海阳人就这么朴实，这么实在，他们不会虚头巴脑，不会搞"弯弯绕"，更不会投其所好，专拣好听的说。

说这些没别的意思，无非想说明，我所看到的听到的，都是原生态，都是原汁原味，是大海阳真实的样子、幸福的样子。

　　幸福的样子什么样？

　　大海阳幸福的样子，在她的颜色。大海阳特别钟情红色，到处弥漫着鲜艳的红色。无论主路还是街巷，路两边相隔不远，就悬挂党旗和国旗，两旗对称，耀眼夺目。党旗的颜色，国旗的颜色，党徽的颜色，在社区跃动，让居民们时刻感受到党和国家的温暖，时刻感受到党组织就在身边。就连楼宇之间、道路两旁的花，也多是红色。

　　我来大海阳的时间是四月中旬，人间最美四月天，一簇簇红樱花，红得像漂染过似的，加上浅绿色嫩叶的陪衬，远远看去，宛若散落的一片朝霞；碗口大的红色月季，就像一颗颗红星，点缀在绿丛中，阳光下散发着迷人的光彩；怒放的红色郁金香，开得热烈，任性，浪漫，就像一抹抹烈焰。

　　在千变万化的色彩中，红色象征着热烈，象征着温暖，以其独特的魅力，如醇酒般浓郁，如宝石般璀璨，使生活更加生动，给社区带来无限生机和活力。

　　大海阳幸福的样子，在她的氛围。大海阳社区没有围墙，是开放的，阳光的。同样，大海阳人没有隔阂，是敞开的，亮堂的。人人都是社区主人，人人为我，我为人人。邻里之间，干群之间，长幼之间，关系融洽，相处和谐。东家有难处，西家来帮忙。谁家有啥事，只需喊一声。

　　大海阳幸福的样子，在她的笑声。大海阳的居民，爱说爱笑，爱唱爱跳。就连碰面打个招呼也是满面春风，指着个小狗小猫也能说笑半天。

　　社区党群服务中心的二楼，更是热闹，唱戏的，跳舞的，剪纸的，绘画的，欢声笑语此起彼伏。有些上了年纪的老人特别爱热闹，爱表演，人来疯，喜欢上电视、上报纸。社区的小孩自来熟，不怯场，谁问都能说上几句。

大海阳幸福的样子，在她的味道。幸福的味道是多元、多维度的，它是对物质满足的感受，也是对精神世界丰盈的体验，更是对生活点滴感恩的心态。它是一种满足的味道，奋斗的味道，陪伴的味道。

对大海阳来说，幸福的味道，就是家的味道，就是母亲的味道。是受到委屈有个肩膀靠一靠的味道，有了难处有人帮一帮的味道，有了心事可以找人倾诉的味道，是社区集体为老人过生日吃蛋糕的味道。当然，也是被肯定被尊重的味道，被爱和爱他人的味道。

大海阳幸福的样子，在她的温度。我亲眼看到志愿者到社区，为腿脚不太利落的大爷理发。我亲眼看到上了年纪的大爷大妈，到老年食堂打回可口的饭菜。我亲眼看到每天中午，社区志愿者到马路对面把上学的孩子们接过来，带到儿童食堂，让他们吃饱午饭，睡醒午觉，两点左右再送回马路对面，让他们继续下午的学习。我亲眼看到社区共建单位毓璜顶医院，一个医生联系三个家庭，许多医生利用休息时间上门义诊，把需要到医院诊治的患者带到医院……

我不由得心生感慨：这是心的呼唤，这是阳光般的温暖，这是人间春风，这是亲情绵绵。

我知道，任何比喻都是蹩脚的，任何形容都是苍白的。

那么，什么才是大海阳幸福的样子？

在老人们的脸上，在孩子们的笑里，在无字的书里，在天然的画里，在清风的歌里……

"梧桐槐树一行行，行行映楼房，这里就是我们的家园，幸福大海阳。家家户户爱生活，共度好时光。孩子们都快乐成长哟，老人都享安康。党群心相融，鱼水情谊长。舒心的日子唱着过，欢声笑语飘四方。

"缕缕温暖阳光，阳光暖心房，这里就是我们的家园，平安大海阳。街坊邻居相处亲，有事大家帮。街道处处环境美哟，文明硕果香。人人笑开颜，天天精神爽。甜蜜的日子笑着过，幸福永驻大海阳……"

这是大海阳社区居民自编自唱的歌曲《幸福大海阳》，只要用心倾听，就会听出不一样的感觉。

有年轻朋友说，大海阳的美是佛见发呆，车见爆胎。

这话有点"潮"，但不无道理。

说实话，我一直认为，大海阳是一个独特而神奇的存在。因为工作的关系，我去过全国许多优秀的社区。比如，上海的虹储社区，杭州的胜利社区，宁波的划船社区，深圳的益田社区，武汉的百步亭社区，福州的军门社区，长春的长山花园社区，等等。这些在全国叫得响的先进社区，各有其长，各有特色。大海阳社区兼具它们所长，又独领风骚。

大海阳的出现，令许多大城市、特大城市刮目相看。烟台是一个地级市，与北京、上海、广州等特大城市无法相提并论，与天津、武汉、成都、沈阳等也不可同日而语，甚至在济南、青岛这些山东城市面前，也是乖乖小弟。总体上说，烟台还是一个以农村为主体的城市。如果在农村出现一个全国性的先进典型，大家都会觉得顺乎自然，意料之中。而在城市社区，则觉得底气不足。

然而，大海阳却身着带着海风味的裙纱，于全国城市之林中脱颖而出，姹紫嫣红，绚丽多姿，不仅装饰了烟台风光无限的美丽，而且宣示了烟台不可小觑的存在。

现在，大海阳的名气如日中天，经常出现在各级媒体的头条，动不动就冲上热搜，来的人络绎不绝，有的实地调研，有的"解剖麻雀"，有的参观考察，有的寻求密码……

我曾经向见证大海阳成长的一些领导同志请教，比如，烟台市委常委、组织部部长高建广，曾任烟台市委常委、组织部部长的于涛，烟台市委组织部分管日常工作的副部长李天浩，烟台市委组织部分管基层党建和人才工作的副部长吕永杰，现任芝罘区委书记李良，曾任芝罘区委书记的高庆波，曾任毓璜顶街道党工委书记、现任海阳市市长的姜丹，芝罘区委常委、组织部部长迟义江，芝罘区委常委、常务副区长杨建军，芝罘区委组织部分管日常工作的副部长王巧善，芝罘区委组织部副部长袁恩峻，毓璜顶街道党工委书记刘文博、街道办事处主任乔攀……大家的共同感受是，大海阳虽然是一个社区，是城市治理的最基层单元，但它是一个"小社会"，它所涉及的内容无所不包，所涉及的领域无处不在。它的探索不是孤立的，它的成功不是偶然的，它的价值和意义远远超出一个社区。它是一座山，"横看成岭侧成峰，远近高低各不同"；是一片海，"风吹白浪卷轻烟，海水辽阔任征帆"；是一座矿，"凿开混沌得乌金，藏蓄阳和意最深"……

十一　更多的是"与众相同"

很多人来大海阳，是为了探寻她的"与众不同"，而我，则更关注她的"与众相同"。

大海阳是城市党建工作的典型。发现典型，培养典型，是一种重要的思维方法，也是一种重要的工作方法。

发现和培养典型，不是为了摆设，不是当作花瓶，更不是为了收藏，而是为了弘扬光大，为了宣传推广，为了点亮一盏灯，照亮一大片。

我在机关工作多年，接触过不少典型，涉及不同领域、不同类型，包括群体典型、个人典型。

一些地方和单位在总结宣传推介先进典型中，组织豪华班底，选择最新角度，运用非常形式，形成若干文本。这些文本的最大特点是，千方百计宣扬典型的与众不同，处心积虑地制造典型的不同凡响。殊不知，这样一来，无形中在典型与大众之间制造了距离，使他们与普通人越离越远，失去了典型的真正意义。

实际上，不管什么类型的典型，都与常人无异。他们没有三头六臂，不能呼风唤雨。当然，他们当中确实有人非常优秀，非常人所及。但多数是平常人、普通人。他们更多是"与众相同"，而极少的元素是"与众不同"。许多先进典型之所以成为先进典型，不是横扫六合，不是惊天地泣鬼神，而是把普通事做得不普通，把平凡事做得不平凡。

正因为典型与众相同，才成为典型。如果处处与众不同，就会鹤立鸡群，就会使人觉得高不可攀，遥不可及，深不可测，孤不可学，人们就会望而却步。

滤镜下的美不可信，美颜下的美不足取，服饰华丽下的美不真实。只有素面朝天，才能美丑立现。

在我看来，对大多数普通人来说，他们往往更愿意看到那些先进典型与众相同的一面，那些与众相同的欢乐，与众相同的忧虑，与众相同的烦恼，与众相同的希望。他们更愿意与先进典型平视而不是仰视，更愿意在常人与常人交流、常人与常人共情的氛围中受到熏陶，得到收获。

第一章
逐光而行

一天，我在家门口的小餐馆里，见到两个小伙，二十刚出头的样子，对酒当歌，畅谈人生。

"十年以后，你看我的，你等着我的消息！"

"不用十年，只需八年，你做我的见证者！"

看样子，不像醉酒的状态，也不是无赖之徒。只是年轻而已。我摇了摇头，心里想笑，但又理解他们。

因为我知道，每个人年轻的时候，都有自己的梦，像晨曦中的露珠，闪烁着晶莹剔透的光芒。梦里的人生，总是阳光灿烂，繁花似锦；或面向大海，春暖花开。

但现实从不惯着你。它不管你的梦是方的圆的，也不管你的梦是什么颜色。它只按照它的节奏，板起面孔，冷眼相向。它会关闭你所有想象的路径，甚至屏蔽所有的信息，置你于孤立无援的境地。然后挥起拳头，不留情面地把你的梦打碎，打成遍地碎片，再揉捏成现实版的人生。

我想，餐馆里那两个年轻人，总有一天，会人间清醒。

我有次去贵州黔西南出差，体验了一把民族风情。当地人敬酒，都是唱着歌敬。小姑娘端着酒杯，边斟边唱，边唱边敬。有首祝酒歌的歌词很有意思："喜欢了，你要喝，不喜欢，也要喝，不管你喜欢不喜欢，都要喝。"

我对当地的朋友说："这不是霸王酒吗？"

"对啊，我们这里可是少数民族地区，你应当尊重我们的民族习惯噢！"朋友说得煞有介事。

我知道他是在和我开玩笑。

由此我想到了现实版的人生之路，不也是这样吗？喜欢了，你要走，不喜欢，也要走，不管你喜欢不喜欢，都要走。

在这条现实版的人生路上走赢了，你才是条汉子。

就是这么"硬核"。

一　那天空中飘着雨

2004年8月，开始有了初秋的感觉。没有了7月末的狂热，没有了从内到外的浮躁，偶有一阵小风吹过，柔柔的，软软的，爽得令人受宠若惊，猝不及防。

天刚放亮，冷晓燕就起了床。她揉了揉惺忪的双眼，推开窗户一看，云层很低，昏沉沉的。不过，一缕风的清凉裹着花的清香，从窗外爬进来，很是舒服。

她顺手在笔记本上写道：八月初凉，心情不错；往事清零，好运开启。

那时的冷晓燕还是蛮小资的。

不一会儿，忽然下起了小雨。雨下得不紧不慢，柔和而婉约。雨丝在变化着，一会儿像春天空中飘浮的柳絮，很细，很绵；一会儿又变成细珠儿，晶莹，剔透。雨珠儿一粒扣一粒，连在一起，密不见缝。远远看去，像珍珠穿就的珠帘。风一吹，珠帘就晃，晃动中荡起不同形状的波纹。

冷晓燕穿上雨衣，准备去上班。爱人王云厚劝她："等雨停了再走吧，再忙也不差这一会儿。"

"这样的雨，一时半霎停不了。"冷晓燕边说边骑上自行车，不一会儿，便消失在蒙蒙细雨中。

这是她到海港社区担任副主任的第二个年头。此前，她在青翠里居委会工作，那里，是她从事社区工作的起点。

她走进办公室，脱下雨衣，跟落汤鸡似的。

小孟说："看你淋得，你这雨衣穿和不穿有啥两样？"

"嘿，骑得太快了，雨衣不起作用。"冷晓燕说着，把雨衣挂在门后的插销上。

小孟说："你不用挂了，还得再穿上。"

冷晓燕不解地看着她。

小孟接着说："刚才，街道来电话，让你马上去一趟，李书记找你。"

"谁？李书记？"冷晓燕以为自己听错了。

小孟一字一句地说："对，街道李许林书记。"

冷晓燕问："雨还在下呢，什么事这么急？"

"这我哪知道？你去了不就知道了？"小孟答道。

冷晓燕剜了小孟一眼："废话。"

她只好重新穿上刚脱下的雨衣。

到李书记办公室时，书记正在接电话。

李书记给冷晓燕一个手势，示意她坐下。

她习惯性地用手在身上划拉了一把，坐在沙发上。

李书记放下电话，给冷晓燕倒了杯水放在茶几上，说："晓燕啊，对不住，让你冒着雨跑一趟。"

冷晓燕连忙说："没事，李书记，我不是泥捏的，也不是纸糊的，这点雨怕什么？只是不知道您有什么急事?"

李书记点了一支烟:"说急吧，没那么急;说不急吧，还真有点急，这事不能再拖了。"

冷晓燕抬头看了李书记一眼。

李书记吧唧一声，用力嘬了一口烟，嘴巴闭得严严的，然后，似有不舍地吐出几个烟圈圈。

他说:"大海阳的事，你们都知道，出于种种原因，原来的书记提出辞职，她的理由很充分，街道党工委没法不批。目前，书记这个岗位已经空缺一段时间了。议论了几个人选，大家觉得不太理想，经征求方方面面的意见和组织的考察，街道党工委研究，由你去挑起这副担子。"

冷晓燕一听，想都没想，脱口而出:"不行，真的不行!"

李书记笑了笑:"怎么，嫌官小了?"

"不，不是小了，是大了!"冷晓燕急于表白，慌不择言，有点语无伦次。

李书记又问:"什么小了大了，是不是怕了?"

冷晓燕马上说:"李书记，你可别门缝里看人——把人看扁了。你说我无能可以，说我怕可不行。别看我是女流之辈，长这么大，还不知道怕是什么滋味呢!"

李书记接着说:"我想也是。目前，大海阳确实面临着许多问题，群众情绪、社会治安、社区环境等，都有不少短板。环境差、治安乱、人心散的问题比较突出。但正因为这样，才让你挑起这副担子，难道组织看错人了?"

冷晓燕赶紧辩白:"不是组织的问题，是我的问题。"

"那就是说，你坚决不去喽?"李书记将了她一军。

冷晓燕摇摇头:"也不是。"

李书记佯装变脸:"你这也不是，那也不是，到底想怎么样，你得给我个明确态度啊!"

"李书记，组织上这么看重我，我哪敢不识抬举？只是，我从青翠里到南通再到海港，做普通社区工作者两年，做副书记和副主任，刚够两年，我是怕能力资历都不能服众，一旦掉了链子，丢脸就丢到姥姥家去了，我自己难堪，组织上也难堪，到时候你也难堪。我是心中没底。"冷晓燕回答道。

这是冷晓燕此时真实的想法。她真的没想到，社区书记的担子来得这么突然，令她措手不及。另一方面，她确实有点打怵，对于能否挑起这副担子，她还没有底气和把握。毕竟，这时的冷晓燕是青涩的、稚嫩的。

李书记松了一口气："你能这么想，我很欣慰。能力、资历固然重要，但比能力、资历更重要的是人品。只要心里有党，心里有群众，心里有梦想，其他都不是事。"

当时，冷晓燕刚满三十岁。

从李书记办公室出来，她的头还蒙着。

突如其来的愉悦，像一阵穿堂风，稍纵即逝。接着涌上心头的，一半是喜，一半是忧。

二　奋不顾身的一跳

冷晓燕不禁想起了四年以前的那一幕。

2000 年的一天下午，冷晓燕偶然听到一个信息，芝罘区委、区政府面向社会招考社区工作者。

对冷晓燕来说，社区工作者是个完全陌生的概念。但其中的一些条件引起了她的兴趣。

比如，有着不错的收入，有舒适的工作环境，方便照顾家人照顾孩子，有个有希望的前途，并且听许多人讲，社区工作是朝阳事业，用不了多长时间，就有可能转为事业单位编制，甚至还有可能进入公务员序列。

听着这些，冷晓燕不禁怦然心动。

她是个平凡的普通人。她愿意付出，但也不能不考虑薪酬待遇，不能不考虑养家糊口，过寻常人家的日子。

其实，她所在的烟台市第二农业生产资料公司，在当时是不错的单位，主要经营农用物资，如农药、化肥、种子、饲料等。当时，公司的经营不错，效益也不错。中专毕业后，她就进了这家公司，一直没有挪过窝，她也没动过挪窝的念头。

冷晓燕为人热情，性格开朗，工作认真负责，深得同事们的喜爱，也深受领导器重，继续工作下去，前景不会差。

这个时候选择离开，她有些不舍。

但她又是一个不安于现状的人。她喜欢挑战，喜欢挑战环境，喜欢挑战自我。

走还是不走？她纠结了好几天。

最后，她还是下定决心报考。

这个消息一传出，熟悉冷晓燕的圈子里，一片哗然。

王玲是公司里与冷晓燕最铁的闺蜜。她用手摸着冷晓燕的前额，一惊一乍地说："这也没发烧呀，怎么净干些十三不靠的事呢？要不，脑袋被驴踢了？"

"去，你才被驴踢了呢。"冷晓燕把她的手挡开。

"没被驴踢怎么能干出这样的事？"王玲一脸不解。

同学李心雨从外地打来电话，质问冷晓燕："晓燕，你是怎么想的？你想当官，你想发财，你想生活得体面，这些社区都给不了你，你可要想清楚了。"

冷晓燕的发小，一个生意做得不错的老板，专程找到冷晓燕，戏谑道："你是龙王爷放火——想改行了？想改行不要紧，干点什么不好，为什么要去考什么社区工作者？实在不行，到我这儿干，我吃肉，决不会让你啃骨头。"

当时，冷晓燕刚结婚不久。爱人是个性格内向很有涵养的人，他把对冷晓燕的爱，转化为尊重，不会轻易地对她进行否定。但在这次选择上，他还是给出了自己的看法。他劝冷晓燕，现在工作好好的，待遇也不错，社区工作者将来如何还是个未知数，建议她再慎重考虑一下。

冷晓燕没有吭气。

她是个想干什么就要干成的性格。

笔试那天，她非常从容，结果一公布，她名列榜首。

接下来是面试。这对她来说，更不是问题。上学期间，她当过学生会宣传部部长，获得过演讲比赛大奖，凭的就是过硬的心理素质和条分缕析的口头表达能力。

果然，面试成绩也是第一。

最终，冷晓燕以笔试和面试双第一的成绩，被芝罘区毓璜顶街道录用，到青翠里居委会做了社区工作者。

经过三个社区、四年时间的历练，她学到了许多。

此番履新，她成为芝罘区最年轻的社区书记。

三　劈头盖脸的冷水

去大海阳报到那天，冷晓燕起得特别早。她感觉头很沉，有点木木的。她用手掌拍打了几下头部，稍微好了一些。

一想起昨夜的那个梦，她心里就硌硬。她心想，那个梦肯定是在半睡半醒状态下做的，要不怎么会记得那么清晰？

梦中，她去上班，正走着，忽然一只野狗向她扑来，吓得她慌忙躲开。可那狗还是不依不饶，眼里露着凶光，紧紧跟着她，随时准备向她发起攻击。后来，她被吓醒了。

她爱人说："梦都是反着的，也许是个好兆头。"

冷晓燕说："但愿吧。借你吉言。"

她出门一看，天气真好。天空像一片无垠的湖面，湛蓝而宁静。阳光闪闪发亮但不刺眼，空气中弥漫着清新的气息。

冷晓燕刚走进大海阳社区，就看到一男一女堵在路上吵着，骂着，越吵声越大，越骂越难听。

原来，那女士的宠物狗把屎屙在那男士的家门口了。

女的六十多岁，她怀中抱着一只泰迪，指着男的大声骂道："你一大把年纪了，咋像个穿开裆裤的孩子，一点都不懂事？我的宝宝还小，你就不能让着它点？看你一脚踢得，把我的宝宝吓坏了，要有个三长两短，我和你没完！"

看上去，男的年龄要大些，七十多岁的样子。他有些无奈，但也毫不示弱："你养狗就好好养，你怎么惯怎么宠，我管不着，也不屑管，但不能跑到我家门口屙屎撒尿，你不嫌脏我嫌脏。狗不通情理，你也不通情理？"

"你屎壳郎吹喇叭——满嘴喷粪，我怎么不通情理了？"那女的一边骂一边往男的身上蹭。

男的往后撤了一步："你屎壳郎戴面具——臭不要脸。欺负了别人，你还满肚子情理了。真是少教的玩意儿！"

看着两人还要继续对骂下去，冷晓燕走上前，横在他俩中间，劝道："我说这位大叔、这位阿姨，大清早的，何必为点鸡毛蒜皮的事着急上火呢？算啦，赶紧回家吧。"

那女的一听就不愿意了，她的目光从上到下，把冷晓燕扫了一遍：

"羊群里什么时候蹦出头驴来？我们在说卖海货的事，你插什么嘴？还鸡毛蒜皮的事，你他娘的说得轻巧，我的宝宝被人踢了，你当然不心疼。哪儿凉快哪儿待着去。"

那男的也把矛头对准了冷晓燕："你这人怎么说话呢？里表还没弄清楚，就敢乱说？它大清早跑到我家门口屙屎撒尿，多晦气啊，难道我只能当哑巴？"

那女的转过脸来对着那男的："你把嘴巴放干净点，我什么时候在你家门口屙屎撒尿了？"

那男的冷笑一声："和鬼说人话，白费口舌。"

那女的火噌的一下又起来了："你骂谁呢？"说着，就要去拉扯那男士的衣服。

冷晓燕往前挪一步，把他俩挡开："我说，你们两个可真有意思，都不是小孩了，怎么脾气和小孩似的？我好心劝和，说了两句，你俩就联起手对着我来了。哪有打架的对付劝架的？对着我也罢，可你们又互相掐起来，这样下去还有完没完？"

那两个人一听，不吭声了。

那女的哼了一声，抱起她的"宝宝"回家了。

冷晓燕轻轻摇了摇头。她感觉不太好，上任第一天，就遇上这么件糟心事。昨晚那个梦，又令她大犯疑忌，到底是"好兆头"还是"触霉头"？

大海阳社区原来的书记走后，还有六名班子成员，贺秀纪、韩益荣、姜桂敏、白金美、周卫娟、刘莹，清一色女同志，平均年龄接近"半张"，擦五十的边儿。

书记空缺期间，党委副书记贺秀纪一直主持工作。

对冷晓燕的到来，大家礼节性地寒暄了一番，大致是欢迎啊、早就盼着你来啊之类，态度不冷不热，不咸不淡。

冷晓燕理解，她心里像明镜似的。谁愿意眼瞅着自己面前的位子坐上一位新人？

冷晓燕说起进门遇见两人吵架的事，原以为大家会吃惊，没想到没引起任何反应。

周卫娟说："这样的事，在社区里，几乎天天发生，司空见惯，见怪不怪。对这种事，劝也劝不好，不劝也那样。让他们吵，再吵也吵不到天上去。"

聊了一会儿，大家各自忙手头的事去了。

贺秀纪上午没事，和冷晓燕交流了一下社区的情况。

贺秀纪说："大海阳社区有'四多'，叫得很响，远近都知道，估计你也早就听说了。

"违章搭建的多，只要小区有点空间，这个砌间小屋，那个搭个凉棚，不占公家点便宜，就觉得吃了亏，弄得小区内拥挤不堪，雨雪天气更是寸步难行。

"养狗养猫的多。据粗略统计，小区光宠物狗就有270多只，随地大小便污染了环境不说，还成天乱叫，弄得人心烦。

"邻里纠纷多。两天一小吵，三天一大吵，司空见惯，家常便饭。

"上访告状的多。无论有事无事还是大事小事，都愿意到区里市里说道说道，每逢重要节点，还要去北京走走。"

贺大姐喝了口水，接着说："这是'四大多'，还有'四小多'，酒晕子多，爱抽的多，好赌的多，碎嘴子多。碎嘴子就是那些爱搬弄是非的。总之一句话，大海阳庙小妖风大，池浅王八多。等着吧，后面还有准备闹妖的正排着队呢。"

冷晓燕浑身冷飕飕的，没想到小小的社区，一地鸡毛。

这一盆冷水，劈头盖脸，给冷晓燕一个透心凉。

四 "刀疤头"的"请柬"

贺大姐说得没错,果然,"闹妖"的很快粉墨登场了。

这是冷晓燕上任后收到的第一份"见面礼",口味有点重,不仅辣,还有火药的味道。

有个居民,姓鲁,四十岁出头。他在社区开了个搬家公司。平时,这位鲁兄喜欢剃光头,头皮刮得溜光锃亮,太阳底下泛着一层油光。头上有三道疤痕,非常显眼,那是"腥风血雨"的殴斗赐给他的纪念和"勋章"。

据说,他这位鲁氏后人,曾经有过"三进宫"的辉煌经历,是远近闻名的"滚马蛋子"。他手下的人,也多是跟随他从"枪林弹雨"中滚打出的兄弟。他听说冷晓燕来担任社区书记后,便差了个小伙计,给冷晓燕"下帖子"。

贺秀纪知道来者是"滚马蛋子"的人,这些人哪个都不是省油的灯。估计来者不认识冷晓燕,也担心冷晓燕不了解情况说漏了,贺秀纪便想把事揽过来。她主动跟那个小伙计打招呼,问他有什么事。那个小伙计鄙视地看了她一眼,说:

"你是使唤丫头拿钥匙——当家不主事。"

贺秀纪一听就不高兴了:"我就是不主事,你也得告诉我,我好向主事的禀报啊!"

"一边去,我和你说不着,我要找冷晓燕。"

冷晓燕一听,就把话接过来,说:"我就是冷晓燕,你找我有什么事啊?"

那个小伙计说:"我们鲁总请你,请你到公司去一趟。"

冷晓燕问:"有事吗?"

"事倒没啥事，但要告诉你个规矩。你打听一下，谁来大海阳当家主事，不先到我们老板那里拜码头、报个到？你初来乍到，不能破这个规矩吧？"那个小伙计说完，脸上还流露出一丝不易觉察的笑。

"刀疤头"的用意，小伙计的话外之音，冷晓燕当然一清二楚。她厉声道："这是什么规矩？谁立的规矩？有事让他到社区来，没事就老老实实做生意，我没那个闲工夫！"

那个小伙计碰了一鼻子灰，但心有不甘，他又阴阳怪气地问道："你当真不去？"

"你听不懂吗？没事别添乱，有事叫他到这里来！"冷晓燕一字一句，掷地有声。

"好，你有种，到时候可别怪我没提醒你。"

那个小伙计一脸不屑，打了个响指，吹着口哨扬长而去。

事后不久，连续发生几件莫名其妙的事，有人偷偷往社区办公室的门上泼屎泼尿，有人夜里砸办公室玻璃。

这是什么人干的，冷晓燕心知肚明。

五　飞到脸上的"纸片"

中午饭后，冷晓燕倚在沙发上，刚想打个盹，突然，耿三闯了进来，啪的一声，把一张离婚证甩在桌子上，非要社区把那个女人找回来，否则，他就把楼点了。

一闻他身上的酒气，冷晓燕就知道他喝多了。

耿三是大海阳社区的居民，一直没有正经工作，吊儿郎当，游手好闲，快五十岁了还"啃老"，靠他父亲每月几千块退休金过日子。

他父亲在的时候，托人仰脸，好歹给他找了个媳妇。原指望他结婚之后能走正道，谁知，娶了媳妇成了家，反而变本加厉。他父亲去世后，他的日子过得稀碎。

这两年，他好的不学，喜欢上了喝酒，天天喝得昏天黑地，醉生梦死。醉就醉吧，偏偏爱酒后滋事，不是回家打老婆，就是出去打别人，被拘留过三次，是出了名的"歪歪"。

"歪歪"是烟台方言，蛮不讲理的意思。

这种"歪歪"，很不好对付。他不杀人，不放火，不贩毒。法不犯，错不断；批一顿，好几天；过几天，又犯了。不用说社区，警察拿他也没办法，至多行政拘留。但这个办法用得多了，他已经适应。就像有些病，对反复使用的药已产生抗体，疗效没那么灵验了。

耿三的老婆是个正经的良家妇女。公公在的时候，这个家还有个家的样子，她也努力尽一个家庭主妇的职责，想办法操持着。公公过世后，这个家就彻底败落，从里到外都不像个家了。她实在没法跟他继续过了，便提出离婚。

令她意想不到的是，耿三竟然痛快地答应了。但他提出一个条件：离婚不离家，老婆还得继续伺候他。

这算离的哪门子婚？但为了能够顺利办理离婚手续，防止夜长梦多，出尔反尔，他老婆就答应了他的条件。

拿到离婚证后，她还真是尽心尽意地伺候了耿三几天。后来，她就一直想办法逃离，但每次都被他发现没有逃成。这次她趁耿三出去喝酒的机会，偷偷溜了。

耿三见家里无人，便找到社区来了。

冷晓燕刚想说什么，猛听到贺秀纪把桌子啪地一拍，厉声道："耿三，你想干什么？这是你撒野的地方吗？你老婆已经跟你离婚，你们的婚姻关系已经解除，你凭什么霸着人家伺候你？离开你们家是她的自由，是受法律保护的。你再这样下去，就是犯法，犯法就要受惩罚，你懂吗？你还要把房子点了，看把你能得，你摸摸肩上扛着几个脑袋？"

贺秀纪像机关枪似的，一阵突突，耿三的酒醒了一半。他把头一耷拉，一声不响地回家去了。

晚上，冷晓燕走进家门，一屁股瘫坐在沙发上，浑身一点力气都没了。她刚到社区两天，椅子还没坐热，这事那事的，都像长着翅膀，飞呀飞呀飞，飞到她眼前了。

爱人倒了一杯温水递给她，问她怎么了，她摇了摇头，有气无力地把这两天发生的事情说了一遍。

爱人看到她现在的样子，有点心疼，但又帮不上什么，便安慰道："世间的路都是有上坡有下坡，有起伏有转弯，没有一条是笔直的。既然选择了走这条路，就不能后悔，办法总比困难多。"

原以为坐上社区书记的位子是件很风光的事，谁想到上任之初，就遇到了这么多乱七八糟的事，冷晓燕有些失望，甚至有点沮丧。想过难，没想到会这么难。她心里说。

女人毕竟是女人，性格再强势也有脆弱的一面。这时的冷晓燕有点扛不住了，甚至萌生打退堂鼓的念头。但转而一想，遇到困难就退缩，还是党员吗？还是冷晓燕吗？她意识到，走上了这条路，就像过了河的卒子，只能往前拱，不能往后退。

此时，她想到自己的童年，想到自己走过的路，想到父亲，甚至做梦梦到父亲……

六　美好的"文青"时代

在与冷晓燕的近距离接触中，我有个明显的感觉：她既长于逻辑思维，也长于形象思维；既长于口头表达，也长于文字表达。她常常语出惊人，时不时地冒出点晶莹的思想火花，还会讲出一些富有感染力的故事和细节。这与我过去接触过的许多基层党组织负责人有很大不同。

佘静对她的评价更"神"，说冷晓燕有时能把思想生活化，有时能把生活思想化。

我看过她的发言材料，不管是在当地，还是到省里乃至中央机关去发言，她都是自己动手，从不找人捉刀代笔，而且从不落俗套，独辟蹊径，能用口语的，基本都用口语。

我从别人的微信中看到冷晓燕发的朋友圈，语言优美、俏皮、灵动，富有弹性，有情感，有温度。

我还知道，冷晓燕每天坚持写东西，既写干了什么，又写怎么干、为什么这样干，一事一悟，一事一得。据说她手写的笔记本已经写满了十几个，电脑中也已经存下几万字。

我问她："为什么不整理出来，让更多的人了解呢？"

她说："现在太忙了，没有整块的时间。想等退休以后，再加以整理修改。名字都想好了，就叫《社区书记手记》。"

我翘首以待。

1974 年 6 月，冷晓燕出生于莱阳市谭格庄小于家村，上有一个哥哥，下有一个弟弟。

冷晓燕的童年是快乐的，少年是多彩的。尽管刚出生时，上苍给她父母以天大的惊悚——刚落地时没有呼吸。经紧急抢救，才出现生命迹象。但此后的她，被吉祥的光环绕，一直顺风顺水。

小学、中学，中规中矩，是父母眼中的好孩子，老师眼中的好学生。卧室的墙壁上，贴满了各个学期不同科目的奖状。

考上中专后，依然品学兼优。老师和同学都记得，那时的冷晓燕，乌黑的头发，扎着俏皮的马尾，双眸如两泓清水，顾盼生辉，白皙红润的脸蛋儿，一笑就会露出浅浅的酒窝。她那带有磁性的声音，活泼可爱的性格，特别讨人喜欢。

从初中开始，冷晓燕喜欢诗歌，喜欢散文，喜欢李杜，喜欢三苏，喜欢唐宋八大家，喜欢李清照："寻寻觅觅，冷冷清清，凄凄惨惨戚戚。乍暖还寒时候，最难将息。三杯两盏淡酒，怎敌他，晚来风急……"

她也喜欢巴尔扎克，喜欢约翰·克利斯朵夫，喜欢雪莱，喜欢泰戈尔，尤其对"生如夏花之绚烂，死如秋叶之静美"喜欢得如醉如痴，一塌糊涂……

和许多文艺青年一样，包装漂亮的笔记本，密密麻麻，抄满了精彩的警句和诗句。

冷晓燕的"文青"时代是美好的。

我接触过冷晓燕的一位同学，她对冷晓燕后来的发展和出息，一点也不感到惊讶。在她心目中，冷晓燕当初如果不是选择社区，而是选择了别的领域，以其人品和素质，照样会很成功。比如，当公务员，工作会很出色；当教师，会非常优秀；当记者作家，会出其类拔其萃；当电视主播或主持人，也一样会脱颖而出，收割粉丝无数。

我相信这位同学的话。

七 心中的偶像

年轻的时候，每个人的心中，都有自己的偶像。偶像，通常是自己最崇拜的人，是自己将来要成为的人。

冷晓燕心中的偶像是她的父亲。

她的父亲叫冷忠良，莱阳市谭格庄小于家村人。冷晓燕小的时候，父亲在她的心里，上知天文，下知地理，文武双全，无所不能。在父亲那里，任何问题都不是问题，所有困难都不是困难。天大的事，到他那里，根本不是事。

父亲高小毕业后，回到村里。那个年代，国家非常重视农村的教育和医疗卫生，基本村村都办小学。当时小于家村小学师资力量不足，大队就安排冷忠良当老师。

这支教鞭一拿就拿了十几年。他酷爱读书学习，一边教学，一边自学，自修完了农业和法律等许多课程，并通过函授教育，取得了多个证书。

这些证书，冷晓燕至今还和宝贝一样珍藏着。

因为爱学习有文化，父亲被选到公社当种子站站长。

小于家村地处莱阳北部灵山脚下。当时，全村只有130多户，500多口人。1978年底，全村人均收入只有42块8毛钱，集体外欠债务达18.6万元，是出了名的穷山村。

如何帮助小于家村摘掉一穷二白的帽子，成了当时公社党委的一块心病。他们问计于民，党员和村民几乎异口同声：办法只有一个，人选也只有一个，那就是让冷忠良回来，让他当小于家村的当家人和带头人。

就这样，在公社当种子站站长的冷忠良，又回到小于家村，担任了村党支部书记。时间是1979年。

冷忠良回村后，连续几天几夜，没有睡一个囫囵觉。他是个有情怀、有担当的人。看着村民一张张苦涩的脸，想着小于家村的过去、现在和将来，想着一件件棘手难办的事，想着改变现状的第一步该怎样走……他心里清楚，小于家村之所以穷，原因很多，但主要是缺水，老是靠天吃饭。因此，在第一次村"两委"会上，他就算了几笔账，提出了解决缺水问题的设想。第二天就带领班子成员走遍全村的大小山头、条条沟壑。

冬去春回，寒来暑往，经过几年的努力，村东两个大平塘建起来了，南山 11 道拦河坝筑起来了，通向北山的 3000 米长的地下管道铺起来了，4500 米长的四条环村路贯通了，小于家村的土地全都变成了旱涝保收的高产田。

当然，所有这些，冷晓燕都是后来听别人说的。她从别人夸赞父亲的口吻中感觉到，父亲简直是呼风唤雨的英雄。

从那时起，她心目中便种下了崇拜的种子。

冷晓燕的思绪，在波动着，跳跃着，穿越着，从现在穿越到了三十多年前，又从三十多年前穿越到了当下。想想眼下自己面临的种种，与父亲当年的际遇不是如出一辙吗？

八　树下的女孩

让冷晓燕刻骨铭心的是父亲的突然离世。那一刻，是父亲的远行，也是她的重生，是她走向成熟的起点。

我找来一张泛黄的《烟台日报》，1994 年 8 月 12 日，该报头版头条发了一篇通讯，题目是：两袖清风好书记——记莱阳市谭格庄乡小于家村原党支部书记冷忠良。

整篇通讯，文字简洁，文风朴实，给人清风拂面之感。文中说，1985 年冬天，经过深思熟虑的冷忠良，在村"两委"会上提出发展红富士苹果的想法。这个品种刚引进不久，还没有被群众广泛接受。在村民代表会上讨论的时候，有四成的人表示反对，担心风险太大，得不偿失。

为了统一思想，第二天，载着"两委"成员、部分党员和部分群众的大客车上路了。他们来到牟平县观水镇，又到了栖霞县寺口镇，听了介绍，看了现场，什么都明白了，什么也不用说了。接下来，100 多户的小村，栽种果树44公顷。1993年，仅果园一项，全村收入60万元，人均1000多元。不仅还清了18万元外债，而且集体存款达到80万元。

与冷忠良共事十多年的村干部，都记得冷忠良常念叨："群众不发，咱不能发。"他说的发，是发家的发，发财的发。谁家有人生病了，谁家粮食不多了，谁家手头紧巴了，冷忠良时刻惦记着。平时到乡里开会，别村的书记常凑在一起，到饭店撮一顿，冷忠良从不参加。外出为村里办事，能省则省，从不乱花一分钱。

我手捧这篇报道，读着读着，不禁心生感慨：冷忠良的所思所想、所作所为，对冷晓燕的影响太深了……

由于长期紧张超负荷的工作，病魔悄悄缠上了冷忠良的身躯。1993年冬天，他嘴皮起血泡，脸无血色。村"两委"的同志劝他到医院看看，他没当回事。1994年农历正月初五，他没顾上走亲访友，连续召开了"两委"会和党员大会，商量决定建一个100吨低温保鲜库，再建一个小型果品批发市场。

正当这一计划紧锣密鼓付诸实施的时候，冷忠良终于支撑不住了。3月20日，几名村干部把他生拖硬拉到医院，经过一番检查，他被确诊患有急性白血病。3月25日下午就溘然逝去。

"他就这样走了，像春蚕吐尽最后一寸丝，像蜡烛燃尽最后一滴油，像耕牛犁完最后一垄地，匆匆走完四十九年的人生。"

3月27日，天刚放亮，含泪的人们早早来到大院，乡党委政府的领导来了，乡机关干部们来了，邻村的村支书、村主任来了，本村在外工作的干部来了，本村和周边村的群众来了，大家都来送这位两袖清风的好书记最后一程。

父亲走了，家里的天塌了，这时的冷晓燕刚满二十岁。

二十岁，被称为"桃李年华"，是人生最美好的时光。然而，此时的冷晓燕却如坠深渊，眼前灰暗，见不到光。那个累的时候可以靠一靠、撒撒娇的坚实臂膀和依靠没了，永远地没了……

父亲活着的时候，爱自己的家人，爱自己的孩子，爱动物爱植物，爱整洁爱卫生。四间屋的院子虽然不大，但养着猪，养着鸡，种着树，种着花，满院阳光，满院温馨。

在院墙外，父亲当年亲手栽了棵杨树。他驾鹤远行的时候，那棵杨树已经碗口粗了。当时，冷晓燕在外读书。父亲去世后，她每次回家，都站到杨树下，一言不发，轻轻抚摸着树的纹理，揪片树叶贴在脸上，感受着树的气息，默默地流着眼泪。那一刻，她仿佛与父亲站在一起，与父亲对话，听父亲教诲。

父亲在院外栽下的这棵树，成了冷晓燕兄妹的精神寄托。三十年过去了，冷晓燕一直保持着这个习惯。

后来，她微信名用的是"树下的女孩"。说实话，不知情的，弄不清楚，为什么起这样一个特别的名字；知情的，一看到这几个字，心里就格外沉重。血浓于水，其中饱含多么深、多么真、多么浓的父女情啊。

冷晓燕为父亲自豪。为了父老乡亲，他无怨无悔；为了心中梦想，他虽死犹生。

冷晓燕为父亲欣慰。在的时候被人们爱戴和尊重，走的时候被人们留恋和怀念。

冷晓燕为父亲骄傲。有的人活着，但已经死了；有的人死了，但还活着。父亲一直活在他爱的人和爱他的人心中。

冷晓燕为父亲不甘。出师未捷身先死，长使英雄泪满襟。他还有那么多想干的事没干……

自从父亲离世那天起，冷晓燕就暗暗发誓：一定要像父亲那样，有骨气，有担当；一定要像父亲那样，待村民如亲人；一定要像父亲那样，多干事，有作为……

冷忠良若泉下有知，知道当年自己栽下的杨树下有个女孩，正在一天天长大，该是多么高兴、多么欣慰。

冷忠良像一束光，始终照耀着冷晓燕前行。

九　清风夜话

来大海阳这几天，通过各种渠道，冷晓燕已经掌握了不少情况：正面的，负面的；有利的，不利的；表面的，潜在的；共性的，个性的；长远的，眼前的……

她隐约感到，只要她在社区一走，背后就会有无数束目光追着她，看她如何接过这烫手的山芋，看她如何解开这缠在一起的乱麻，看她第一把火要往哪里烧，看她第一板斧要往哪里砍，看她第一脚要往哪里踢……

其实，她心里明白，大海阳社区人心散、秩序乱、治安差等问题，表现在下，根子在上。当务之急是拢起人心。

当然，她更清楚，要拢起人心，关键在社区领导班子的集体力量。即使自己浑身是铁，能打几颗钉子？

她想起那首令人荡气回肠的《众人划桨开大船》：

> 一支竹篙耶，难渡汪洋海，众人划桨哟，开动大帆船。
> 一棵小树耶，弱不禁风雨，百里森林哟，并肩耐岁寒，耐岁寒。
> 一加十，十加百，百加千千万。
> 你加我，我加你，大家心相连。

同舟嘛共济海让路，号子嘛一喊浪靠边。

百舸嘛争流千帆竞，波涛在后岸在前。

一根筷子轻轻被折断，十双筷子牢牢抱成团。

一个巴掌拍也拍不响，万人鼓掌声呀声震天，声震天。

……

这天下午，临下班时，冷晓燕与贺秀纪、韩益荣等几个大姐商量说："这几天，我攒了一肚子话，想和几位大姐敞开说说。可是，白天在办公室，不是你进来，就是我出去，人来人往，出出进进，忙得气都顾不上喘，连个坐下来安安静静说会儿话的机会都没有。耽误大家一个晚上行不行？"

"这有什么不行？"大家都表示支持。

晚上不到 8 点，人就到齐了。

时值八月，正是夏秋交替的季节。月光如水，静静地洒在地上，给城区披上朦胧的纱裙。树木，房屋，街道，都像镀上一层水银似的。偶尔一阵微风吹过，柔柔的，爽爽的，给人一股清凉和惬意。

白金美大姐提议："这么好的夜晚，就别憋在屋里，到外边透透气。空气好，说起话来也顺溜。"

大家都觉得这个主意好，于是，"老王打狗，一齐动手"，从屋里搬出几把椅子，围坐在一棵树下。

尽管来了这几天，冷晓燕在和大家慢慢靠近，但是，毕竟时间太短，相互之间那层纱还没有完全撩开。

好在这几个姐妹性格直率，喜欢开门见山，有啥说啥。

贺秀纪第一个开了腔。她在大海阳工作时间最长，对社区的情况最熟悉。

她说："大海阳社区虽然老旧，工作薄弱，但我觉得，也不至于老拖全区后腿，不至于落到今天这种地步。按说，前任书记刚走，我不好对前任领导评头论足、说三道四。但我是个直肠子，不会拐弯抹角，有什么说什么。就是前任书记在场，我也是这个说法。

"我觉得，大海阳的居民总体是好的，党员也是好的，弄得灰头土脸、坏了大海阳名声的，主要是几个'歪瓜裂枣'。而他们之所以能够为所欲为，原因是我们社区的领导太软了。腰杆子软得像稻草，掉个树叶怕打破头，遇到难事就往回退，坏事不敢管，不敢问，这怎么能行呢?"

"不是东风压倒西风，就是西风压倒东风。歪风邪气压不下去，好的风气就树不起来。"贺秀纪话音刚落，白金美就把话头接了过去，"正因为主要领导软，人家才看着好欺负。有的人犯了错，没人问，没人管，久而久之，就把他们惯坏了，有些人就蹬鼻子上脸。"

韩益荣大姐性格比较温和，说话慢声细气："我感觉社区的居民现在不比从前了，跟我们不亲了。过去，在路上碰了面笑脸相迎，问这个问那个，亲得不得了，心里热乎乎的。现在不一样了，心里像有层膜隔着。在路上碰着，能不说话尽量不说话，就是说，不真诚、不走心了。社区号召个事、安排个任务，他们爱搭不理，表面应付。正因为没有他们的真心支持，我们许多工作落不了地。"

韩大姐喝了口水，继续说："我有时候就想，是他们变了还是我们变了? 想来想去，好多事怨不得他们，责任在我们。为什么呢? 因为他们提出的事，我们没办，或者没办好。真心换真心，两好合一好。我们对他们不热情不真诚，他们怎么会对我们热情真诚呢? 如果再不觉悟，继续下去，感情会继续淡，越来越淡。"

听了韩益荣的话，冷晓燕心里猛地一揪。

周卫娟在相邻社区工作过，对面上的情况相对了解。她说："人家有的社区，本身条件就好，别的不说，社区内驻扎的许多单位很有实力，社区遇到什么困难，只要一开口，什么钱啊物的，全都来了。可我们倒好，遇到困难的时候，谁也指望不上。正好应了那句话，富在深山有远亲，穷在闹市无人问。社区和人一样，穷了，讨饭也找不着门。"

"也不全是这么回事。亲戚得走动，人情有往来。咱天天在家坐着，人家的门朝哪儿都不知道，谁家的钱花不了，傻乎乎地往别人门上送？那不是脑子有病嘛。"一直没开口的姜桂敏插了一句。她叹了口气继续说："社区这个活，姥姥不疼，舅舅不爱。上边口口声声说重视，可谁真拿着当回事？遇到困难找领导，他们能躲就躲，躲不过就推，推不了就拖。要编制，编制解决不了；要经费，经费解决不了。服务场所这么小个地方，连腚都调不过来。但安排工作布置任务的时候，把我们看得无所不能，什么活都往社区派。命只有一条，可要命的事不止一件。"

"桂敏说得对。"贺秀纪大姐接过话茬，"就拿我们这帮人来说，到底算什么？没有编制，没有名分，没有身份。干了若干年，把自己干成了三无人员。光叫马儿跑，不喂马吃草，出门不敢到人堆里去，站在人家面前矮半截，抬不起头。可就这样，我们还是一干就是几年十几年。为什么？往大处说，凭着对党的信仰，凭着对居民的感情。往小处说，姊妹们几个处得也不错，孬好有个上班的地方。也怪自己没本事，但凡有个像样的地方，谁在这里熬着？"

十　不如追风去

大家七嘴八舌，把苦的甜的酸的辣的，包括委屈、误解、嘲讽、不甘等，一股脑地倒了出来……

"行了行了，别说了，想不开都是事，想开了也就那么回事。"韩益荣大姐踩了一脚刹车。

冷晓燕轻轻抹了一下眼角，很受感动。她说："我感谢几位大姐的信任。我初来乍到，新虎上山。如果大家对我不信任，拿我当外人，不可能把攒了若干年的话，一下子说给我听。这是给我脸，给我脸我得接着。

既然组织上把我派来大海阳，我就是大海阳的人，不管荣辱兴衰，我与大海阳同在。不管遇到什么难处，从今天起，我们日子一起过，有活一起干，有难一起扛。"

清风轻轻吹着，路边的花草散发着淡淡的清香。在月亮下面，路灯的光亮似乎有点幽暗，却别有一番韵味。

一场清风夜话，让冷晓燕心里特别通透，特别亮堂。

回家后，她一条条梳理，渐渐形成自己的思路。

她知道，等风来，不如追风去……

第二章
踏平坎坷

人不可貌相，这是老话。意思是，不能只凭外貌或外表，对一个人的内在品质和能力做出判断。

人可以貌相，这也是老话。《无常经》说："世事无相，相由心生。"意思是，人的心境与其面相是关联的。

与冷晓燕初次相识的人，或许会以为她是江南人。也难怪，单从外表看，她长得白净、瘦弱，如果把流利的普通话换作吴侬软语，那可真就活脱脱一个江南秀女。

对冷晓燕不太了解的人，看到她如此柔弱，如此单薄，不免担心，她能挑起一个社区的担子？

这些判断有对的一面，也有失准的一面。

熟悉冷晓燕的人都知道，她是秀丽其外，聪慧其中；柔和其外，坚韧其中。有人形容她的行事风格：霹雳手段，菩萨心肠。这个说法倒是比较贴切，切中肯綮，与她的整体风格比较吻合。

一　黄鼠狼与猫

环境脏乱差，就像人不洗漱，蓬头垢面，模样再俊俏，也不讨人喜欢。大海阳社区原来就是这样。有的路边，什么乱七八糟都放。有的楼顶，乱堆杂物，藏污纳垢。一到春季，冰雪融化，楼顶就会往楼下滴污水。到了夏季，情况更糟，蚊蝇成群，臭气熏天，居民们怨声载道。

哈本厚是大海阳社区的老居民、老党员，退休前是烟台海事局的宣传处处长。20世纪60年代末，他一参加工作就在海事局，单位的家属楼就在大海阳社区。自从住进来，再没挪过窝。他亲眼见证了大海阳一步一步走过的历程。

有一天，我找他聊天，他给我讲了这样一桩旧事：2004年临近年根儿，在家家户户大扫除的时候，突然，从楼顶的杂草堆里，蹿出两只黄鼠狼，在场的人都愣了。

我不禁愕然。

如果套用"狗咬人不是新闻，人咬狗才是新闻"这句新闻界的行话，可不可以说"从楼上蹿出两只猫不是新闻，蹿出两只黄鼠狼才是新闻"？

当时大海阳的环境，脏到什么地步，乱成什么样子，差到什么程度，不用说了，用脚丫子想想就知道了。

如果仅仅清理街道路边、楼前楼后的垃圾，这倒也没什么难度，只是个脏活粗活力气活而已。

冷晓燕动员社区居民和工作人员，用了十几天时间，男女老少齐动员，打了一场歼灭战。

房前屋后、门口路边、犄角旮旯、各个角落，能清扫的全部清扫了一遍。有的地方掘地三尺，有的地方开膛破肚。所有见不得人的地方都要见人，所有藏污纳垢的地角都要见光。环卫运送垃圾的车辆运了整整三天。

问题在于，老鼠拖木锨，大头在后边。

二　坚硬的小板房

明眼人一看就知道，这个题目是从王蒙先生的《坚硬的稀粥》那里"借"来的。

《坚硬的稀粥》围绕着一家三口煮粥过程中的互动展开。主人公老陈和妻子小张以及女儿小慧，在煮粥过程中发生了许多有趣而尴尬的事情。老陈是一个固执的人，坚持要用传统的方法煮粥。而小张和小慧更倾向于现代化的煮粥方式。在这个过程中，不仅展示了他们各自的性格特点，还引发了对传统与现代、保守与开放等问题的思考。

从坚硬的"稀粥"到坚硬的"小板房"，这之间既有联系，也没联系。说有联系，是因为二者都是表达人们观念转变的不易；说没联系，是因为前者中的老陈、小张和小慧与后者中的"老陈""小张"和"小慧"没有任何瓜葛。

李白说，蜀道之难，难于上青天。冷晓燕说，拆"违"之难，与蜀道之难很有一比。

走进大海阳，到处可见这里一个木板小棚，那边一个砖砌小房，还有一些石棉覆盖的"四不像"。不用问，这些都是未经批准、私人违章乱搭乱建的。

开始是一楼，或临街居民，在楼侧或路边，找个空位，搭个简易棚子，用以堆放杂物。

后来，棚子越建越正规，越来越好用。楼上的居民发现，这是个好办法。于是，他们有样学样，秃子跟着月亮走，也在路边盖起小房。

再后来，家家户户照此办理，都有属于自己的小棚或土房。好像谁家没有，反倒是另类。

社区内的路本来就很窄，这样一来，变成了窄窄的过道，不用说车，人走都难。

这些小棚和小房，大小不同，形状各异，颜色杂乱，参差不齐，从远处看去，不是垃圾场，也像贫民窟。

难怪有人说，大海阳是"垃圾堆放场""污水横流地""拾荒人员集散地""违章搭建连片区""危墙安全隐患处"。

其实，那个年代，不光大海阳，只要是老旧社区，情况都大同小异，好不到哪里去。

上级有关部门多次以口头或者书面形式，要求限期拆除这些违建，解决脏乱差问题，还社区以清净整洁。

但是，要求是一回事，落实是另一回事。"限期"二字看似严厉，实则"稻草人"。时间一长，麻雀都不怕。"限期"过了期，重新办理延期。就这样，日复一日，周而复始，"限期"经历了若干轮回，月落乌啼，涛声依旧。

大家都心知肚明，这些违章建筑，非拆不可。可问题来了。在居民眼里，这些草棚和土房，就像臭豆腐，闻着臭，吃起来香，看起来不顺眼，用起来很方便。社区的同志到居民中征求意见，大家态度鲜明，都要求拆除。但真要拆时，态度又变了。拆别人家的行，拆自家的不行。

这是什么逻辑？为什么说做不一？几个年轻的社区工作者非常生气，觉得这些居民不可理喻。

冷晓燕笑笑，说这很正常。她劝大家，不要急，慢慢来，心急吃不得热豆腐。再说，换位想想，将心比心，他们一块一块砖头捡来，又一锨一锨泥巴垒起来，容易吗？拆了谁不心疼？再说，小区的居民多是些老户，住的也多是老人，房子面积都不大。俗话说，破家值万贯，谁家盆盆罐罐的也不少。由于都是老建筑，居民楼都没有储藏室。要真是把他们那些"小板房"全拆了，家里乱七八糟的东西放哪里？

经过进一步了解，又一个新的情况浮出水面。大海阳社区的居民楼都上了年纪，建楼的时候还没有集中供暖供气之说，一到冬天，就要生炉子取暖，有的家里还垒起土炕，冬天靠烧柴或烧煤加热取暖。这样，每到冬天，家家户户就要备下充足的煤和木柴。

那些违章修盖的小房，多用来存放煤和木柴。

这个情况又让冷晓燕犯了难，要是硬把他们的小棚和小房拆掉，他们取暖用的煤和木柴怎么存放呢？

慎重起见，冷晓燕向有关部门咨询。他们答复说，这是个历史遗留问题，带有普遍性，各区都有类似的情况。处理这个问题，有个基本原则，就是确定一个起止时间和追究时限，画定一条红线。20 世纪 80 年代中期以前建的，不在违章建筑之列，可以保留不拆。这个时间以后的，认定为违建，必须统一拆除，没有通融余地。

按照这个精神，小区内需要拆除的小棚有四十多个。

冷晓燕又去找了主管部门的领导，陈述了基本情况：现在大部分违建小棚和小房，主要用于存放煤和柴，这是冬季取暖的必需。如果全部拆除，煤和柴的存放将是个问题。这就是说，老的问题解决了，新的问题还会冒出来。治了标，没有治本。即便按下葫芦，瓢还会起来。

经过反复磋商，主管部门同意，拆除违建小棚后，由社区统一建煤池，配发给居民作为存放煤炭和木柴之用。

有了尚方宝剑，政策也明确了。冷晓燕召开部分党员和居民代表会议，传达了上级的要求和相关政策。大多数党员和居民是通情达理的，对社区的做法表示理解和支持。

但也有个别人冒出来制造麻烦。

三　快成动物园了

前边提到过，那个开搬家公司的"刀疤头"，本来就对冷晓燕窝了一肚子火。前些时候他派小伙计，通知冷晓燕到他那儿去报到，说白了，就是要给冷晓燕个下马威，要她去"俯首称臣"。冷晓燕没吃他那一套，把他晾着。当小伙计回去告诉他冷晓燕的态度后，他气得直瞪眼，但也没有什么办法。

这回机会来了。他在家门口私建的小棚，质量在周围是拔尖的，用料最好。四周是砖墙，内有木隔断，棚顶是用水泥预制件铺的，平整，结实——棚顶成了平台。

他把这个"平台"利用得非常充分：一半堆放杂物，什么烂木头、破沙发、旧海绵、废桌椅，一应俱全，堆得满满当当；另一半呢，他别出心裁，竟然盖了一个狗窝、一个鸽子窝，公然在棚顶上养狗、养鸽子。

现在，他那个小棚很热闹。一会儿，鸽子在笼子里咕咕乱叫；一会儿，又冲出笼子乱飞。

那条狗岂能消停？不是无缘无故地狂吠，就是莫名其妙地撒欢，反正一刻也不闲着。

这才真的是"鸡飞狗跳"。

有居民说，好好的小区，快成动物园了。

本来小棚就遮挡了邻居的光线，已经引起大家的不满。现在又被狗和鸽子弄得日夜不安、鸡犬不宁，大家心里那个烦，可想而知。

但烦归烦，意见归意见，谁也不敢惹他，怕他报复。居民不敢找他，就来找社区，要求还他们的阳光和安宁。

冷晓燕知道，这个"滚马蛋子"是个难剃的头。

白金美自告奋勇，要去会会"刀疤头"。

当白金美进了"刀疤头"的门，"刀疤头"头没抬，眼没睁，把白金美当成了空气，撂在一边，理都不理。

白金美一气之下，大吼了一声。谁知，就像一拳打在棉花堆上，对方一点没觉着痛痒。

倒是"刀疤头"显得很冷静："你不用使那么大嗓门，我又不聋。我跟你说不着，你回去传个话，让冷晓燕来。"

白金美带着满肚子气回来，冷晓燕问她："怎么样？"

"不怎么样！简直太狂妄了，狂妄至极！"

白金美把"刀疤头"的态度向冷晓燕简单说了。

冷晓燕一听："嘿，跟我杠上了，我偏不信这个邪！"

此时，"刀疤头"正坐在老板椅上，端着紫砂壶喝茶。其实，他那个搬家公司，和当年胡传魁的队伍差不多，拢共才有十几个人，七八条枪。可他搭起戏台卖螃蟹——买卖不大，架子倒不小，平时老是喜欢摆出一副大老板的派头。

见冷晓燕和姜桂敏进来，他勉强地抬起头，乜斜着眼，阴阳怪气地说："冷书记，你好冷啊，我几次请你，你不仅不给面子，连点热乎气都不给。你怕什么？我有那么可怕吗？"

冷晓燕本想给他撑回去，想了想，对这种人，不能只图口舌之快。说服他，比撑他更重要。

欲成大树，何与草争？

于是，冷晓燕微微一笑："不请我坐下吗？"

"刀疤头"对着椅子一指："坐吧。"

冷晓燕说："大老板，你说对了，你有什么可怕的？你是远近闻名的大好人、大善人，我怎么会怕你呢？上次你请我来，我手头正好有事。这次你请我，我这不来了吗？"

"刀疤头"冷笑一声说:"我知道你今天会来,不来就不是你了。"

"噢?你能掐会算?"冷晓燕调侃道。

"刀疤头"得意地一笑:"那个我倒不会,你不是急于创造政绩给上边看吗?这个你可以找我啊,我有的是办法帮你,即使我帮不上你,我那些朋友也可以帮你。我的朋友路子可是很野的。你何必对那些小破棚、小破房下手呢?"

冷晓燕一听味不对:"你这是什么意思?我一个小小社区书记,要什么政绩?你可别小看那些小破棚、小破房,它们关系到社区千家万户的生活,能不管吗?"

"刀疤头"把脖子一梗:"我门前这个棚子盖了好多年了,挡着谁的路了?碍着谁的事了?以前没人问,也没人管,怎么你一来,就这么多事,非要我拆掉呢?"

冷晓燕尽量压着火气,平心静气地答道:"你搭的棚子,既挡别人家的道,又挡别人家的光。以前没让拆,是因为以前上级还没有规定。现在,规定下来了,凡是没经过上级主管部门批准,私自乱搭乱建的,一律限期拆除。任何人都不能例外,当然也包括你!"

"刀疤头"以挑衅的口气道:"我要是不拆呢?"

"咱们好说好商量,你拆掉,是配合政府的工作;你不拆,就是要和政府作对。与政府作对是什么后果,你这么聪明的人会不知道?"冷晓燕不卑不亢。

"我费事巴拉地把棚子盖起来,你一句话说拆就拆了?凭什么?再说,我拆了棚子,狗养哪儿?鸽子养哪儿?煤和柴放哪儿?""刀疤头"连珠炮似的,有点强词夺理。

冷晓燕异常镇静:"建棚子是不容易,你不说,大家也都知道。可你这是违建啊!这些违章建筑,不仅占用了公共空间和资源,而且带来很多安全隐患。如果不拆除,说不定哪天就会爆雷。拆违清障,是市里区里的要求,不是我一句话的事。你说到煤和柴的堆放,社区统一建煤池,上级已经同意，这个你可以放心。至于你说的养狗养鸽子，那就无理找理了。你想想，那是养狗养鸽子的地方吗？"

"刀疤头"啪的一声把手中的水杯摔在地上，声嘶力竭地喊道："我把话撂这儿，我看谁敢！"

冷晓燕噌地站起来，义正词严地说："我也把话撂这儿，你讲理，我们好说好商量；你歪歪，我比你还歪歪！你是一个人，为了你的一己之利歪歪，我是身后一大批人，为了全社区的老百姓和你歪歪，看最后谁输谁赢！"

说完，冷晓燕拂袖而去，"刀疤头"站在那里目瞪口呆。

四　鸽子飞，狗也跳

往回走的路上，姜桂敏问道："就这样和他算了？"

冷晓燕说："哪能呢，用不了几天，他就会主动找咱。"

姜桂敏哼了一声："我一见他就来气。你看他那个样，两条小短腿，挺着个大肚子，没腰，也没脖子，圆圆的大脸像面盆，明晃晃的秃头照人影，长得像一幅漫画。"

冷晓燕笑了笑，没有吱声。

说干就干，雷厉风行，第二天，拆违的民工就来了。冷晓燕坐镇指挥，先从"刀疤头"家小棚的两边拆。叮叮当当，噼里啪啦，很快就推倒一大片。

施工现场，声音嘈杂，尘土飞扬。"刀疤头"小棚上拴着的狗不明白眼前发生了什么，东瞅瞅，西看看。它哪见过这样的阵势？它两只眼睛瞪得跟铜铃似的，紧紧盯着民工的双手，生怕一不小心，冰冷的镐头落到它的头上。它一会儿四爪乱刨，一会儿嗷嗷乱叫。

与狗相比，鸽子的胆量更小。它们又不是炮楼上的家雀，哪听过什么大响？哐哐当当、噼里啪啦的声音，吓得它们魂不附体，好像自己的末日到了，生怕被那些粗粝的大手逮到，成为他们的盘中之味，便在笼子里飞来撞去。那些侥幸钻出笼子的，早已丢盔卸甲，仓仓皇皇地飞走了。

本来，"刀疤头"的小棚立在中间，左边一个小棚，右边一个小棚，三个小棚紧紧靠在一起，互相支撑，互为依靠，看上去像个整体，稳固而结实。现在，两边的都拆掉了，只剩中间一个，显得很单薄，孤零零的，无依无靠，好像随时都会被风吹倒。四周墙壁裸露着，像被揭去了一层皮，留下一道道疤痕，惨不忍睹。

"刀疤头"站在家门口，倒背着双手，来回溜达，一会儿看看狗，一会儿唤唤鸽子。看得出，他心里已经长草。

冰雪聪明的冷晓燕，把一切都看在眼里，心想，你"刀疤头"不是能吗？削掉你的左膀右臂，你的小棚八面受风，腹背受敌，它还能立得住吗？周边亮亮堂堂，所有藏污纳垢的角落都清理得一干二净，你那狗、鸽子还能养吗？这有点像战争年代，我在你碉堡周围安插上钉子，把一切供给全部切断，把前后左右的出路全部堵死，看你还能坚持多久？

五 给他把"梯子"

冷晓燕知道，对付"刀疤头"这种人，硬的不行，软的也不行，只能捅着他的"腰眼"，让他自己把气泄了。眼下，他已是强弩之末，给他把"梯子"，他会下来。

于是，冷晓燕走过去，对"刀疤头"说："哟，大老板，这么悠闲，看热闹呢？"

"刀疤头"看了她一眼，没吭声。

冷晓燕又说："我看你的搬家公司也没什么生意嘛，基本上干一天歇两天，三天打鱼，两天晒网。这样，我这里有笔生意，并且还是不小的生意，你愿不愿接？"

"刀疤头"眨巴着眼，一脸疑惑地看着冷晓燕：真的吗？

冷晓燕说："你不信？我会骗你吗？你看，这么多垃圾，并且还在继续拆，垃圾还在增多。你把它们运出去，这和你的搬家业务差不多，都是装卸，都是搬运。"

冷晓燕接着又补充了一句："你不用担心，不是让你白尽义务，费用照付，分文不少。"

"你说的当真？""刀疤头"问道。

冷晓燕说："这还能有假？"

"没问题，我这就安排。""刀疤头"爽快应道。

冷晓燕又问："你看，你那小棚，孤零零的，四周连个依靠都没有，不用说暴风雨，就是场一般的雨，恐怕都支撑不住。用不用帮你加固一下？"

"刀疤头"苦笑着摇摇头。

"还想继续留着吗？"冷晓燕又问。

"刀疤头"反问道："你看还留得住吗？再说，留着还有啥用？"

冷晓燕笑道："那你说咋办？"

"能咋办？拆了呗。"

冷晓燕连忙说："这可是你说的，不后悔？"

"刀疤头"答道："不后悔。"

冷晓燕立马指着"刀疤头"家那间小棚，对前面的几个民工说："抓紧时间，把那间小棚拆掉。"

搭个小棚挺费劲，拆个小棚很简单。喊里咔嚓，三下五除二，几镐头下去，小棚就塌掉了。

这事已经过去了十几年。有一次，大家在一起聊天，聊起这个话题。

慕文玉用两手托着她粉嘟嘟的脸颊，听得津津有味。

听着听着，她睫毛一抖，问道："这就完了?"

"啊，完了。"冷晓燕边说边点头。

"没真刀真枪地杀几个回合?"

"没有。"

"没斗智斗勇给他点颜色看看?"

"没有。"

"他就那么心甘情愿束手就擒?"

"对呀!"

慕文玉把嘴一撇："没劲。"

"怎么没劲?"这回轮到冷晓燕不解了。

慕文玉还沉浸在当年的那个环境中："你们想啊，当时'刀疤头'多嚣张，根本不把我们冷书记放在眼里，动不动就想要横。要把这么一个魔头式的人物拿下，没有三五个回合，不演绎一出捉放曹，不来一个诸葛亮七擒孟获，哪能那么轻易地结束? 就像一场战争，来得气势汹汹，没放几声枪炮，就戛然而止，这也太不过瘾了。"

冷晓燕笑道："你小说看多了，哪有那么复杂?"

自从拆小棚、运垃圾之后，"刀疤头"像变了个人，不但不再参与打架斗殴，也不搞鸡鸣狗盗的把戏，而且还主动配合社区的工作。

再后来，他得了一场病，一场重病。冷晓燕主动帮他找医生，联系住院，安排陪床，筹集医药费，等等。他感激涕零，鼻涕一把泪一把。当然，这是后话。

六　有证的"违建"

外观看上去相同的锁，却要用不同的钥匙去开。

一位将军曾说,他这一生,参加过上百次战役,在不同的战场与不同的敌人较量,但从没打过两次完全相同的仗。

其实,仔细想来,我们在工作中,在现实生活中,何尝不是如此?一次次遇到问题,一次次解决问题,但没有一个难题是用和过去一样的路子解决的。

自从攻克了"刀疤头"那个碉堡,拆除违建进展顺利多了。但令冷晓燕意想不到的是,在拆除吴大新家小棚的时候,又遇到一个以前没有遇到过并且非常棘手的问题。

那天,几个民工到了吴大新家,刚把工具放下,还没动手拆,林大云就掐腰横在了小棚的门口。林大云是吴大新的爱人,六十多岁,退休前在纺织厂上班。纺织车间机械嗡嗡响,说话声音小了听不见,所以她练就了一副大嗓门。

林大云说起话来像高音喇叭一样,社区居民给她起了个外号,叫"大喇叭"。她长得膀大腰圆,丰乳肥臀,说起话来腮帮子上的肉乱哆嗦。她那大嗓门一吼,像大喇叭开机,整个小区都能听得清清楚楚。

此时,她指着几个干活的民工说:"我看你们谁敢拆?谁动手我就把谁的头拧下来当球踢!"

民工们你看我,我看你,不知如何是好。

这时,冷晓燕听说了,连忙赶过来。

冷晓燕和"大喇叭"很熟,平时说话比较随意。她挽着"大喇叭"的胳膊,开玩笑说:"大姐,你这是干什么?用得着急赤白脸吗?你发一分钟火,就失去六十秒幸福,发一小时火,就失去六十分钟幸福,何苦呢?有事慢慢说。"

"大喇叭"一看是冷晓燕,一时不好反驳,生硬地挤出一丝笑意:"我都急成这样了,你还和我掰扯些没用的。"

冷晓燕又对几个民工说:"这里先别拆,拆别处去。"

冷晓燕心想,"大喇叭"虽然嗓门大,脾气直,但她不歪歪,不是不讲理，也不是得理不饶人，这里边肯定有其他原因。

于是，冷晓燕问道："大姐，你看，别人家的都拆了，为什么你家的不让拆呢？"

"大喇叭"说："我听说了，上级要求限期拆除违建，这是好事，我们积极支持。但我家这个小棚不是违建，是有产权证的。本来以为你们懂法律，讲政策，不会来拆。谁知，今天早饭刚吃完，民工就上门了。一看，我就气不打一处来，你们这不是不讲政策为所欲为吗？"

一听说有产权证，冷晓燕一下子愣住了："什么？你们这个小棚还有产权证？"

"是啊，这个我还能骗你？你不信，我这就回家拿给你看。""大喇叭"说着就要进屋。

这时，恰巧吴大新回来了。

吴大新性格和他爱人完全相反，温和，话少，嗓门小，很少与人争执，在强势的爱人面前，显得有点懦弱。

吴大新对冷晓燕说："对不起，冷书记，她那个驴脾气，你又不是不知道，别和她一般见识。"

"大喇叭"吼道："你要是真爷们，就拿出个爷们的样子，冷书记讲理讲法，你不用在这胡咧咧，回屋拿出产权证，让冷书记看看不就得了？"

吴大新赶紧回屋里，把那间小棚的产权证拿给冷晓燕看。

冷晓燕接过来一看，果然没错。

晚上回到家，"大喇叭"家小棚的事，冷晓燕还没有放下。一方面，觉得工作做得不细，人家有产权证，还当违建去拆，引起居民的不满，不管怎么说，这都是个教训。

转而，她又想，按照设计方案，准备建的煤池，恰好在"大喇叭"家小棚的位置，而且他们家的小棚处在将要建成的煤池中间。如果他那个小棚不拆，两边是新建的整整齐齐的煤池，中间是一间孤立的小棚，既不协调，也不美观。

问题还不止于此。如果"大喇叭"那间小棚不拆，下一步修下水管道、改电路，这些都没法进行。这个地方一旦阻住，其他都不好办。

想来想去，冷晓燕决定还是要去找吴大新和"大喇叭"商量一下，希望他们做出牺牲，给大家带来方便。

第二天一早，冷晓燕从家里找出两盒"人参口服液"，叫上贺秀纪，一起来到"大喇叭"家。

"大喇叭"刚吃完早饭，正在收拾碗筷，见冷晓燕和贺秀纪来了，连忙招呼吴大新泡茶。

冷晓燕把"人参口服液"放在茶几上。"大喇叭"客气道："来就来呗，带什么礼物？"

冷晓燕开玩笑地说："你昨天吵架有功，给你好好补补，补好了，有劲了，好再去吵。"

"你这人真是，哪壶不开提哪壶。"

"大喇叭"有点不好意思。

冷晓燕收起笑容，说起了正事："今天我和贺大姐来，还是说昨天的事。昨天已经看了产权证，既然有这个证，就说明你这个小棚是合法的。既然合法，就不在这次拆除清理之列。可是，如果这个小棚不拆，接下来什么事都不好办，建煤池，铺管道，改水电，样样都没法进行，都得停工。那么，前期我们做的那么多工作等于白做了。"

"大喇叭"眼巴巴地看着冷晓燕："你的意思——"

"我的意思，为了大伙，为了咱们社区，你们还得做出牺牲。但我有言在先，一来这不是拆违建，是你们做奉献；二来也不能让你们白拆，我们会适当给一点补偿。"

吴大新看了"大喇叭"一眼，没有吭声。

"大喇叭"嘴张了张，想说什么，又咽回去了。

冷晓燕怕把事情弄僵，就主动说："这个事，我们也不是强迫命令，是和你们商量。商量通了，咱就用通了的办法；商量不通，咱就用不通的办法。确实商量不通，暂时就算了，社区看看有没有别的办法，反正不能逼你们拆。这一点，请你们把心放在肚子里。"

"大喇叭"犹豫一下，说："冷书记，别看这个小棚不起眼，可管大用，什么乱七八糟的东西，都能往里堆。你硬要我们把它拆了，还真是有点不舍得。"

"这我理解，这个事要是搁在我身上，我也不舍得。"冷晓燕跟了一句。

"大喇叭"接着说："不过，我们也不是不通情理的人。你看他——""大喇叭"用手指了指吴大新，"三脚踹不出个屁来，一遇到点事，不管大事还是小事，什么主意也没有，狗肉上不了席。这且不说，还长了个稻草腰，树叶掉在身上，也得弯半天直不起来。我呢，看着整天咋咋呼呼，其实，刀子嘴，豆腐心，好心眼不多，坏心眼一个没有。冷书记，你了解我们，你说对吧？"

"对，是这样子的。"冷晓燕点了点头。

"大喇叭"说："昨天晚上我们也想了，你们拆除违建，管好小区，不是为了自己，而是为老百姓。冷书记，大家都知道你心眼好，是个好人。我们呢，也不愿做恶人，不能挡大家的道。这样，我们就听你的，把小棚拆了，把煤池顺顺利利地建起来。"

"那太谢谢了。"冷晓燕表现得很真诚，想了一会儿，又说，"当初，你们盖那个小棚，搭上工不说，也花了不少钱。你们那点钱，也不是大风刮来的，是一分一分省吃俭用攒出来的。这样，你们说个数，我们尽量给予补偿。"

"大喇叭"看了吴大新一眼。

吴大新说："当初盖那个小棚，出工出力不假，钱没花几个。再说前年我得那场大病，社区把我送到医院，找了最好的医生，还捐助了两千多块钱，救了我的命，社区对我有恩。这个钱我不能要。砖头、石块是捡来的，石棉瓦是亲戚送的，就是买木料花了几个钱。那时东西便宜，花得不多，也就三百五百的，不需要什么经济补偿。"

冷晓燕从兜里掏出一千块钱，塞给"大喇叭"。

"大喇叭"又给塞回来。

推搡了一阵，冷晓燕往吴大新手里一扔，转身走了。

按照原来的计划，该拆的违建小棚小房，全部拆完了。接着开始建煤池。好在工程量不大，四十多个煤池很快就建起来了。别看是用来装煤放柴的小屋，因为设计美观，造型别致，排列整齐，颜色鲜艳，不知道的以为是一道新景观。

为了公平起见，他们采取了最原始最古老的办法：抓阄。

当居民们拿到新建煤池的钥匙，脸上都乐开了花。

我翻阅了当年冷晓燕的工作日志，她写道："天下第一难拆违难，在居民的理解、支持和配合下，总算取得阶段性成果，逢山开路，遇水架桥，解决了许多难题，排除了一个个安全隐患。一路走来，感触颇深：不论什么工作，没有良好的群众基础，真的是比登天还难……"

从 3 月 16 日开始，历时 4 个月、122 天，拆违清障任务终于完成。清除垃圾 300 吨，拆除违建小棚 40 多个、450 平方米，更换管道 300 米，铺设道板 1000 平方米，危墙加固 10000 平方米，煤池加盖 150 平方米，协调烟台市城市排水服务中心养护一所、烟台市自来水公司等共建单位共垫资近 500 万元，现场解决突发问题 100 多起。昔日的"垃圾堆放场""拾荒人员集散地"，如今也可以穿上花与画的衣服，变得如此漂亮，蓝天、白云、小草、鲜花……

看到眼前的一切，冷晓燕感慨万千。这 122 天里，历经磨难，费尽周折，酸甜苦辣，尽在其中。她切身感到，想要为居民把好事实事做彻底，让群众满意，真的很难，但看到居民们灿烂笑容的一刻，真的很幸福……

七　不忍触碰的"疼"

谈到拆除违建，那么长时间，那么多事，那么多人，但冷晓燕从来没有提及一个人的名字，他就是臧磊。起码我没从她口中听到过。

关于臧磊的事，是其他同志告诉我的。

当时，拆除违建抓得最紧的时候，也是烟台市争创全国文明城市最关键的时候。市委和区委三令五申，必须在限定时间内，取得拆违治乱决定性胜利。

一天，街道领导给冷晓燕打电话说，大海阳社区居民臧磊的违建小棚，已经引起市区领导的注意，弄不好就会成为一个反面典型，成为人人喊打的靶子。为了防止这种情况发生，务必在三天内拆除。如本人不同意，就强制拆除。

听得出，领导的语气很严厉，态度很坚决。

强制拆除？冷晓燕一听，猛地打了个激灵。

当时，冷晓燕正在外地出差。她马上给负责这项工作的韩大姐打了个电话，让她先去跟臧磊沟通，并让党支部副书记靠上去，盯着这件事，千万不能出岔子。

放下电话，韩大姐和小胡就去了臧磊家。

臧磊知道她们的来意，态度很不耐烦："没事来坐坐，我欢迎。要谈拆小棚的事，立马滚蛋！"

韩大姐和风细雨，说了些领导要求之类的话。臧磊砰地一拍桌子："谁敢拆我的小棚，我就和他一命抵一命，让他来吧！看看谁的命值钱？"

韩大姐苦苦劝道："臧磊啊，你年纪轻轻的，什么命抵命的。你就一条命，你能抵几次？不就那么个小棚嘛，犯得着吗？我们也是奉命来的，我看还是拆掉算了，大家都方便。"

"什么？就那么个小棚？你吃的是灯草灰，放的是轻巧屁。你知道那小棚是什么？是我的半条命！要我拆？门都没有，除非你把烟台市所有违建全部拆了。"

晚上，冷晓燕从外地赶了回来，一听说这种情况，心里不免着急起来。限期三天，只剩两天了。两天之内拆不了，就要强拆。强拆会是什么样子？冷晓燕不敢想象。此时，她心里非常难受，也非常矛盾。说句心里话，她真的不想让强制拆迁事件发生在大海阳社区，也不想因为拆迁激化社区矛盾。但同时，又觉得完不成任务，没法跟上级交代。参加工作以来，她第一次知道，什么叫左也难，右也难。

冷晓燕了解臧磊，他今年不到四十岁，原来在国企上班，后辞职下海，自己做生意。给人的印象是，知书达理，重情重义，在社区里人缘不错。按说，以他的为人，不会做出格的事情，是否背后有其他原因？

冷晓燕有时横刀立马，有时心细如发。她脑子迅速运转，当机立断，马上通过自己的朋友找到臧磊的朋友，先在臧磊身上把功课做足。

果不其然，最近臧磊运气一直很背。

走背字是先从他媳妇开始的。臧磊自身条件好，娶的媳妇也不错，属于白富美的类型，不仅漂亮优雅，而且心灵手巧，非常贤惠。尤其还做得一手漂亮的缝纫活。在这个浮躁的年代，算得上稀有类型。夫妻结婚多年，恩爱如初。谁知，天不假年，去年春天，臧磊的妻子莫名其妙地得了一场重病，臧磊不惜一切代价，为她四处求医，可再好的医生也无力回天，最终她带着满满的遗憾，离开人世。据说，送行那天，臧磊一直呆呆的，傻傻的，心半死，泪已干。

真应了那句老话，福无双至，祸不单行。臧磊的妻子刚走，他的老妈就因心衰住进了医院。

臧磊的朋友告诉冷晓燕的朋友，冷晓燕的朋友又告诉冷晓燕说，臧磊的妻子缝纫活做得好，而且还特别勤快，那个违建小棚里存放的东西，都是他妻子生前买的缝纫用品。

对臧磊来说，那间小棚里，盛的不是物品，而是妻子的笑容，是恩爱夫妻的情话，是对未来美好的憧憬和希冀，是一个人默默的倾诉，是他永远珍藏的念想……

东西在，人没了。这是世间最大的痛。

想到这些，冷晓燕有点害怕，害怕面对那间小屋，害怕面对臧磊，害怕控制不住自己的眼泪。这不难理解，她毕竟是个女人，是为人妻、为人母的女人。

为了缓冲一下，冷晓燕先跟臧磊通电话，同情他的不幸，体谅他的难处，安抚他的情绪。一天之内，冷晓燕跟他通了六次电话。最后，臧磊终于同意见面商量。

见面的时候，臧磊的态度缓和多了。令臧磊想不到的是，这个社区书记那么善解人意，那么设身处地为他人着想，那么通情达理地处理问题。这年头，这样的人太少了。

他开始慢慢释怀，说话口气缓和多了。

冷晓燕和臧磊商量，社区食堂前些日子刚搬到别的地方，现在正好闲着，小棚里存放的物品，是不是可以先放到闲着的厨房里，然后大家一起物色，找个有缘的好人家，把没用过的物品转给他们，这也算对灵魂的一种安放。

臧磊想了想，眼下没有更好的办法，便答应了。

社区的同志一齐上手，把小棚的物品逐一清点，小心翼翼地搬到闲置的厨房内，接着把小棚拆掉了。这一切做完，离限期三天的截止时间只有几个小时了。

强制拆除的办法，最终没派上用场。

八　寒光闪闪的钢刀

社区这个舞台，说大不大，说小不小。在社区岗位上工作十年八年，或者更长一点，保准什么事都能碰上。

这不，冷晓燕又碰上一桩舞刀弄枪的事。

周一早晨，刚上班一会儿，社区李大妈就慌慌张张跑到党群服务中心，上气不接下气地说："不好了，要出人命了！"

冷晓燕到区里开会去了，韩益荣大姐见状，连忙上前扶了一下李大妈："大妈，别急，怎么回事？"

"杜肃臣在葡萄架子上挂了一把柴刀，足有一尺多长，手掌那么宽，明晃晃的，看上去刺眼，怪瘆人的。他铁青着脸站那儿，放出狠话，说谁要敢动他的花盆和果树，他就用这把柴刀抹谁的脖子。那么大那么锋利的刀搁在脖子上，想想就吓死了。"李大妈说着，身上还在哆嗦。

李大妈说的杜肃臣，是大海阳社区的居民，退休前在烟台市塑阳产业公司上班，专门负责塑料产品制作。

别人退休以后都是找点自己喜欢的事做，不是下棋打牌，就是唱歌跳舞，再不就是赶海钓鱼，挖蛤摸虾。

杜肃臣没有这些爱好，成天待在家里，短时间还可以，时间长了就待不住了，不长病也得闲出病来。他想外出找点事干，但找来找去，找了半天，也没找着个合适的活。

一身劲没地儿使，憋得他难受。别看他文化程度不高，但脑子灵活。他绕着社区转了几圈，瞅出了门道。

他家住二楼，门外有个大平台，整层楼是通着的，面积和一个篮球场差不多。平台下面是临街商铺，生意挺旺。

有天傍晚，他围着这个平台转了好几圈，心想，在城市里找这么大个空场，可真是不容易。这么大的地方，白白闲着，岂不可惜？

一连几天，他没事就到这个平台上，这里转转，那里看看，这里测测，那里量量。他萌生了一个想法。

他先找了一些泡沫箱，种上菜，有菠菜、韭菜、辣椒，又栽上花，有月季、菊花、迎春等。菜种花苗是他买来的，价格很便宜。土是从小区里挖的。

这些花大都是草本的，苗小，易活。白天在家里干，晚上搬到平台上。过一个时辰，就去浇浇水，还施上自己泡制的肥。土质好，水分足，肥够劲，花和菜都长得很好。不长时间，就长出了花骨朵，他有点小得意。

过了几天，他又去找了些木板木片，钉成木箱，栽上稍大点的木本花。木箱大，用土多，光靠在小区里挖，容易被发现。他就骑上摩托车，带上个蛇皮袋子，到城外郊区山里去挖。还是老办法，白天在家鼓捣，晚上移到平台。

有天晚上，他正从家里往平台上倒腾，被邻居老于头碰见了。老于头问他深更半夜的倒腾什么，他笑而不答。

越倒腾越有瘾，想停停不下了。他又从郊区租了一辆农用三轮车，整车整车地拉土。觉得原先品种有点单调，他就又种了西红柿、无花果等，还搭起了葡萄架，种上了葡萄。

不长时间，战果辉煌。大泡沫盒小泡沫盒，大木板箱小木板箱，篮球场大的平台，快被他摆弄满了。大大小小盆箱加起来，少说也有五六十。

开始是小得意，现在是太得意了。他常常站在平台上，迈着正步走来走去，像一个检阅部队的将军。

九　"有本事到天安门开店呀"

邻居们知道杜肃臣没闲着，一直在忙活，但不知道他成天忙活什么。直到后来发生了一连串的事情，才恍然大悟。

事情最早是楼下商铺的人发现的。开始，有人看到房顶流下的水痕，后来，水吧嗒吧嗒滴下来，滴到架子上，并且空气中散发着一种特别难闻的味道。你想，他自己泡制用来浇花的肥料，什么内容都有，什么花生大豆，还有驴粪马掌，在水里一经发酵，能是什么好味道？

商铺的老板去楼上找他："老杜啊，你讲点公德好不好？我在楼下开店，你在楼上大水漫灌，并且还是脏水、臭水，你这样做，我这个店还有法开吗？"

谁知，老杜根本不吃这一套，不软不硬地撑了回去："你的店能不能开，我管不着，也不想管。我的事，你也别管，你也管不着。再说，市委大楼好啊，那里不漏水。北京天安门广场那里也很好，不光不漏水，还不挡光。你不是有本事吗？倒是到那里去开店呀！"

店铺老板气得眼珠子都要瞪出来了："你这不是不讲理吗？"

"我是不讲理，可我没上赶着去找你讲理吧？是你死皮赖脸追着我讲，有本事你别来跟我讲啊！"

店铺老板骂了一声："不可理喻！"扭头走了。

夏天到了，问题来了。那么多西红柿、无花果、葡萄，老杜头家根本吃不完，又没法送人，熟透了的果子不摘，烂在树上，那味道才真叫恶心，招得苍蝇蚊子满天飞。

小区居民忍无可忍，轮番上门找他，可他依然是那副蛮不讲理、油盐不进的样子："我种花种草不假，可又不种在你们家，你们管得着吗？"

有人说他自私，只顾自己，不管他人，随便占用公共资源。他振振有词："既然是公共资源，当然有我一份啊！"

再有人找，他就跟人抬杠："反正那地方闲着也是闲着，愿意种你也可以种，又没人拦着。"

无奈，有的人就想了个损招，趁夜深人静的时候，爬上平台，拔了他一些花和菜，扔到楼下的大街上。

第二天他发现后，来了一个泼妇骂街，大声粗口地骂了起来。接着，他找了一把柴刀，磨得锃亮，挂在葡萄架上。

于是，就出现了开头那一幕。

十　巴菲特的"反弹琵琶"

为了把杜肃臣占用的公共平台清理出来，冷晓燕几次上门，与杜肃臣交谈。冷晓燕苦口婆心地说："杜大叔，您是我的长辈，也是个要脸要面的人。大家都在一个屋檐下住着，抬头不见低头见，这个平台是公共的，可您一个人把它全占了，并且乱七八糟地种了那么多菜，养了那么多花。您自己心里是舒服了，可您怎么不想想大家的感受呢？前邻后舍天天跟着您闻臭味。楼下进的货都被您漏下去的水给泡了。您有儿有女，上了年纪，不顾及什么里子面子，可您得给儿女们留点脸面啊！"

谁知，杜肃臣竟双手掩面，哇的一声哭了起来。

原以为杜肃臣会像搅屎棍一样，胡搅蛮缠，乱搅一通。没想到，他来了美国股神巴菲特的一招：反弹琵琶。

"别人恐惧时我贪婪，别人贪婪时我恐惧。"

这一出冷晓燕始料不及。

一大把年纪的男人，当着年轻女人的面，哇哇地哭出声来，这是什么状况？这是什么操作？冷晓燕有点蒙。

她赶紧劝道："杜大叔，您别哭呀，有什么话说出来，有什么委屈也可以讲出来。"

杜肃臣用手在脸上抹了一把："冷书记，我以前上班忙忙活活，什么也顾不上，现在退休了，天天在家待着，没病也得憋出病来。我一辈子没有其他爱好，平时就喜欢捣弄点花花草草的。有这么个活干着，我还充实点，要没有这个活，那我不就得混吃等死吗？"

他的话音一落，冷晓燕心里咯噔一下，心想，他说得有道理。人活着，得有寄托、有意思、有盼头。老杜头占用公共平台种这些菜和花，不是故意赚便宜，不是故意和别人作对，也不是光为了吃，而是为了自己活得有尊严，有滋味。但转念一想，即便是这样，也不能对他纵容和支持，因为涉及其他居民的利益问题。于是，她劝杜肃臣说："杜大叔，您说的这个问题确实很重要。虽然退休了，也不能成天在家闲着，总得找点事干，但干什么，我们有多种选择啊，有什么要求，您可以提出来，我们一起想办法。"

杜肃臣接着说："我是怕给你们添麻烦，才自己找了个事干。这么大的平台，闲着也是闲着，我把它利用起来，碍谁的事了？怎么这也不行那也不行？"

冷晓燕说："杜大叔，那个平台是公共的，大家都有份，您把它据为己有，那怎么能行呢？"

杜肃臣又说："我一个箱子一个箱子地做起来，一棵苗一棵苗地买回来，一捧土一捧土地弄回来，一盆一盆地栽上去。我容易吗？你们一句话，说要我拆，我就得拆。这是什么道理？"

冷晓燕想了想，对杜肃臣说："杜大叔，您看这样好不好？我来说个方案，您如果能接受，咱就这样办；如果您不接受，我们再另想其他的办法。"

"冷书记，你说。"

"既然您喜欢侍弄蔬菜花草，又会管理，那可太好了。社区需要您这样的人才，您可以发挥自己的一技之长。我们帮您把平台上的蔬菜花草处理掉，把我们社区这个大花园交给您管。对社区楼前道边，重新规划，该种树种树，该种花种花，该种草种草，喜欢种菜也可以，这些由您定，只要符合社区对环境的要求，剩下的事都归您管。"

"那，这个花园得有多大！"杜臣肃自言自语道。

冷晓燕说："是啊，您现在种菜养花的平台才多大？不就和个篮球场那么大吗？咱们大海阳社区有多大？起码有几百个篮球场大，您管的地盘，和我管的地盘一样大。愿意吗？"

十一　社区花园的园长

杜肃臣一听，抑制不住地兴奋起来："此话当真？"

"那当然啦，别看我是女人，同样吐口唾沫是颗钉。"

杜肃臣看了冷晓燕一眼："那——"他欲言又止，用手指了指身上的衣服。

冷晓燕说："噢，我明白了，没问题。"

第二天，杜肃臣一大早就来到社区，把带有"幸福大海阳志愿者"字样的背心领走了。

接着，在他的指挥下，十几个民工用了整整一天时间，把大平台彻底清理出来，把一个干干净净的平台还给了居民。

从此，杜肃臣一直担任社区花园"园长"。他兢兢业业，认真负责，修剪，施肥，浇水，在他的带领下，几个志愿者把小区绿树花草打理得井井有条。

就这样，一场看上去剑拔弩张的纷争，旋即迎刃而解。

冷晓燕在工作日志中感叹道：

"杜肃臣大叔在平台上用泡沫箱和木箱种了几十箱蔬菜和无花果，扬言谁要是敢给他清理，就拿刀劈谁，还把柴刀挂在葡萄架上。经过一次次掏心掏肺、苦口婆心的劝说，终于征得大叔的同意和支持，自觉把柴刀拿下来。经过一天的汗流浃背，换来了平台上干干净净。还成功地把杜大叔招募为社区园林花卉志愿者，帮他搭建了一个发挥作用的大平台。杜大叔心情很愉快，一个劲地向我表达感谢。经此一事，感受很深，基层工作不容易，很难很累很苦。凡事坚持公心诚心是基础，取得居民信任和支持是关键。我相信，只要多沟通多交流多用心，以人为本，社区任何难题都能迎刃而解。

"今天早晨五点，杜肃臣大叔就穿着志愿者服装上岗了，义务为社区花卉树木剪枝打药，特别棒……其实，我们每个居民都有可爱的一面，都有他们的闪光点。怎样挖掘和发挥他们的优势和特长，怎样为他们搭建载体和平台，引导他们参与社会治理，让每个居民都能在社区这个舞台上八仙过海，各显其能，这是我们社区工作者应当去努力的。"

在大海阳社区聊天期间，我对杜肃臣颇感兴趣。

于是，我找到冷晓燕，问她能不能帮我联系上杜肃臣，我想跟他聊聊。冷晓燕说没问题，杜大叔是个热心人，也很健谈。说着，就给他拨通了电话。

不一会儿，老杜就到了办公室。这是我与杜肃臣第一次正式见面。他今年七十三岁，中等个头，身体硬朗结实，看上去比实际年龄小很多。我给他倒了一杯水，随便聊，聊了许多话题，柴米油盐啦，吃喝拉撒啦，等等。他还给我讲了许多冷晓燕的故事，讲了他所经历的大海阳的变化，最后他还有模有样地做了归纳性发言，反复强调大海阳社区之所以变化这么大，主要是党员好、干部好、群众好，这三好缺一不可。

这话要是别人说出来，我可能不太在意，甚至可能理解为常听常见的套话。但他说出来，我觉得他是有用意的。他的弦外之音，是要表明他是好群众中的一员。我明白，他在利用一切机会证明自己。其实，他早就用实际行动做了很好的证明。这正是他可爱的一面。

十二　不好意思爆的"雷"

无论是地雷还是炸弹，爆炸前都是沉默的，但迟早会听到爆炸的声音。而一旦爆炸，后果不堪设想。

说实话，当我和张均伟面对面的时候，怎么也难以把他与地雷、炸弹联系在一起。他的面相、举止、神态，包括他的笑容和说话的声音，与具有摧毁性和杀伤力的地雷、炸弹实在格格不入。相反，倒会给人以安全甚至亲和的感觉。

但是，熟悉他的人都知道，在一段日子里，他真的很歪歪，他的名字几乎与定时炸弹和安全隐患连在一起。因为那段时间，他动不动就跑到区里市里，或者跑省会、跑北京，非找个地方说理不可。特别是每逢全国性重要会议，或全国性重大活动，越是敏感时期，他越是来劲，弄得各级领导很头疼。每次社会安全隐患排查，他都榜上有名。

在许多人眼里，张均伟是个"刺头"，说他什么的都有，"不安定分子""上访第一人""定时炸弹"等等，这些对安全与稳定有害的符号，都安在他头上。

其实，打开张均伟的履历看看，他一路走来都很阳光很上进，浑身上下，满满的正能量。

他出身农家，根正苗红，刚够年龄就光荣参军，在部队大熔炉一待就是十二年。先是在某部高炮旅汽车连，当驾驶员、班长，并光荣入党。后调军区，给首长开专车，并晋升为士官。十二年的军旅生涯，是他一生中的高光时刻。

后来，他转业到地方，被安排在烟台一家外贸企业。他的爱人也进了一家外贸公司上班。当时外贸是许多年轻人向往的地方，是待遇相当可观的单位。可惜,好景不长,他赶上的,只是辉煌的尾巴。不久,外贸体制改革,外贸企业改制,许多政策被取消,优越感荡然无存,外贸企业辉煌不再。接下来,张均伟和爱人双双下岗回家。

从夏天的炎热突然跌进刺骨的冰窖,他受不了。从原来天天上班,沦落到无班可上,每天无着无落,无所事事。过去每个月领了工资数钱,现在无钱可数了,兜里空空的。过去从来没为柴米油盐的花销盘算过,现在不得不一分一文地数着过日子,有时候一分钱还得掰成两半花。

正在日子越过越紧巴的时候,儿子的大学录取通知书从天而降。这令张均伟全家极度兴奋。尤其张均伟,比自己考上大学还要高兴。他想起自己小的时候,当时也很渴望上学,上了小学上中学,上了中学上大学。可是家里穷得叮当响,哪有钱供他上学?后来,他只好把这个梦想悄悄埋在心里。有了儿子后,他又把这个珍藏多年的梦想,从内心深处取了出来,拂去污垢,交给儿子。不错,儿子争气,终于让他等来了这一天。他怎么能不兴奋呢?

当狂喜过后,儿子把一笔数额不小的学费一说,他一下子蒙了,先前的兴奋瞬间荡然无存,剩下的是一筹莫展、抓耳挠腮。越想越愁,越愁越想,他几乎崩溃了。

他忽然想到,根据政策规定,士官复员到地方,工资享受干部待遇,可现在为什么没有落实?他去有关部门咨询,得到的答复是,当初转业安排到外贸企业时,工资是比照干部待遇兑现的,现在企业垮了,工资当然也就没了。

他心情郁闷,于是开始喝酒,心情一天天变坏,脾气一天天见长,在家动不动骂骂咧咧,骂天骂地骂社会,骂完领导骂老婆,似乎全世界都对不起他。

他找过去的老领导,老领导已经退出领导岗位,无能为力;他找一起当兵的战友,他们的日子和他如出一辙,有的甚至连他都不如;他找亲戚朋友,他们都表示有心无力。

他几乎绝望，但又不甘心，他要找地方说理，他不信这么大的国家没有说理的地方。

这时，恰巧有个战友到他家串门，点拨他："天天家里横、屋里骂，管事的听不见，听见的不管事，有啥用？"

张均伟看了他一眼："那咋办？"

"找啊！有理走遍天下，我们怕谁？"

张均伟眼睛一亮，好像看到了希望，把桌子一拍："对，谁说了算找谁！"

"战友情，生死情。咱们几个烟台战友联起手来，区里不行找市里，市里不行找省里，省里不行找中央，我就不信，朗朗乾坤，能活生生把人饿死？"战友给他鼓劲。

两人喝口小酒，越说越激动。

从此，他和几个战友就开启了他们的上访模式。

因为张均伟侠肝义胆、为人仗义，几个战友推举他为"头儿"。"上访第一人"等"雅号"，就是从那儿来的。

他们的频繁上访之旅中，定了不少规矩，发生了许多故事。比如，在去省城或去北京途中，穿戴要整齐，身上要干净，保持军人风度，注意军人形象，不能让人看不起，误认为"老赖"；路上要听从指挥，不能擅自行动；要尽量保持沉默，能不说就不说，能少说就少说，防止跑风漏气；遇到别人询问，尽量由"头儿"出面斡旋，别人不要插嘴，确实无法回避时，要统一口径。

据说，在北京，为了躲避警察和便衣，他们和侦察兵一样周旋，最终还真的成功进入国家信访局的办公室。

对此，他们几个战友一直引以为傲。

眼看全国又要召开两会，冷晓燕感到非常头疼，连续几天，白天吃不安，晚上睡不宁。有时候一天接好几个电话，一会儿是市、区信访局领导，一会儿是市、区政法委领导，一会儿是市、区维稳办领导，一会儿是区委领导，一会儿是街道办领导……主题就一个：想尽一切办法，看也要看住，劝阻张均伟同志上访。

有时候，领导也会急眼，动不动就撂下狠话："如果办不好，就拿你是问。要不你就拿着辞职书来见我！"

冷晓燕知道，领导也是被他的领导逼急了。他不会真的拿她是问，也不会真的让她带上辞职书去见他。只说明了一点，他是真的急了。她心想，我何曾不想看住他？可他那么一个大活人，不能捆，不能绑，我怎么看得住他？古人用三十六计就够了，可我都快用了三十七计了，怎么就是不管用呢？

没办法，冷晓燕又一次硬着头皮去找张均伟。

这又是一次明知艰难却又无法回避的谈话。

冷晓燕手里拎着一袋水果，张均伟看了她一眼，不淡不咸地嘟囔了一句："不要破费了，没用。"

"有用没用，咱另说，破费倒也谈不上，几个钢镚的事。"冷晓燕说，"不过，我得把话说清楚，不是求你，不是收买你，只是出于礼貌，仅此而已，你别想多了。"

张均伟是个明白人，他对冷晓燕本人没有成见，甚至还有那么点好感，因为他目前的处境与她没有一毛钱关系。所以，他也不愿意让冷晓燕太难堪。于是，他口气缓和下来：

"冷书记，我知道你为什么来，我去不去上访、到哪里上访，跟你没啥关系，我又不是冲着你，你就别跟着操心了。"

冷晓燕回答道："你是大海阳社区的人，我是大海阳社区的书记，你上访，怎么能和我没关系呢？关系大着呢。"

"噢，这么说也有道理，我还是给你添麻烦了。"张均伟说道，口气里似乎有些真诚和歉意。

冷晓燕说："以前的事都过去了，现在咱不出去行吗？"

张均伟摇摇头："冷书记，咱俩换个位置，你怎么办？当初给我们许诺的政策，至今没有落实，我们找上级说清楚，这是合理的诉求，难道有错吗？噢，不让我们上访，不让我们说话，要我们闷声憋气，装好孩子，可谁给我们奶吃？最后挨饿的不还是我们吗？"

冷晓燕说："没说你有错，你说的也有一定的道理。但你们济南去过，北京也去过，人家不是已经给你们解释清楚了吗？怎么还揪着不放？"

张均伟缓了一口气，说："解释清楚有什么用？就是你把我劝住，也拦不住别人去，没用的。"

"别人是别人的事，我管不着。我只要把你劝住劝好，你在家好好待着，不出去惹事，我就烧高香了。"

"唉！"张均伟叹了口气，说，"这不都是被穷逼的嘛。你们每月领着工资，饱汉不知饿汉饥，站着说话不腰疼。我们呢，不光没有一点来钱的门路，而且还四面透风。家里父母老人养老需要用钱，老人上医院看病需要花钱，孩子上大学需要用钱。都要花钱，可钱从哪儿来？这几天海上风不小，可也刮不来钱啊！"

冷晓燕心里一咯噔。她知道，张均伟说的是实情，也是实话。他家里正是到处用钱的时候，日子过得不容易。俗话说，一分钱难倒英雄汉。要不是实在没法，他也说不出这些话，更不会去上访。

于是，冷晓燕说："张大哥，我知道你有你的难处。你儿子今年刚考上大学，学费到现在还没有着落。你看这么多困难，咱是不是得一个一个地解决。当务之急是孩子的学费。这可是关系孩子一辈子的大事。你跑济南也好，去北京也罢，跑了好多趟了，也没跑回钱来。再说，孩子一旦去大学报了到，学校知道你天天忙着去上访，也不是什么好事。传出去不大好听，还会给孩子带来负面影响。你给我两天时间，我去想想办法，争取解决孩子的学费。解决不了再说。"

张均伟看了冷晓燕一眼，没有吱声。

正当冷晓燕急得火上房的时候，市人大代表老孟来社区征求意见。他是"阳光100"工程项目的经理，是大海阳选区选出的人民代表。按照惯例，他每个季度都要到所在选区征求群众意见，然后加以汇总，提交上去。这次来还有一个任务，他受公司委托，希望参与公益，资助几名贫困学生。

冷晓燕一听，啪地把腿一拍：真是想吃海鲜来了卖海肠的，怎么就这么巧呢？她连忙把张均伟家里目前的状况说了。老孟当场表态，同意把张均伟的儿子作为资助对象，每年资助五千元，一直到大学毕业。

张均伟听后，感激得要给冷晓燕跪下，被冷晓燕拉住。

接着，张均伟被聘为大海阳社区内设物业公司经理。

这时的张均伟，就像换了一个人，如沐春风，精神焕发。那个曾经朝气蓬勃的青年军人又回来了。

打那，张均伟再没有参与上访。

打那，大海阳社区连续十五年没有越级和集体上访事件。

在大海阳采访的那些日子，我问起这段往事，张均伟脸色微微发红，有点不大好意思，一会儿倒茶，一会儿递烟，顾左右而言他。我看着他，没有吭气。他觉得实在绕不过这个话题，只好吭吭哧哧地说，在冷晓燕面前，我就是颗真雷，也不好意思炸啊。

第三章
人间冷暖

　　2005 年 12 月 10 日晚，在连续五天的强降雪过后，尚未来得及喘息的烟台再次迎来了暴雪的洗礼。鹅毛般的雪花飘飘洒洒，西北风嗖嗖地刮着，把落在地上的雪花旋起来，重新送回空中，然后再慢慢落下来。如此这般，不断地反复着。

　　据气象部门介绍，这是烟台有气象资料记载以来持续时间最长，降雪量最大的一次。全市平均降雪量 74.1 毫米。

　　有个小伙子，行走在大雪纷飞的大街上，随手用相机拍下街景，发表在当天的晚报上，并配上文字：冷流雪正在狂暴，宛如北极科考。

　　呜呼，烟台的雪与北极都有一比了。

　　烟台人一个个猫在家里，不敢出门。心急的，或贴近窗户，或倚门长叹：这雪怎么下得这么大呢？

　　然而，与之相邻、同处胶东半岛且相距只有百里的青岛人，却在倚门盼雪，望眼欲穿：这雪怎么还不来呢？

　　不是一年，而是多年，常常烟台大雪，青岛大晴。

　　大自然就是这样，我行我素，不以任何人的意志为转移。

　　烟台是全国闻名的"雪窝"，几乎每年都会经历数场大雪的洗礼。气象专家解释，这与烟台所处的独特地理位置和特殊气候条件有很大关系。

烟台三面环海，北临渤海，南部和东部与黄海相接。这种地理位置使得烟台冬季常常受到来自北方的西北季风的影响，带来强冷空气。当这些冷空气南下经过渤海时，与海水温度相差较大，导致低层空气增温增湿。这种增温增湿的空气，在近海面形成具有一定对流性的层积云，从而产生降雪，也就是通常说的冷流雪。

冷流雪也叫海效应降雪，它不同于一般性降雪，其特点是，阵性强，局地性强，积雪效率高，垂直对流强，常有"列车效应"，且云很低，形成云中撒雪的"雪幕景观"。

实际上，山东半岛的冷流雪，在历史上早有记载，文人墨客的诗词歌赋也有所涉猎。北宋文学家孔平仲有诗云："闻说登莱雪一尺，此中晴色更无云。安得北风从海上，满天吹过玉纷纷。"我想，这首诗，写的应当就是冷流雪。

一 暖气，你不该缺席

对于依然汗流浃背地在田间劳作的农民来说，大雪虽然带来寒冷，但瑞雪兆丰年，他们沉浸在对来年丰收的等待里，想象着"麦浪滚滚闪金光，十里歌声十里香"，这无疑也是一种温暖，而且是心里的温暖。然而，对于大海阳的居民来说，这场冷流雪带来的，除了寒冷还是寒冷，从里到外的寒冷。

前面说过，大海阳社区的楼房，大多建于 20 世纪七八十年代。像上了岁数的老人，不管外表看上去多"少相"，不管是否真的"逆生长"，也不管用什么"驻颜术"，都难以从根本上逆转岁月的留痕。毕竟年岁在那里摆着，流水不欺人，年轮不说谎。零部件老化，功能退化，一会儿这儿疼，一会儿那儿痒，好的地方不多，到处跑风漏气，这都是必然。比如，社区的暖气由于年久失修、管道破损，经常出现该暖不暖的问题。

不知哪个环节出了问题，供热供暖功能突然失灵。

这不，雪一下，天一变，暖气缺席了。

铸铁制成的暖气片，散热的时候，感觉它内里像装着个小太阳，一走近它就觉得热气腾腾，滚烫灼人。但此时，它像个冰坨子，看上一眼就觉得浑身发凉，心里打颤。

冷流雪带来的寒气，让人猝不及防。年轻人反应快，办法多。当身体感觉到冷的时候，许多年轻人第一时间就跑去了商场。有的买回了电暖器，有的买回了电热毯，还有的买回了人造"小太阳"。而上了年纪的老人反应慢，一时半霎搞不清怎么回事。其实，即使搞清了，也没办法，只能用老残的躯体和微弱的余热，与强势的寒冷顽强抗衡。

暖气在最不该缺席的时候缺席，这着实令人大失所望。

有的人说，不就是来了场冷流雪嘛，弄得跟天塌了似的，没有暖气就过不了冬？当年没有暖气又如何？东北常年积雪又如何？你听，这不是抬杠嘛。

顺着这个思路说，那就更远了。到北京周口店看看，到云南山顶洞看看，那时的猿人，身上裹着的是树皮，照样经过冰雪，经过严寒，并且还进化成了我们。这怎么讲？

关于这个话题，后面还要涉及，暂且打住。

站在不同高度的人无法对话，开口便是抬杠。

二　何以主心骨

冷晓燕穿着厚厚的羽绒服，大红围巾把头部面部包裹得严严实实，只把两只乌黑的眼睛露在外头。

一进门，冷晓燕跺了跺脚，抖了抖身上的雪，双手用力搓了几下。脱外套的时候，忽然阿嚏一声，打了个喷嚏，她下意识地用手捂了一下嘴，接着把手伸向了暖气片。

突然，她像被马蜂蜇了一下，迅速把手缩了回来。暖气片冰冷，一点热乎气没有。

她问白金美："白姐？暖气片怎么是冷的啊？"

"不知道啊，其他房间的暖气片也是冷的，会不会是供暖公司那边出了问题？我这就去打电话问问情况。"

没等白金美打电话，冷晓燕就把座机电话抓了过来。

她先拨通了与大海阳相邻的社区电话："喂，林书记吗？我是冷晓燕啊，我想问一下，你们那里的暖气怎么样啊？啊，正常？温度挺高？噢，没事，我随便问一下。"

接着，她拨通了另一个号码："喂，供暖公司吗？我这里是大海阳社区，麻烦问一下，从昨天晚上开始，我们社区的暖气突然停了，是不是你们那里出了什么问题？"

"不会吧，我们这里一切正常，并且根据天气骤然降温的情况，提升了供温指数，也许是你们的问题吧？"对方在电话中回答说。

冷晓燕非常着急："不管是哪里的原因，你们最好派人到我们这里来看看，好吗？"

对方犹豫了一下，说："我们看看情况吧。"

放下电话，冷晓燕就琢磨，看来供暖失灵不是全市的事，人家其他社区好好的，只有大海阳社区暖气片冰凉。到底是供暖公司出了问题，还是大海阳社区的暖气管道出了问题？她说不清楚。

她甚至想，如果全市暖气都停就好了。真要是那样，市长一个电话，甚至不用市长打电话，供暖部门就会以迅雷不及掩耳之势，让暖气冒火。

转而一想，这有点不厚道，便母鸡下蛋似的笑了。

冷晓燕对办公室的同志说："暖气出问题，什么原因还搞不清楚。什么时间能修好，那更说不准。这样不行，这么冷的天，暖气停了，会出问题的。特别是那些岁数大的大爷大妈，那些几个月大的孩子，还有那些体弱多病的，他们经不住冻。大家把手头的事都先放一放，抓紧安排各楼楼长和网格员，挨家挨户普查，看看是局部供暖出了问题，还是整个社区出了问题。我们班子的成员都要分头下去，到自己分包联系的家庭察看一下，看看究竟什么情况。"

大家一溜烟似的到居民家去了。

冷晓燕先到了马大爷家，这是她联系的重点户。

马大爷叫马福生，已经八十多岁，是社区里为数不多的"三老"之一：1947年参军的老革命，1949年加入党组织的老党员，新中国成立初期被省政府认定的老模范。

马大爷参加过解放战争，参加过抗美援朝战争。回国后，跟随铁道部队辗转南北，参加过我国最早的几条铁路的修建。1981年，马大爷转业到烟台工作，1984年住进大海阳社区。

马大爷本有一个幸福的家庭，老伴性格温和，贤惠厚道，在单位和社区人缘都很好。两个儿子很有出息，老大大学毕业后分到青岛，在那里成家立业；老二参军入伍，转业后分配到离芝罘区较远的牟平区，在那里安家娶妻生子。

没想到，两年前，老伴突发心梗，先他走了，留下他一个人孤独地生活。儿子虽然孝顺，但只能周末回来看看。

冷晓燕敲了一下门，没有回应，接着听见一声咳嗽。她急忙推门进屋。没想到，进屋以后，没感觉到一丝热乎，反而有一股冷气扑面而来，有点像进了冰冷的地窖子，就是新疆、东北等地挖到地下的那种地窖子。

再往客厅一看，满头白发的马大爷，蜷缩着身子，用一床破旧的棉被把身子紧紧地裹着，斜卧在沙发上。

见冷晓燕进门，老人吃力地直起身来，紧握着她的双手，嘴嗫嚅着，想说什么但没有说出来。

眼前这一幕，令冷晓燕欲哭无泪，心都碎了。

她走上前去，帮马大爷掖了掖被角，握着老人家冰凉的手，说道："马大爷，屋里太冷了，一点热乎气没有。暖气今天坏的还是早就坏了？"

"刚试气的时候，还可以，暖气片是热乎的。可这两天，一天不如一天，一天比一天凉，从昨天晚上开始，干脆一点热气没了，不是暖气是冷气了。"马大爷看了冷晓燕一眼，又补充道，"暖气片这东西，送暖气的时候真好，要是不送气了，还不如没有，那个铁片子，看一眼，就浑身发凉。"

冷晓燕把话接过来，说："马大爷，让您老人家受委屈了。我现在就去找供暖的部门，争取尽快供上暖气。请您放心，我就是钻天拱地，也不能让您披着棉被过冬！"

从马大爷家出来，冷晓燕来到9号楼王春阿姨家。

王春阿姨是个特别要好的人，平时穿衣戴帽特别讲究，别看六十出头的人了，每次出门，都要花工夫捯饬一番，那装扮，那气质，那神情，一点不输年轻人。

冷晓燕进门一看，王阿姨已经哆嗦得不成样子，还在稀罕着那条狗。找了些碎布片，胡乱缝了个夹袄，套在狗身上，嘴里不停地说："你看我的宝宝冻得不高兴了，要是真的冻出毛病，我可怎么办呀！"

冷晓燕回到办公室，其他班子成员也陆续回来了。她问道："情况怎么样？"

"还用问吗？秃头上的虱子，明摆着。这么冷的天，暖气一点热乎气没有，谁受得了？"韩益荣没好气地说。

"万大婶家的情况也是这样，暖气片基本上是凉的，我到她家去时，她正一把鼻涕一把泪地后悔。"周卫娟说。

冷晓燕问道："她后悔什么？"

"她后悔头天晚上不该留小孙子在家住。本来儿子儿媳带孩子回来看看，接着回家。人老隔辈亲，万大婶宝贝她那胖孙子，硬不让人家走，留下跟她睡了一宿。这一住不要紧，她那大胖孙子冻感冒了。一大早就喷嚏连天，一试额头，有点发烫，吓得万大婶赶紧打电话给儿子，把她那梦中情孙送医院去了。早晨儿媳妇的脸色，比抹布还难看。"

贺秀纪、姜桂敏、白金美看到的情况，与刚才大家说的情况大同小异。

冷晓燕说："刚才大家冒着寒冷走门入户都看到了，目前情况不容乐观。就像打仗一样，考验我们的时候到了。我们经常说，社区党委是社区居民的主心骨。大家说说，什么是主心骨？怎样当好主心骨？"

大家七嘴八舌说开了：

"主心骨就得让群众信得过，靠得住，跟着走。"

"主心骨得有主意，有主见，还得敢担当，不怕事。"

"主心骨就是让群众可以依仗，可以依赖。"

"主心骨就是靠着它就有希望。"

冷晓燕把话接过来："大家说得对，主心骨就是社区群众可以依靠的核心力量。一到关键时候就拉稀，当不了主心骨；一阵风来就弯腰，当不了主心骨；一看悬崖就后退，当不了主心骨；一到利益面前光想自己的，当不了主心骨。"

贺秀纪插了一句："你没听人说吗？靠山山倒，靠墙墙倒，靠屋屋塌，靠树树摇。主心骨不是谁都能当的！"

"眼下，整个社区的暖气坏了，群众让我们给他们做主。我们天天要求他们这样，要求他们那样，他们对我们就这么一个要求，如果我们不能为他们做主，不答应他们这个要求，那么我们以后还有什么资格要求他们呢？"姜桂敏跟上说。

"说得好!"冷晓燕说,"要当群众的主心骨,首先我们要和群众坐在同一条板凳上,真正地一块苦,一块干,一块过。眼下,最紧要的就是和群众一起渡过寒冷这一关。接下来要干的事很多,一方面,继续做好摸排,重点看看那些五保户、特困户,一定不能让他们冻着饿着;另一方面,继续和有关部门协调,争取尽快恢复正常供暖。"

正在这时,突然呼呼啦啦从门外涌入一群人,一个个像吃了枪药,说起话来"冲"味十足:

"政府拿钱装暖气,这是装的什么玩意儿?我看装的不是暖气,而是寒气、丧气、晦气!"

"供暖公司这是耍猴呢,是不是觉得冻死人不偿命?"

"不行,得让他们给个说法!"

"你们社区不是为居民服务的吗?当初修暖气的时候,你们说得叭叭的,让我们听话,让我们配合。现在好了,需要你们服务了,你们怎么当起缩头乌龟了?"

大家你一言,我一语,一声高过一声。

这时,冷晓燕站了出来:"各位大叔大婶,大家说得都对,我们现在和你们感觉一样冷,我们心里和你们一样有气。可是,光生气、光抱怨,没用啊!有问题我们得想办法解决问题。说我们这时候当起了缩头乌龟,你们这是看错了,你们来之前,我们分头到几户看过,刚才,我们也正在开会商量找谁解决,怎么解决。你们给我们点时间,我们马上跟有关部门联系,争取尽快找到解决问题的办法。请各位先回家耐心等着,好不好?"

"我们不回去,回家也是冷,在这里也是冷,反正就是一个冷,在哪儿冷都一样,我们就在这里等着。"平时性子就比较拧的孙大叔,这会儿较上劲了。

冷晓燕说:"孙大叔,这个事不像电灯开关,伸手一拉,灯就亮了。我们电话打过好几遍了,根本不管用,我们得上门去找,弄不好还得低头哈腰地找，求爷爷告奶奶地找，就是这样，也不一定管用。因为那些管事的不是咱家的人啊。所以，还得给我们点时间。好吗？"

"那你说，这个事需要找谁？找市长还是找区长？不管找谁，我们跟你一起去找。有理走遍天下，无理寸步难行。我就不信了，这么大个烟台，就没个说理的地方？"孙大叔越说火气越大，越说嗓门越高。

"孙大哥说得对。冷书记，我们不是不相信你，一个人身单力薄，不能全靠你自己。人多力量大，大家的事，大家都有份。要吵，我们跟你一起去吵，要打，我们和你一起去打，他们不让我们舒服，我们也不让他们舒服！"人群中又有不少人跟着附和，起哄架秧子。

"怎么，这是要到哪儿去打架呀？"

这时，于占芬大姐从外边走了进来。于大姐曾任烟台市公安局芝罘分局南大街派出所指导员，退休后在大海阳社区做志愿者。听到有人吵吵，她就过来看看。于大姐在社区居民中威望很高，她一说，别人就不好再嚷嚷了。

于占芬接着说："怎么不吭气了？刚才大老远我就听见，又是要找市长又是要找区长，又是要去吵架，又是要去打架。好啊，能吵能打不是？去和老天爷打，把寒流打跑，把暖阳打来，那多好啊，全烟台的人都得谢谢你！"

现场的居民你看我，我看你。

"你们也不想想，肩膀上扛个脑袋是干什么的？是喘气的吗？不是，是想事的。不管什么事，学会过过脑子，动动脑子，好好想想，应该怎么办，不应该怎么办。眼下，暖气坏了，天太冷了，大家受不住了。我和大家一样，也怕冷。但你想想，是社区不放暖气吗？是冷晓燕不放暖气吗？肯定不是。既然不是社区的事，不是冷晓燕的事，那就盆碎了找盆，罐碎了找罐。不能满嘴乱喷，不能冲着社区、冲着冷晓燕撒气。还缩头乌龟，这是怎么说话？再说，冷晓燕不也在想办法吗？解决问题不能靠拳头，不能靠打骂，要讲理，讲程序。难道你们对冷晓燕都信不过吗？"

这时，孙大叔有点不好意思："刚才怨我，一时气糊涂了。于大姐都说到这个份上了，我们就听冷书记的。"

18号楼的王大婶也说："又不是社区能解决不给解决，而是需要找别人来解决，我们还是回家等着吧，省得大家都聚在这里，弄得着急上火。"

"好，那我们先回家等着。"

大伙陆陆续续散去。

三　演出来的"笑"

冷晓燕拉着于占芬的手，说："于大姐，谢谢你，要不是你那番话，我还真不知道怎样才能说服他们。"

"谢什么？别忘了我是干什么的，这样的场面我见多了。其实，他们情绪有点过激，可以理解。好好的暖气管道、暖气片成了摆设，一点作用不起。遇上这样的鬼天气，哈口气都能冻成冰雕艺术品，搁谁不着急？"

冷晓燕接着说："是啊，我也很体谅他们。"

"刚才你做的是对的，就是要先把他们的情绪稳住，把他们劝住，这么多人，带着这样的情绪，呼啦一下涌到市政府去，那成什么样子？那不是成心给市长上眼药吗？别的地方，也要劝住他们不要去，要真动起手来，有理也变成没理了，要是再伤着几个，受到法律的惩罚也是有可能的。所以，当务之急，是要阻止他们四处乱打乱撞，做出出格的事来，同时积极寻求妥善解决问题的办法。"

冷晓燕说："这次负责这个项目的是市供暖公司。我想，问题极有可能出在他们负责的哪个环节上。比如，在原材料上，有没有偷工减料问题？在设备零部件上，有没有以次充好问题？在具体操作过程中，有没有粗枝大叶问题？没掌握真凭实据，我也不好乱说。反正，供暖公司有难以推脱的责任。如果他们不管，我们就去找他们的主管部门，也就是市供热办，他们作为业务主管部门，负有监管责任。我想一步步来，先找供暖公司看看。"

于占芬点点头："我完全赞成你这个思路。和破案一样，先要抓住一两条有用的线索，然后抽丝剥茧、顺藤摸瓜。瞧，这退休的人了，三说两说，又说到破案上去了，没办法，惯性思维，看来，三年五年改不了喽。"

冷晓燕笑道："一辈子好不容易积累的经验，干吗要改掉？以后用得着的时候多了。"

于占芬说："办这样的事，你一个年轻女人，单枪匹马不行，气势上处于劣势。我跟你一块去，一来，我多少还有点经验，二来，我上了年纪，浑身警察味，没有女人味，给你壮壮胆，少受点欺负。"

冷晓燕一听，这是求之不得的事，便高兴地回应道："那可太好了。"

供暖公司是一家国企，具有比较稳定的运营模式和较强的资金实力，能够保证供暖服务的稳定性和可靠性。同时，也具有供暖服务经验和技术实力，能够提供专业供暖服务。当然，它也承担着一定的社会责任和义务。

这几年，供暖公司的形象不咋的。也可能是和城市居民关系比较直接的原因，加上服务意识和服务态度等方面存在不少问题，经常有市民投诉。接到投诉，他们又拿着不当回事，不是处理不及时，就是处理不得当，经常受到社会舆论的抨击和诟病。抨击就抨击，诟病就诟病。反正虱子多了不怕咬，他们就有点破罐子破摔，形成了恶性循环，弄得群众非常有意见，社会反响不太好，形象有点灰头土脸。

冷晓燕和于占芬到供暖公司的时候，他们刚刚上班。无巧不成书，在走廊过道，她们正好碰上公司副总经理张森。张总是公司二把手，长期分管具体业务。三个月前，一把手退休了，他一直主持工作，不知什么原因，至今还没"扶正"。在社区维修暖气的时候，冷晓燕跟他打过交道。

张森把她俩带进办公室，开玩笑说："你们来得比我上班还早，你们这种工作热情真让我佩服！"

"连口热气都没有了，哪来的热情？"冷晓燕打趣道。

"没那么严重吧？今天气温是降了，但也不至于像你说的，热气热情，都会有的。这位是——"张森指了指于占芬，他俩没见过面。

"她是于占芬大姐，原来是派出所指导员，退休以后，到大海阳社区做志愿者。张总，为了社区供暖的事，我们两个今天硬着头皮，来拜您这尊大佛，不知道显灵不显灵？"

"晓燕同志，说颠倒了，对我们供暖公司来说，你们社区的居民，就是我们的衣食父母，就像开饭店要有人吃，演戏要有人看，没有你们，我们吃什么喝什么？"

"张总可是够厉害的，别人说清楚这个事，得写一本书。你只用了一句话，就说到位了。那好，今天，你们的衣食父母找上门来了，你看怎么办？"于占芬不失时机地把张总的话接了过来。

于占芬扔过来的这顶高帽，让张总有点蒙。

冷晓燕接上说："张总，是这样，这几天，烟台是最冷的时候，我们大海阳社区的暖气却突然集体哑火了，暖气片都是凉的。我们给你们公司打了几个电话，不是没人接听，就是让我们等着。可等来等去，连个人影都没见着，我们只好当面向您求援了。"

张森是何方神圣？别看他刚满五十岁，可是老江湖了。早年他在政府机关工作过，后来到了企业。体制内外，上下左右，世事洞明，人情练达，一身内功，非常了得。什么事都不着急，什么话都只说一半。他中等身材，不胖不瘦，白皮肤，圆脸，最大特点就是特别爱笑。他的笑不是表情，而是功夫，非常人能及。有的人愤懑中硬挤出的笑，是一种苦笑，变形的笑，比哭还难看的笑。有的人的笑是从内心流出来的，那么自然，那么灿烂，那么熨帖。但他的笑却好像是演出来的，不管什么状态下，都能把白白的皮肤圆圆的脸，笑成一朵白里透红的花，并且是含苞待放的花。以至于你本想发一场火，但在他的那种状态下，你没法发，也发不出来。

听冷晓燕一说，他表现出很吃惊的样子："是吗？怎么会有这样的事呢？"

"张总，社区的人都快冻成冰坨了，这会有假？"于占芬在一边帮腔。

"这样，我马上派人去检查，是什么问题解决什么问题，不管是谁的责任，不管是什么原因，先把暖气通上再说。这么冷的天，怎么能让我们的居民挨冻呢？"

"太感谢了，张总。"于占芬紧紧握着张森的手，"我代表大海阳社区七千多口子，向你敬礼！"说完，还真的敬了一个标准礼。尽管身着便装，但依然有模有样。

冷晓燕心想，今天不知道是什么好日子，碰上了张森这么心善。按她对这个张总的了解，一般不会这样痛快。不管怎样，她还是心中暗喜，一块石头落了地。

忽然，张森轻轻摇了摇头，既像自说自话，又像说给冷晓燕和于占芬听："每年正式开通暖气之前，我们都会例行做一次全面检修，发现问题随时解决，没听他们说有问题啊！"

冷晓燕说："张总，百密还有一疏呢，检修过就有百分之百的把握？"她怕张森改变主意，所以催促道，"张总，您还是抓紧派人去看看吧，越早越主动。"

张森从皮椅上起身，在屋里来回踱着方步："这怎么可能呢？这怎么可能呢？"

冷晓燕又一次提醒："怎么样，张总？"

张森抬起手腕看了一下表。

这时，一个小姑娘走过来："张总，您该出发了，再晚，就来不及了。"小姑娘来得真是时候，不早也不晚。

张森站起来："对不起了二位，到点了，我要到市政府参加个会议。这样，我让业务部经理小贾跟你们谈谈。具体情况，他比我熟。"

说完，他就匆匆出去了。

四 怨天乎，忧人乎

"到底真有会还是假有会，鬼才知道。"于占芬悄声说。

"老滑头，老油条。"冷晓燕小声嘟囔。

一会儿，贾经理来了。

冷晓燕一看，这贾经理与张森，反差也太大了。身子瘦得像麻秆似的，来阵大风，肯定像树叶似的，被吹得到处乱跑；整天不见太阳，脸却黑黢黢的，放在黑人堆里，不大好区别。他一开口说话，那可太有意思了，不是不靠谱，而是根本不靠谱，太不靠谱了。

他说："以我多年的经验看，暖气这玩意儿不是恒温，一会儿冷，一会儿热，有时冷，有时暖，这都是正常的。你们过去为什么没来找？因为过去天没这么冷，今年情况不一样。天冷的时候，暖气也冷。不过没事，坚持一下就好了。"你听，他说的这是人话吗？

冷晓燕强忍着，内心还是希望妥善解决这个事："贾经理，天不冷的时候，暖气暖不暖没有大碍。可现在天气都冷成这样了，您怎么着也得让我们感受点温暖吧？"

他略一低头，想了想，说："好，你们大老远跑来，冒着风顶着雪的，也不容易。我让具体操作的师傅，把通向你们社区的管道调一下，流量大一些，估计就可以了。你们回去等着就行。"

冷晓燕一听，感动得又要哭。她是个很容易感动的人。

于占芬毕竟干过多年公安，处事比较老到。她说："贾经理，你最好现在就安排，居民们冻得一刻都受不了啦。我们不着急回去，在这等着你把温度提上去再走也不迟。"

"也好，那你们先坐着，我去安排。"

不一会儿，贾经理从外边进门，说："你们回去吧，供暖温度已经调了，估计你们社区的温度应该上去了。你们没必要坐在这里等了。"

冷晓燕说："贾经理，能借我电话用用吗？"

他把手一指："在那边，没问题。"

冷晓燕走过去打电话，电话是贺秀纪接的。贺大姐说，没有的事，暖气片原先多凉，现在还是多凉，一点变化也没有。

冷晓燕过来把情况和贾经理一说，贾经理两手一摊，说："那，我就确实没有办法了。"

冷晓燕说："贾经理，既然这个法不好使，我建议还是劳您大驾，或安排人到我们社区去一趟，有什么事可以现场办公，现场解决。"

贾经理摇了摇头："你不干这行，不太明白。暖气管道看上去简单，实际上可麻烦了。要检查，就得整个系统全部关掉，包括水、电、气，那得造成多大损失？这个损失由谁负责？"

冷晓燕说："贾经理，您这么说，我就不爱听了。保证正常供暖，是你们公司的责任和义务，现在关和开，效果是一样的，都是一个冷。怎么还扯到损失，扯到损失谁负责的问题，您这不是睁着眼不讲理吗？"

于占芬接着说："小贾经理，我看你年纪也不大，话可不要乱说，要负责任。暖气供暖系统出了问题，你们应当负全部责任，你们应当及时检修，怎么还讲起歪理来了呢？"

贾经理不再像刚才那样理直气壮了，声音从高八度降到了低八度："要检修，也得等到明年，现在修不了。"

冷晓燕一听就急了："什么？等到明年？那今年这个冬天怎么过？"

谁知，贾经理却不阴不阳地说："过去没暖气，冬天不照样过吗？"

"贾经理，您太有才了。您说得对，过去没暖气，冬天照样过。我认为，您还可以说，过去猿人没衣服，照样没冻死，而且还演变成人。"

于占芬实在看不惯贾经理那个做派，她大声吼道："你这是怎么说话？你坐在暖暖和和的屋子里，过得舒坦，你到没有暖气的房间试试？就凭你瘦猴一样的小身子板，恐怕用不了一会儿，就冻成辣条了。"

冷晓燕恨不得给他个大嘴巴子。真是有其官必有其兵，和张森比，一个半斤，一个八两。

于占芬说："刚才他说他去安排一下，提高一下供暖的温度。看他那样子，哪有那样的好心？糊弄鬼去。唉，不是天冷了，是人冷了。天冷冷不过人冷。"

见谈不出结果，冷晓燕和于占芬起身走了。

五 和谁穿一条裤子

雪花不紧不慢，以均匀的速度飘洒着，落在地上，在原来的积雪层上继续加叠，越叠越厚。风势比先前弱了一些，但扑到脸上，仍像被马尾巴抽了一样，有一种火辣辣的疼。

冷晓燕和于占芬从供暖公司出来，脸被冻得青一块紫一块，但心里却有一股火直往上拱。

"现在的人怎么这样呢？事情明明在那儿摆着，可他们拐弯抹角，推三阻四，就是不想管。"

冷晓燕在供暖公司窝了一肚子火，没有发泄出来。

她一边走一边嘟囔："他们的心可真硬，大冷的天，老百姓遭这么大的罪，他们一点同情心都没有。还口口声声衣食父母，说的比唱的还好听。我不明白，要真是他们的父母，他们会这样吗？"

"那可说不定，他们的良心早被狗吃了，对谁会有真感情？我们不能指望坏人变好，只求好人别变坏。哎，我们现在去哪儿？不能就这样回去吧？"于占芬问道。

冷晓燕说："我的意思，去供热办。他们是供暖公司的行业主管部门，看到这种情况，他们不会不管吧？"

"好，就去供热办。"于占芬附和道。

进了供热办，真的就蹭到热度了，想躲开都不行。冷晓燕和于占芬赶紧把外套脱下来，好好享受一下温暖的滋味。

出面接待她们的是雷科长。

为了节省时间，冷晓燕省略了所有的客套，直奔主题，反映了大海阳社区供暖出现的问题，以及供暖公司油盐不进的态度。

雷科长待人热情，温文尔雅，一副政府机关工作人员的风范，当然，也流露着政府机关工作人员那种发自内心的优越感。他对冷晓燕的不满表示理解：

"你们社区的供暖出现问题，以致居民遭受不必要的寒冷，我们主管部门也很痛心，而且我们也有责任。但是，供暖管理专业性很强，哪个环节出了问题，现在的温度通常是多少度，不同时段达到多少度，不同楼层各是多少度，这些都是有具体标准的。我们不能单凭你们随便一说，就对供暖公司提出批评，也不能无端对他们提出什么改进意见。所以，你们回去要提供精准时段的确凿数据，拿证据说话，我们认真研究并经专家论证，然后再对供暖提出具体意见。"

冷晓燕一听，头都大了：

"我的雷科长哟，你可真是太雷人了。按照你的这番操作，大海阳享受到温暖，得等到猴年马月啊？"

雷科长回答道："什么事都要用事实说话，用真凭实据说话。二位，请理解我们，我们有我们的难处。"

于占芬向前一步："难处？你们的难处？我还真不知，你们有什么难处？我只知道，社区的老百姓冻得浑身哆嗦，气都喘不匀了。你们再难，有老百姓难吗？我当了二十多年派出所指导员，大道理咱不讲，为人民服务，你懂不懂？"

雷科长没有吱声。

冷晓燕又说："雷科长，不管怎么样，你到我们大海阳社区现场看一看好吗？看一看，就什么都明白了。"

雷科长摇摇头："我去了也没用，况且我也不能去。"

冷晓燕火了，气得差点跳起来："你怎么就不能去了？你跟老百姓有仇啊？你到底跟谁一伙，和谁穿一条裤子？"

"我跟谁一伙不重要，我总不能和你穿一条裤子吧？"

冷晓燕转过身来，啐了一口，低声骂道："真恶心！"

六　天之寒，心之冷

寒冷的天气与冷酷的人性是"表亲"，既像表兄弟，又像表姐妹。虽然没有血缘关系，但盘根错节，千丝万缕。正如形形色色的官僚主义、形式主义、个人主义、利己主义、享乐主义以及这主义那主义……凡此种种，诸如此类。

有时候，人之冷比天之寒更难耐、更可怕。

走了这一路，冷晓燕算领教了。

回到大海阳，冷晓燕和于占芬浑身疲惫，半天无语。

在她俩回来之前，已有不少居民聚集在党群服务中心，等候消息。见她们回来的表情，不用再问，结果都写在脸上了。

这时，有两个居民再也按捺不住了："冷书记，我们不能再对他们抱有任何幻想了。忍气吞声，换不来公平正义；低三下四，求不来同情之心！要想不挨冻，政府要发令！要想不受寒，市长必须管！走，我们找政府去！找市长去！"说着，他们唰地抖开了手中的横幅，上面写着：

请求政府伸出温暖之手，让我们渡过严寒！

冷晓燕一惊："你们这是要干什么呀？"

一个居民说："冷书记，我们不能再忍了，再忍要出人命的，这事必须找政府，让政府给我们个说法！"

另一个说："要不，我们就去找供暖公司，他们再不给我们供暖，我们就把他们的公司砸了！"

还有一个说："对，软的怕硬的，硬的怕愣的，愣的怕不要命的。不要让他们看着我们好欺负！"

冷晓燕笑道："这么说，你们要去当不要命的？"

七十多岁的王大爷，平时一点脾气没有，很少见他发火，这时，他走过来对冷晓燕说："冷书记，你说个实话，是不是我们去找市政府、找市长，他们就把你的官撤了？如果那样，我们宁可冻死，也不去了。因为你对我们不薄，我们不能因为暖气这么个小事连累了你。"

听了这话，冷晓燕心里一软，眼泪差点掉下来。都到这个时候了，大家还在为她着想，这真的让她非常感动。她握着王大爷的手，摇了摇头："放心吧，不会的，他们不会因为这个撤我的职。"

"那不就得了？既然他们不撤你的职，你就别拦着我们了！我们得去找他们。"王大爷情绪有点激动。

"对，我们找市长说理去！"几个年轻人也跟着起哄。

冷晓燕从椅子上站起来："王大爷，还有各位叔叔大婶，他们不会撤我的职，我也不怕他们撤我的职。我这芝麻粒大的小官，还怕撤了？再说啦，如果撤了我的职，能把暖气换来，那也值了，也算我给大家的一点奉献！可你们想想，事情能那么简单吗？你们知道，我和你们一样着急，和你们一样生气。我和于占芬大姐跑了一天，跑了供暖公司，跑了供热办，多么难听的话也得听，多么难看的脸色也得看，装成孙子，耐着性子。你们说，为了什么？不就是想早一点用上暖气吗？找市长闹，找政府闹，我比你们更想去！可是，大家想想，我们去闹一闹，出出气，就解决问题了吗？只怕不但解决不了问题，反而把事情搞得更糟。还有人要去把人家供暖公司砸了，胆儿够肥的，敢打砸抢了，这不是咱大海阳的风格啊！我恳请大家，听我一句劝，再忍忍，通过正当渠道，问题总会得到解决的。"

"冷书记，你什么时候变得这么婆婆妈妈？什么时候变成老鼠胆儿？你该找的也找了，可问题还是解决不了。你解决不了，又在这里拦着我们，你到底是哪头的？"平时一向话少的曲阿姨，把几句硬邦邦的话砸在冷晓燕身上。

冷晓燕笑着说："曲阿姨，您把我当成叛徒汉奸了？您问我是哪头的，我能是哪头的？您这头的，大海阳这头的呗。"

这时，于占芬说："曲大姐，你什么时候对冷晓燕信不过了？她里忙外忙、东跑西跑，不就是为了大伙吗？"

冷晓燕把话接过来："我拦着大家，不是向寒冷和冷酷妥协，而是不愿意把事情越弄越糟。我想让大伙儿再给我点时间，如果还是解决不了，你们愿意干什么就干什么，我保证不拦你们，好不好？"

冷晓燕心里明白，如果不把群众情绪稳定下来，后果将不堪设想。于是，她把口气缓和下来：

"各位叔叔阿姨，我今天跑了一天，也不是一点效果没有，他们也没有把话说死，只是让我们耐心等等，他们弄清了原因，再想办法解决。这样，大伙儿现在都先回家，认真测量一下家里的温度，测一次不行，早晨、中午、晚上，要各一次，用笔记下来，交到社区，我们汇总起来，再跟他们交涉，看他们在真凭实据面前，再怎么推三阻四。"

大家陆陆续续散去。

七　最后的底牌

天色渐渐暗了下来，办公室只剩下冷晓燕。她习惯性地用手摸了一下暖气片，依然冰凉冰凉，她的心也拔凉拔凉的。

她想前想后，想来想去，百思不得其解：为什么老百姓的事，解决起来就这么难呢？为什么这么简单的事，办起来就这么复杂呢？为什么嘴上说的是一回事，做起来又是另一回事呢？为什么就一句话的事，这些人就不开尊口呢？

大胆做几个假设：如果这次供暖设施坏了的不是大海阳社区，而是张森、贾经理、雷科长他们的住宅小区或他们父母所在的小区；如果这次供暖设施坏了的不是大海阳社区，而是市长的住宅小区或市政府大楼；如果这次供暖设施坏了的不是大海阳社区，而是老板大咖、权贵豪门所在的小区；如果这次供暖设施坏了的不是大海阳社区，而是公安、城管、财政以及银行、税务等有权有势的部门大楼……

她还想，如果我冷晓燕这时就来个撒手不管，让几千口子居民直接会会供暖公司、供热办……

第二天，冷晓燕和于占芬、张景弄又早早来到供暖公司。张景弄阿姨是个热心肠，她看不得平民百姓吃苦遭罪。听说冷晓燕和于占芬昨天出师不利，鼻子都碰歪了，今天主动要求会会那些管事的。

很巧，一进门，又碰上张森。

张森一如从前，笑容可掬："冷书记来了？这还带着队伍哪！"

"怎么，不欢迎吗？我们就三个人，算不上队伍。但我们后面有队伍，如果您觉得有必要的话，我们就把队伍带过来，接受您的检阅。怎么，今天您是不是又要去开会啊？"

张森略显尴尬："没有，今天没会。走，到我办公室谈。"

张森一进办公室，习惯性地把外套脱下，挂在衣架上，上身只穿了一件板板正正的白衬衣。

冷晓燕笑道："张总，您的办公室可真热啊！"

"是啊，和我们那里相比，真是一个天上，一个地下，天上人间啊。"张景弄大姐接上说。

"是吗？觉得热就把外套脱下，别一会儿出去感冒了。"张森一边倒水一边说。

于占芬接上说："张总，你知道一进你的办公室，让我想起了什么？"

张森眯着双眼紧盯着于占芬。

"让我想起了毛泽东主席的那首《念奴娇》：太平世界，环球同此凉热。此时此刻，对我的刺激太大了，按说，我们同处于一个城市，同样的环境，同样的资源，但我们大海阳冻得要死，你这里却热得要命。为什么差别就这么大呢？"

张森眨巴着眼："你说什么？什么凉啊热的，我都快听糊涂了。"

于占芬不依不饶："你不是听糊涂了，你是装糊涂。你没少上学，你懂得，这句诗最早出自白居易的《赋得古原草送别》，形容天地间万物同受炎热和寒冷。"

冷晓燕说："我们于大姐可是正经八百的大学生，并且是'文革'前的大学生。"

张森笑道："怪不得这么厉害，出口成章。"

于占芬接着说："《阿房宫赋》中说：歌台暖响，春光融融，舞殿冷袖，风雨凄凄，一日之内，一宫之间，而气候不齐。说的是同一天内，同一座宫殿里，而气候冷暖却截然不同。张总，我们虽然不是一宫之间，却是一城之间，温差有点悬殊啊。你就不担心，我们党好不容易打下的江山会从你们手里丢掉吗？"

张森不免有些局促起来："这，这有点扯远了，我们就是负责供暖气的，谈什么江山不江山的。"

"你不要揣着明白装糊涂。水能载舟，亦能覆舟，你们把老百姓得罪透了，党离丢失政权就不远了。"于占芬说。

张森接上说："这位大姐，你别吓唬我了，有什么事咱就说什么事，别再上纲上线了。"

"这可不是上纲上线。"于占芬又撂出一句。

冷晓燕接过于占芬的话茬："张总，您真该到我们那里去感受一下，把您办公室温度调出十分之一给我们，我们就心满意足了。"

张森忙解释："冷书记，我知道你对我们有意见，可我们做事有我们的原则。就供暖这件事来说，温度高点低点，或忽高忽低，这都在正常范围之内……"

"哎，张经理打住，我们今天不谈这些。"冷晓燕一反常态，表情凝重，那样子，突然使张森感到一股寒意袭来，心里冷飕飕的。

"原本今天没打算来，但想了想，还是来了。如果不来，有点不讲武德，胜之不武。"冷晓燕端起热茶呷了一口。

张森满脸狐疑地看着她。

冷晓燕故意放慢节奏，慢条斯理地说："我们今天来，就是想告诉您一声，我们社区的人都已编好队，横幅都做好了，这几天，选个日子，列队到市政府去，不吵，也不闹，就是要个说法，为什么我们交了暖气费，但暖气一点不暖？是不是供暖公司有什么猫腻？是不是政府掏的钱进了哪些人的腰包了？"

冷晓燕一边说，一边用眼角余光扫了一下张森，只见他的脸红一阵白一阵，屁股也好像坐不住了。

冷晓燕继续说："您放心，这都不是我的想法，是社区居民集思广益达成的共识。如果政府不管，取暖问题仍然解决不了，他们就要实施第二套方案。"

张森怯怯地问："还有第二套方案？"

冷晓燕答道："当然有了，不过，第二套方案就没有第一套方案那么温和了。社区居民已经按照年龄、性别，排好了方阵，到时候，大家统一步伐统一行动，目的只有一个，把你们供暖公司砸烂，既然你们不让居民过安稳日子，那你们也别想过安稳日子。您想想，我们社区可有几千口子人，呼啦啦涌进你们公司，那场面该有多壮观！再说了，社区居民又不同于你们公司员工，他们不像你们员工那样有涵养，把他们逼急了，他们怕谁？"

冷晓燕的话还没说完，张森就站了起来，腿都软了，话已经说不利落："冷书记，别，千万别，什么事都可以商量，千万别走那一步啊！"

冷晓燕笑道："那时候，我这个书记都干不成了，说话谁听？您不让他们走那一步，他们就不走了？"

张森说话的腔调都变了："我的意思是，事情还没有走到那一步，说明还有救。你们现在有什么条件尽管提，我们全部答应，只要别把事情闹到那个地步。"

冷晓燕说："条件？我们没什么条件呀，正常供暖就行。"

张森做了双手合十的动作："冷书记，我给你交个实底，你昨天一讲，什么情况、什么原因，我就猜个八九不离十。问题不出在我们供气的环节，而是出在管道上。当然，出在管道也是我们的责任。但我们是企业不是党政机关，企业有企业的难处。你们大海阳社区两千多户，供暖管道已经老化了，需要全部更新，这需要多大的费用？"

冷晓燕说："为什么不早说呢？如果开始你们就拿出解决问题的诚意，就不至于到现在这个地步，其实，检修费用也不用你们全出，我们可以向政府申请一部分，这样就可以解决这个问题。"

八 哪儿来的程咬金

事情刚刚出现转机，供暖公司准备派人来大海阳的时候，半路上又杀出了个程咬金。

这个程咬金，不是别人，就是供热办的那个雷科长。

那天，《烟台晚报》发布了一篇报道，题目是"寒流来了，暖气停了"。记者到大海阳社区进行了现场采访，居民们情绪非常激动。有的摩拳擦掌，扬言要把供暖公司的大楼推倒，或者放把火点了；有的指名道姓，大骂供暖公司鱼肉市民，不负责任，大骂供热办等部门形同虚设，不监不管；有的指桑骂槐，暗讽政府官僚主义，不担责，不作为；还有的要到省里说理，到北京上访。文章配发了一组照片，同时配发了一篇述评：暖气不暖为哪般？述评摆事实，讲道理，文风犀利，用词老辣，鞭辟入里，不留情面。

供热办的鞠主任一进办公室，像往常一样，把桌上一摞报纸打开，粗粗浏览一遍。突然，他的目光停在了"寒流来了，暖气停了"和"暖气不暖为哪般"这两个醒目的题目上。

不看不要紧，一看脸色都变了。开始，脸色发红；往后，脸色又白了。他啪地拍了一下桌子上的报纸，朝对面办公室大喊一声："把小雷给我叫过来！"

此时，雷科长也正在看那篇报道，越看心里那股火拱得越厉害。听到主任叫他，知道大事不妙，凶多吉少。他一溜小跑，来到鞠主任办公室。

鞠主任把报纸往他眼前一扬："看见了吧？"

雷科长一边看着鞠主任的脸色，一边扫了一眼报纸上的题目："我也是刚刚看到的，我还在纳闷儿，这是谁在睁着眼说瞎话？即使供暖出了问题，怎么能赖到我们身上？"

鞠主任瞪了他一眼："我们是业务监管部门，供暖出了问题，怎么能说与我们没有关系？"

"对，对，我们也是有责任的。"雷科长意识到刚才话有所失，连忙转移话题，"这报社也真是的，怎么也不跟我们打个招呼，就偏听偏信呢？要不，我去报社一趟？"

鞠主任把脸一拉："去报社干什么？去撇清？去辩白？清者自清，浊者自浊。不把情况搞清楚，你这不是此地无银三百两吗？你们业务科是干什么吃的？问题出现之前，一点情况不掌握。直到问题出了，闹得沸沸扬扬，才开始手忙脚乱。"这时候，雷科长看出了鞠主任的老到。

鞠主任接着说，"去，马上到供暖公司，再去大海阳社区核实一下情况。然后，调度一下，看看别的社区情况如何，举一反三，引以为戒，决不允许再有类似的情况发生。"

"好，我这就去。"雷科长走出鞠主任办公室，汗都快出来了。

回到办公室，他在脑子里，把冷晓燕来的情形，过了一遍。他感觉自己没说错什么，也没做错什么。

"夏虫不可语冰，井蛙不可语海，凡夫不可语道。"永远不要和认知不在同一水准上的人讲道理，论是非。因为站的高度不同。

如果冷晓燕来反映供暖公司的问题，他能够及时向领导报告，或者履行业务监管职责，督促供暖公司抓紧解决，那么就不会有后来这些状况的发生。

可惜，雷科长不仅没有看到自己的失误，没有想到自己的责任，反而认为大海阳故意告他的黑状，故意让他难堪。

错误的意识绝不可能带来正确的行动。

雷科长匆匆赶到供暖公司，对张森说："大海阳的事现在闹大了，你们没有解决他们的诉求，他们通过媒体，煽动群众情绪，你们不要被媒体绑架，不要被居民情绪所左右，第一是稳住，第二还是稳住。越到了这个时候，越不能迁就。对大海阳反映的问题，要认真进行核查，科学分析。现在，要让他们拿出整个社区不同楼层、不同时段的不同温度，形成一个完整系统的温度链。然后，我们科学地分析研判，确定到底是我们工作的问题，还是供暖过程中的正常现象。即使有个别用户暖气出了点问题，那也是个别问题，不能代表全部。不能让他们毁了我们的声誉。如果是报社偏听偏信，搞虚假不实的新闻报道，我们反过来要向有关部门投诉，让他们承担必要的责任。"

张森认真听完，苦笑了一下："雷科长，我感谢你为我们着想。但是，目前情况对我们很不利。你可能有所不知。其一，大海阳已经提供了一份详细的室内温度测量分析，时间，地点，楼层，温度，记录得清清楚楚。其二，如果再不解决，他们已经做好了准备，居民实行分组编队，轮流到市政府说理，市里不管，他们就要去省委去中央，他们还放出狠话，要把我们公司的大楼砸了或者点了。我们不能再一意孤行，继续下去就没法收场了。"

雷科长问："你们准备怎么办？"

"我们已经同意大海阳的要求，重新启动对全社区供暖系统的全面检修改造。"

雷科长眯着眼思考片刻，无奈地摇了摇头。

事后，冷晓燕想，幸亏提前安排，大部分家庭的详细温度测量情况已进行汇总，否则，说不定又出什么幺蛾子。

九　温暖款款而来

整个社区重新检修，工程量确实很大。工程车，施工队，技术员，工程师，庞大的队伍进了大海阳。居民们眼巴巴地看着，盼着，恨不得两根铁丝一接，暖气就呼呼地来了。

前几天的施工非常顺利，进展也很快。突然，又出现了新的情况。这个情况不是出自外围，而是社区居民。

检修改造供暖管道涉及每家每户，越过一户，管道就不会通畅。当施工师傅走进李世勇家的时候，遇到李世勇姐姐的强烈反对，坚决不准进门，进门也不准动她家的任何东西，扬言说，谁敢动她家的东西一下，她就跟谁拼命。

施工的师傅只好暂时停了下来。

李世勇的姐姐叫李世英，说起来也是够可怜的。年轻的时候找对象，精神受了刺激。天天躲在家里，不愿见人。

李世勇和姐姐感情很深，他不愿意姐姐受一点委屈。所以，他像门神一样，天天守着家门，谁也不让进。

这就难办了，不进家门，施工就没法进行。他家越过，邻居的改造安装就没法正常进行。

冷晓燕找李世勇商量，让他好好劝劝姐姐。李世勇态度很好，试着慢慢说服姐姐。可李世英毕竟是病人，而且是精神病人，说多少好话都白搭。

李世勇实在无奈，他找冷晓燕说："冷书记，实在对不起，我姐是个病人，分不出好坏，拖累大家了。不行的话，把我家越过去算了，我挨点冻没什么，别耽误了大伙。"

冷晓燕摇了摇头。

这时，有的人提出，采取硬办法，强行闯进去，把管道改了。不能因为她一户，耽误了整个工程。

冷晓燕说："不到万不得已，不能那么干。"

她问张森："张总，这家的情况你也知道了，如果不进她的家门，有没有别的办法改管道？"

张森想了片刻，说："办法倒是有，就是不进门，从楼外走管道。但这样做会带来两个问题。一来加大了施工难度，增加很大的工程量，增加大量人力投入。二来管道绕了很多弯路，这就增加了大量原材料的消耗。这两个原因将导致比原来多花一大笔费用。这样，肯定要超原来的预算。"

冷晓燕说："张总，只要能通过户外走管道解决这个难题，其他问题都好商量。增加原材料的费用，我们可以以特殊理由申请追加预算，估计把握性比较大。至于增加劳动力的投入，这个就不是问题了。我们社区别的缺，就是不缺人。"

经过二十多天的紧张忙碌，暖气改造工程终于完工了。大家建议搞一个竣工仪式。

原来准备上访用的横幅，这时派上了用场。横幅上写着：祝贺大海阳社区暖气改造工程胜利竣工！

那天，社区老人孩子们又是唱又是跳，像过节似的。

大海阳社区终于在寒冷中迎来了温暖，尽管来得有点慢，有点迟。

冷晓燕发现，当温暖款款走向人间的时候，是优雅的，端庄的，美丽的。温暖如佛，温暖如阳，温暖似禅……

事解决了，但不能就这么简单过去。

冷晓燕跟大家商量，暖气尽管冷了热、热了冷，一波三折，但最后终于圆满解决，居民们再也不用守着暖气受冻了。供暖公司在后期施工过程中，倾尽全力，加班加点，有时甚至通宵达旦，他们的精神令人感动。尽管前期有些不快，但那是锅铲碰锅沿的事，再正常不过。按照礼数，社区应当派代表到供暖公司去一趟，表达一下感激之情，大家都表示赞成。

冷晓燕安排人制作了锦旗，自己动手写了感谢信。在暖气改造工程竣工的第二天，她带着班子成员，还有二十名老党员，敲锣打鼓，来到供暖公司。

张森带领供暖公司中层及以上干部在大厅迎接，大家冰释前嫌，握手言欢，说说笑笑，其乐融融。

在与张森握手的时候，冷晓燕感觉到了他的真诚。

十　迎面吹来"冰凉"的风

"冷晓燕真能啊，把供暖公司弄得颜面扫地，还乖乖地把大海阳的管道修好了。"

"是有点铁娘子的味道，拆小棚，清平台，建煤池，排'地雷'，多难缠的'刀疤头'，多难对付的'歪歪'，都被她收拾得服服帖帖。"

"冷晓燕小小年纪，还不是爱显摆，出风头，会作秀。"

"也难怪，新官上任三把火嘛，为了抢政绩，博领导的眼球，什么法子都使上了。"

"是啊，现在领导都对冷晓燕刮目相看了。"

……

本来无风无浪的大海阳，突然冒出这些风言风语，来得莫名其妙，来得五味杂陈。

一进办公室，慕文玉绷着个脸，一声不吭。

佘静见状问道："怎么了，苦大仇深的样儿？"

慕文玉说："你没听说吗？外面说得乱七八糟，把冷书记说得，唉，都没法形容了。"

佘静说："我怎么没听见？清者自清，浊者自浊，嘴长在人家身上，由他们说就是了，伤不着冷书记什么。"

冷晓燕又怎么会不知道呢？这几天她去上面开会，也是享受到了额外的"礼遇"。

"这不大红人来了嘛，坐，请坐，请上座。"

"小燕子变大鹏，快要展翅高飞了。"

对这些连讽刺带挖苦的闲言碎语，冷晓燕无言以对，但心知肚明。她不由得想到，真是人心叵测。不干吧，他们笑你无能，干了吧，他们又眼红。左了不是，右了不是，前了不是，后了不是。这时候，她终于体会到左右为难的滋味。

此时的冷晓燕正处在十字路口，这个时候往往最考验人的意志和智慧。她知道，木秀于林，风必摧之。我还没怎么着呢，就招来了那么多冷嘲热讽。于是就想，人言可畏，还是收一下，随大流吧。反过来一想，又觉得心有不甘，管他呢，他说他的，我干我的。

一天，街道党工委书记姜丹到大海阳来找冷晓燕。

姜丹问道："近来怎么样？"

"还行吧。"冷晓燕答。

"什么意思？什么叫还行？"姜丹追问道。

冷晓燕回答："还行就是挺好的意思，没什么好事，也没什么坏事。"

姜丹是个聪明干练的女人，她知道冷晓燕心里有事，便没有再问，把话题岔开。

十一　总书记为姜世谭"点赞"

姜世谭是谁？是姜丹的父亲，时任蓬莱县北沟镇大姜家村党支部书记，是 20 世纪 80 年代初期改革开放大潮中涌现出的农民企业家。

姜丹曾在芝罘区委组织部工作多年，任过组织科科长、组织员办公室副主任，毓璜顶街道办事处主任、党工委书记，牟平区委常委、组织部部长，招远市委副书记，海阳市市长。这是后话。

一个偶然的机会，我看到习近平总书记1984年11月发表在《农村青年》上的文章《让姜世谭们"弃盾舞双剑"》，全文如下：

读罢《农村青年》第2期上刊登的《一个有争议的农民企业家》，看到姜世谭"一只手持剑向前开辟道路，另一只手还要拿盾防卫身后"，不禁感慨万分。非议之所出，无非是因为他干了一番创新的事业。

姜世谭出任村党支部书记短短几年，把一个连场电影都演不起的大姜家村变成人均收入800元、总收入150万元的"百万富翁"，如此赫赫功绩倘若无人评说，岂不是咄咄怪事？问题在于这评说是否有道理。

且让我们来分析一下非议姜世谭的"三曰"。

其一曰："独出心裁，老不知足"。试想，一个人凡事都"不出心裁""老是知足"，他还能有所作为吗？要改革，要前进，唯有像姜世谭那样，锐意进取，敢走前人未走过的路。必须看到，"知足常乐"的哲学严重阻碍着我们民族的振兴。姜世谭精神的可贵之处首先就表现在这"老不知足"上。

其二曰："大手大脚，挥霍浪费"。确实，姜世谭干事不是四平八稳、缩手缩脚，而是大刀阔斧、"贪大求洋"。说他"大手大脚"未尝不可，但决不能说是"挥霍浪费"。

其三曰："主观主义，官僚主义"。这里的本意是指责姜世谭不民主。其实，这顶帽子也戴不上。大凡新事物出现，总有人不理解，甚至非议、阻挠，这并不足怪。改革者的责任，正是率先冲锋陷阵，带领群众前进。倘若稍遇非议便以"群众有意见"为名而偃旗息鼓，那么改革就会夭折，群众的根本利益就会受到损害，这不是民主，而恰恰是做了群众的"尾巴"。纵观古来成大事业者，既要顺乎民心，又要矢志如钢。而今时逢改革，上有党中央政策、下有亿万群众意愿，只要看得准，于国于民有益，即便冒"不民主"之嫌，也应义无反顾，开拓前进。

诚然，姜世谭们也有缺点，或许也会有失足。但他们为之奋斗的目标是我们全民族利益之所在。为此，当务之急是开一派支持改革者的新风，让姜世谭们除去后顾之忧，弃盾舞双剑，全力开拓出崭新的改革之路。

有其父必有其女。姜丹身上有许多与她父亲相似的地方。

十二　姜丹"煮酒论英雄"

周日下午，冷晓燕接到通知，让她5点赶到姜丹办公室。

到那儿一看，王星莲、吴梅一、刘倩三人都在。在冷晓燕眼里，她们三个都是老牌社区书记，这个老牌是指年龄老、任职时间长。

还没等冷晓燕开口，姜丹就站了起来，对大家说："走，我今天心情不错，从家里带了两瓶酒，你们几位，劳苦功高，我犒劳犒劳你们。"

吃饭的地方是一家路边小店，姜丹随意点了几个菜，韭菜海肠、辣炒蛤蜊、清蒸鲅鱼、红烧带鱼等，都是烟台当地的家常菜。姜丹把酒打开，给每人杯子斟满。

在场的几位，你瞅我，我瞅你，虽然没说什么，但都在心里打鼓：姜书记今天演的哪一出？是"鸿门宴"还是"壮行酒"？

这时，姜丹说话了："毓璜顶街道十二个社区，单请了你们四位。是因为你们四个最美吗？不是。是因为你们四个特别吗？不是。是因为你们四个工作最出色吗？有这方面的成分，但也不全是。来，咱们先喝酒。我肯定搞过调查研究，知道你们都能喝点，我也还行，这一杯，我们齐步走，我先干。"说着，她举起酒杯，一饮而尽。

不经意间，酒过三巡，大家都有点微醺。这时，姜丹切入了主题："大家喝得很尽兴，但大家知道，天下没有免费的午餐，其实晚餐也没有免费的。今天你们吃的，也不会免费。"

吴梅一第一个站起来说："姜书记，我买单。"

刘倩说："这个小店在我辖区地盘上，应该由我来做东，谁也别和我抢。"

姜丹把酒杯放下说："就这几碟小菜，鸡零狗碎，用不着你们抢着买单。再说，这个局是我张罗的，当然应当我掏腰包。但比买单更重要的是，我准备给你们压担子，挑起这个担子，比饭费要贵。"

王星莲问道："什么担子？"

姜丹说："我们毓璜顶是芝罘区的中心街道，所有工作都在领导的眼皮底下。我作为书记，不想为了我自己拔头筹争第一，但不能让毓璜顶的老百姓没面子。我想，不要求你们四个社区个个冠军，但至少有一个在全市站上 C 位，三年之内进入'省队'，十年之后进入'国家队'。"

姜丹举起酒杯："来，我再敬你们一杯！"

姜丹放下酒杯，继续说："不管是进'省队'还是进'国家队'，都不会轻而易举，起码要做到，凡是上面交办的任务，必须争第一；凡是上面不允许的，必须杜绝；凡是群众要求的，不允许丝毫懈怠。同时，作为社区书记，必须要写能写，要说能说，要干能干，不能拉胯。"

四位女将俯首于桌上，一言不发。

姜丹继续说："今天，我不偏不倚，机会均等，你们自告奋勇，谁能担起这个担子？"

四位女将把脸快贴在饭桌上了。

姜丹说："你们不说，那我就点名了。吴梅一，你领这个任务怎么样？"

吴梅一连忙站起来："姜书记，我不行。我不是不干，我会把工作干好，但确实达不到这个要求。"

姜丹说："好，我不强求你。王星莲，你呢？"

王星莲立马表示："姜书记，我不会给你抹黑，但确实挑不起这个担子。"

姜丹问："刘倩，就你了！"

刘倩心中一惊："人贵有自知之明，姜书记，让你错爱了。她们两个大姐都挑不起的担子，我怎么能行呢？"

姜丹表情严肃起来："你们这个不行，那个不行，让我太失望了。"

她朝半天没吭气的冷晓燕看了看，冷晓燕敏感地把头低下。

姜丹说："冷晓燕，你别想躲。"

冷晓燕连忙说："姜书记，论资历、论能力，我都比三位大姐差得很远。我年龄最小，资历最浅，经验最少，我是有心无力，力不从心啊。"

姜丹扫了吴梅一、王星莲、刘倩一眼，问道："你们三个觉得冷晓燕怎么样？"

三位女将如释重负，异口同声地说："冷晓燕行，就她了！"

姜丹气都没喘，接着说："英雄所见略同，我完全支持你们三个的意见。"

冷晓燕赶紧站起来说："我不是谦虚，我是真的不行。"

姜丹说："冷晓燕，你已经没有退路，你是小卒子过河，只能进不能退。你看，吴梅一、王星莲、刘倩多高看你，多支持你，你不干能对得起她们对你的信任吗？"

冷晓燕话还没来得及说出口，姜丹又开口了："话又说回来，吴梅一、王星莲、刘倩，既然你们三个联手把冷晓燕抬了上去，就得支持她，爱护她，关心她。"

吴梅一、王星莲、刘倩三人互相对视一下。

刘倩说："那是当然，我们听姜书记的。"

姜丹这时严肃起来："今天我把话撂这儿了，冷晓燕，你不是原来的冷晓燕了，你是毓璜顶挑大梁的人，你不能有半点松懈，你一拉胯，不光我瞧不起你，整个街道都瞧不起你。你可以大胆地干，放手地干，有我给你撑腰。再说你们三个，冷晓燕在前面工作，决不允许你们看热闹，不允许你们指手画脚、冷嘲热讽、眼红嫉妒、说三道四，谁那样我就收拾谁，到时候别怪我不客气。"

王星莲、吴梅一、刘倩都没有食言。十几年过去了，她们对冷晓燕的工作始终给予支持。

冷晓燕那顿饭吃了什么早已记不清，却清晰地记得自己一颗将要冷掉的心，在那一天又暖了过来。

十三　看不见的呵护

在烟台调研期间，我问过姜丹当时的情况。

姜丹笑了笑说："大致是这个意思。一个优秀的社区书记成长起来很不容易，不仅需要上级党组织的关心和培养，而且需要在关键时刻为其撑腰。当时的冷晓燕，小荷才露尖尖角，有的人就不舒服了，评头论足，说东道西，吹毛求疵，飞短流长。这时候的冷晓燕其实就是一棵小树，抗击打能力还不强，如果不给她创造良好的环境，很有可能半路夭折。只有给她必要的保护，才能健康成长。"

姜丹喝了口茶，继续说，"当年，在我父亲改革最难的时候，习近平总书记亲笔撰写文章，为我父亲发声助威，撑腰保护，给我父亲以巨大的鼓舞和信心。这件事对我触动很大。所以，当冷晓燕工作遇到困难的时候，我不由得想起总书记的博大胸怀，自觉地向总书记学习，理直气壮、旗帜鲜明地为大海阳和冷晓燕这样的典型撑腰。"

我想，姜丹是清醒的，也是有远见的。后来，因工作需要，姜丹调离了毓璜顶街道，但她一直关注关心冷晓燕的成长。

此后的几任街道党工委书记，都和姜丹一样，一如既往地支持大海阳，支持冷晓燕。

同样，烟台市委、市委组织部，芝罘区委、区委组织部，也一直在关注着大海阳，支持着大海阳。

冷晓燕也没有令大家失望，现在，大海阳社区很多工作走在全国前列，冷晓燕荣获全国劳动模范、全国优秀党务工作者，并光荣当选为党的二十大代表，这算不算进入"国家队"的行列？

第四章
食比天大

俗话说，人是铁，饭是钢。

古人说，民以食为天。

伟人说，吃饭是第一件大事。

看来，吃饭的事，非同小可。

20世纪50年代末、60年代初的中国，吃饭问题乃"国之大者"。当时，国家正处于经济困难时期，全民吃饭告急。报纸上，广播里，甚至墙壁上，随处都可以看见或听见"忙时吃干，闲时吃稀，平时半干半稀，杂以番薯、青菜、萝卜、瓜豆、芋头之类"。连毛主席他老人家自己都定下"三不食"规矩，"不吃肉，不吃蛋，吃粮不超定量"。

改革开放以后，中国人的吃饭问题早已从根本上解决。对绝大多数人来说，不是如何吃饱，而是如何吃好。

在当今社会，对寻常百姓来说，不管你在体制内还是在体制外，不管你从事什么职业，公司员工，田间农民，自由职业者，进城务工者，带货主播，外卖"小哥"，快递"骑手"，等等，只要正经八百地对待自己那份职业，大概率上吃饭都不会成问题。只要你不奢望"天上人间"，不追求"花天酒地"，想必大都能填饱肚子。

我甚至还想，如果你是一个学生，不管是小学生、中学生还是大学生，你也基本不会为吃饭发愁，因为你的父母，包括你的其他亲人，他们会倾其所有，满足你胃口的欲望；如果你是学前儿童，更不会为各种小零食哭天喊地，因为你后边有一个强大的军团，随时为你提供服务；如果你已经退休或到了退休年龄，只要有自理能力，也不会为吃饭问题担忧，因为这时的你，仍有解决吃饭问题的能力。

　　那么，谁在为吃饭问题而忧心和焦虑呢？一般来说，是那些已是耄耋之年而无所依靠的人，是那些失去劳动能力和自理能力的无助老人，是那些鳏寡孤独没有寄托的老人，是那些虽有子女但一直独居的高龄老人。

　　对这个群体来说，他们忧心和焦虑的，不是钱，不是粮，不是菜，不是油盐酱醋这些原料和食材，而是如何将它们转化成可以直接入口的家常饭菜。

　　这是许多人到了他们这个年龄都会遇到的坎。不管你是男是女，不管你芳龄几何，不管你眼下日子多么滋润。

一 "菜语"遇上"沪语"

　　在大海阳的那些日子，我和吕永杰部长隔三岔五能见上一面。有天晚上，我们两个一起聊天。多年的朋友，说话没那么多禁忌。我开玩笑说："好几天没见你的影了，又忙什么国泰民安、江山社稷的大事了？"

　　他笑笑说："你真说着了。这一周，我一直陪外地来烟台考察的同志考察党建工作。有福建的，有吉林的，还有上海的，等等。你说党建是否关乎国泰民安、江山社稷？"

　　"是，当然是。他们主要看什么？"我问道。

　　"他们学习考察的重点不同，各有侧重，各取所需。有的看以党组织领办合作社为主要内容的农村党建，有的看以幸福家园建设为主要内容的城市党建，有的看重在发挥作用的非公领域党建，有的看以福山为代表的党建引领网格治理。"吕部长答道。

据我所知，烟台的基层党建工作，一直走在山东乃至全国的前列，许多经验具有开拓性和独创性。刚才所提到的内容，仅是他们工作可圈可点的亮点之一。

我说："这是个好事。在组织部的业务中，最具探索创新空间的是党建，最应该相互交流互补共进的也是党建。烟台把常规性工作做得超常规，这需要下真功夫、见真功力。外地同志来考察学习，不仅有助于我们的创新传播光大，也有助于我们把他们的好东西拿来，为我所用，为我助力。"

吕部长表示赞同，说："他们来学习，我们也不闲着，也在学他们。现在的异地考察学习，与过去有很大的不同，并不是单向来'取'，而是带着问题，带着困惑，以自己的实践为蓝本，以考察学习对象为参照，现场分析研判，释疑解惑。这样的考察学习，收益更大。"

他特别强调了上海来的那个考察团，说上海人的务实特点突出，不管干什么，都讲究实际。即便出来考察，也是专挑对他们有用的，一旦抓住，就不放手。

我忽然想到一个话题，便问他："你陪着他们一路，你操着一口'莱国语'，他们一口上海话，怎么交流？"

吕部长笑了笑："没问题。"

我之所以问这个问题，一方面是调侃，另一个原因就是吕部长的胶东腔比较浓重，虽然也讲普通话，但不那么纯正，总是掺杂着胶东味，让人感觉荒腔走板。

胶东地区历史上属于古莱国。胶东话在很大程度上是基于古莱国语发展而来的。所以人们开玩笑时，也把胶东话称作"莱国语"。

不管"莱国语"还是胶东话，与普通话相比，确实存在较大的差异。

胶东话的范围，大致上指潍坊以东至威海一带。这一带人讲话语速偏快，声调生硬而且上扬，中间夹杂着一些不太好懂的词。

除此之外，历史上人口迁移和多个地方方言的融合，导致胶东话在音调、发音、词汇以及语法上的变化，这些因素共同作用，使得胶东话相对难懂。

吕部长看了我一眼，好像想起什么，突然不怀好意地问我："难道你认为我们俩之间交流有什么障碍吗？"

"没有啊。"我说。

他接着说："那不就得了。"

我笑道："我本来和你就一个语系，哪来的障碍？"

他也笑了："我也是这个意思，半斤八两，谁比谁强？"他的笑是那种得意的笑，不厚道的笑。

事后，我就这个问题又问冷晓燕。冷晓燕把嘴一撇："什么呀！他压根儿就没拿烟台腔，说的全是普通话，与上海来的同志交流得可好了。"她还补了一句，"吕部长真人不露相。平时一口胶东腔，其实他普通话讲得很溜。"

二　她为什么盯着社区食堂

徐部长是上海市一个区的区委常委、组织部部长，是位年轻的女同志。她带着部分街道书记、社区书记和区直部门负责人，先看了烟台城市党建学院、福山区党建引领网格化管理服务中心。她很兴奋，在考察现场，边看边问，连连点头，不时伸出拇指，为之点赞。

从她问的口气、问的内容、问的艺术中，就知道，她对社区工作很熟悉。原来，徐部长当过多年街道书记，无论街道情况，还是社区情况，她都"门儿清"。

在看烟台城市党建学院时，她对烟台陪同的同志来了个"海派幽默"："有的人被贫穷限制了想象力。我要这样说的话，你们不仅不信，还会说我矫情。那么，你们说，我的想象力是被什么限制了呢？孤陋寡闻？坐井观天？烟台的城市党建做得如此扎实、如此精致，我真的完全没想到。"

其实，在现场的同志心知肚明，来自大上海，不用说厅级干部，就是普通市民，也难与孤陋寡闻、坐井观天沾边。人家只不过是低调，说说而已。

开水不响，响水不开。真正低调的人，往往实力强大到可怕，不管是物质还是精神。

一路上，徐部长一行看得兴致勃勃，津津有味，恨不得把他们认为有用的东西寸草不留，全部装进兜里。

当他们进入大海阳的时候，立马换上另一种眼光。因为大海阳声名在外。他们肯定要睁大眼睛，好好看看，这个在全国社区书记培训班上敢于"亮剑"的"女侠"如何了得？是浪得虚名还是名副其实？他们问得很具体，看得很认真。

事后，冷晓燕对我说，她接待过来考察学习的代表团队不计其数，有层级高的，有层级低的；有规模大的，有规模小的。但像他们这样"横草不过"的，为数不多。

当她们一行来到社区壹家厨坊的时候，徐部长突然就像淘金者发现了金矿，两眼放光。

两眼放光是什么样子？你展开想象力，使劲地想，大胆地想，纵横驰骋地想，汪洋恣肆地想，穿越古今地想。

那时，天近中午。一缕阳光，透过玻璃门窗，照进食堂的金属器皿和案板上，明晃晃，亮晶晶，暖洋洋。

食堂里几位主厨，白衣白帽白口罩，白裙白鞋白手套，主打的就是一个白净卫生的装束。打眼一看，与钓鱼台国宾馆、人民大会堂以及京西宾馆的名师大厨没什么两样。

其实，他们都是连北京都没去过的社区志愿者。

长长的案台上，几个主打菜刚刚出锅，有蒜蓉炒菜花、清蒸小黄鱼、青椒炒肉片、蘑菇炖小鸡等。菜盆上缭绕着一圈一圈的热气，飘着一缕一缕的清香。

两种主食——三鲜水饺、牛肉馅饼，也在那里严阵以待，随时接受挑选。

满食堂的香味，已经分不清来自炒菜还是主食。

这时，一些大爷大妈陆续到食堂来了。他们满面笑容地与一袭白袍的"大厨"们打着招呼，拿出自带的饭钵盆罐，取走他们事先预订的炒菜和主食。

徐部长弯下腰，操着一口吴侬软语，亲切而和蔼地问一位大妈："大妈，您习惯社区食堂的饭菜吗？"

"习惯，他们都是按照我们的习惯和口味做的，咋能不习惯？上了年纪，吃不了咸，他们就少搁盐；享不了大鱼大肉，他们就主打一个清淡。不咸不淡，不油不腻。既省心，又卫生，味道好，还健康。"老大妈高兴得赞不绝口。

徐部长又问一位大爷："大爷您好，您觉得社区食堂的饭菜与外面饭店的饭菜相比，哪里更好一些？"

这位大爷看了看徐部长，又看了看那些一袭白袍的"大厨"，慢条斯理地说："那得看怎么看。论厨房的条件，比不了饭店；论饭菜的品种，也比不了饭店；论大厨的手艺，还比不了饭店；论菜的色香味，更比不了饭店。可是，我们这是社区食堂，社区食堂就是家里的食堂，家里的食堂就是家的味道，家的味道就是我们习惯的味道。饭店的饭菜再好也是饭店，不是我们的家；社区食堂的饭菜再差也是我们家的食堂，不是饭店。我们为什么要拿自己的家和别人的饭店比呢？如果让你来说，你觉得我们食堂好还是饭店好？"

老大爷很幽默、很机智，像绿茵场上征战过无数赛事的球星，不经意间飞起一脚，潇洒地把球踢了回去。

徐部长微笑着点点头："谢谢大爷，我明白了。"

徐部长又俯下身，看看炒菜的品相，闻闻炒菜的味道。

冷晓燕麻利地找了个干净盘子，每样少盛了一点，端给徐部长："徐部长，您稍尝一口，看味道怎么样。"

"好，谢谢。"徐部长接过盘子，用筷子夹起少许，送进嘴里，接着连连点头，"味道真的不错。"

接下来，又开启了她的询问模式，从运营模式、政策扶持、资金来源，到厨师调度、食材原料、就餐人数、主食品种、荤素搭配、营养结构、就餐价格等。问的事无巨细，面面俱到，答的有着有落，决不缺斤短两。

过了一会儿，徐部长索性把客场当主场，把食堂当课堂，现场提问起来。她点了几个一同来考察学习的社区书记的名字，问道："我们许多社区也遇到过类似的问题，为什么迟迟办不起来？有些社区办过，但为什么办不好、长不了，不是中途废了，就是半路黄了？看来，还是我们研究不够，创新不够，措施不力。社区食堂办好是不容易，但事在人为，同样的条件，甚至我们的条件比他们还要好，为什么大海阳能做到，我们却做不到？看来需要好好找找原因。"

"她为什么对社区食堂情有独钟呢？"吕部长自言自语。

我看了吕部长一眼，忽然意识到，大海阳的壹家厨坊，吸引了这位上海客人的高度关注。这说明，她正在密切关注老年人的吃饭问题，关注社区食堂的运营和生命力。

吕部长点点头，似乎也找到了答案。

近年来，老年人吃饭问题越来越引起各级党委和政府的高度关注。为了解决老年人吃饭难的问题，从中央到地方，都在积极推动老年助餐服务发展。2023 年 7 月，商务部等十三个部门联合印发《全面推进城市一刻钟便民生活圈建设三年行动计划（2023—2025）》，提出"探索发展社区食堂，建立老年人助餐服务网络"。2023 年 10 月，民政部等十一个部门联合印发《积极发展老年助餐服务行动方案》，要求各地完善老年食堂、老年餐桌、老年助餐点等老年助餐服务设施配套，优化功能布局，将老年助餐服务设施纳入城市一刻钟居家养老服务圈、一刻钟便民生活圈建设，促进服务便利可及。

我感到，徐部长是个明白人，大事不糊涂。往深里说，她心里有群众，事事为群众。往工作层面上说，起码她善于抓重点问题，善于研究解决一些上下都关注的问题。

的确，老年人吃饭难，已经成为社会性问题。

我曾听熟识的朋友谈道："家里老人年纪大了，做饭不方便，希望社区能开设老年食堂，方便老人就餐。"

话是这样说，可哪有那么简单？

据我所知，近几年，许多地方探索建立了社区食堂，目的是解决老年人吃饭难问题。但正如上海那位区里的部长所言，有些社区食堂办着办着就停业了，关门了。

来自国家统计局的数据显示：截至 2023 年末，我国六十岁及以上人口近 3 亿人，占全国人口的 21.1%。民政部 2022 年的调查数据显示，我国老年人口中，空巢老人已超过一半，部分大城市和农村地区，这一比例甚至超过 70%。民以食为天，年纪大了，做饭不方便，高龄老人、失能半失能老人、独居老人等日常吃饭难的问题比较突出。

大海阳的社区食堂，是 2017 年 8 月 30 日正式开办的，比以上两个文件下发，早了整整七年。

顺着社区食堂这个话题，我向冷晓燕询问当时的情况。她摇了摇头："嗨，走过的路，脚知道，经历的事，心知道。社区食堂的事，经磨历劫，一言难尽。"

三　放盐还是没放盐

2017 年 6 月下旬，党的生日快要到了。按照惯例，冷晓燕要代表党组织看望和慰问社区的老党员。

其实，她平时就有这个习惯，不管是老党员，还是老居民，她有空就会到他们家看看，特别是上了岁数的老人。

心里想千遍，不如见一面。

这天，她和慕文玉一起来到杨连峰大爷家。

杨连峰老人生于 1928 年，眼看就满九十了。他小的时候，在青岛做童工，跟着师父做过许多党的外围工作。

新中国成立后，他被安排到烟台百货公司工作，后来调到烟台车具厂、烟台钟表公司，1990 年退休。

因为老人一辈子任劳任怨，勤勤恳恳，口碑好，人缘好，所以退休后又被原单位返聘，一干就是七年。尔后，又被奥斯尔集团聘为办公室主任，又干了七年。直到 2004 年，才算彻底退休。

应当说，杨大爷的家庭，算得上美满幸福，老两口相濡以沫，两个儿子工作不错，也懂事理，知孝顺。但前两年老伴突然去世，把杨大爷闪得不轻。

两个儿子都动员老人搬到他们家同住。但杨大爷考虑，儿子虽然是儿子，但他们也是六七十岁的人了，要是不和自己比，放在众人堆里，他们也算老人了。

况且，大儿子的儿子已经结婚成家，去年添了小孩。二儿子家动作稍慢些，但孩子也已成家。他们各自都是拖家带口，一大家子人。

这种情况下，他怎么好去两个儿子家里掺和？

不掺和，有情有义；一掺和，一摊烂泥。

所以，老人很识趣，也很明智。谁也没答应，谁家也不去。他说自己已经习惯了，喜欢大海阳他熟悉的环境。

老人身体很硬朗，虽年已耄耋，却不显老态，生活料理还算可以。平时儿子儿媳也会过来帮着收拾一下。早餐和晚餐，他们会过来帮着做，或者做好了往家送。但中午不好办，不管过来做还是做好了来送，时间都来不及，老人只能自己做。对杨大爷来说，做饭不是问题，只是最近老出情况。

冷晓燕和慕文玉进门的时候，杨大爷正在厨房里炒菜。

只见他用铲子铲出少许，放进嘴里一尝，接着紧锁眉头，赶紧吐出来。然后，摇了摇头，端起锅把菜倒进了泔水桶里。

见冷晓燕进门，老人连忙把灶上的火关掉。

冷晓燕问："杨大爷，怎么把刚炒的菜倒掉呢？"

"是啊，杨大爷，是不是把泔水桶当成菜盘了？"慕文玉戏谑道。

"嗨，别提了，菜炒好了，忘了放没放盐。尝了一口，一点咸味儿没有，果然没放。接着就加了点盐。刚要盛出锅，回头打了个喷嚏，嘿，又把放盐的事忘了，就顺手又加了一勺。结果一尝，齁死人的咸，只好倒掉了。唉，人老了，脑子不好使了，属老鼠的，搁爪就忘。有时候也挺怪，越想好好记着的事，到时候越记不住。"杨大爷说。

慕文玉说："你们等一下。"转身出去了。

不一会儿，她从外面提了一个盒饭，放在杨大爷面前："杨大爷，今天先凑合一下，委屈您了。"

"我受什么委屈？倒是给你们添麻烦了。这一弄，弄得我反而不好意思了。"杨大爷说。

冷晓燕说："杨大爷，你别不好意思，这个问题我们一定会想办法解决的。"

杨大爷一听，马上问道："你说能解决？怎么解决？"

"这——"冷晓燕一时语塞，顿了一下，马上又说，"怎么解决我们还没有想好，但请您相信，会有办法的。"

四　那佝偻着的身子

第二天，冷晓燕来到丛大爷家。丛大爷也是一名老党员，今年八十多了。退休前在一家国有企业工作，当了一辈子先进，吃苦在前，享受在后，任劳任怨，默默奉献，这些传统美德，在老人身上依然闪闪发光。老人性格好，是个乐天派，什么事都不往心里去，在哪里都有好人缘。

冷晓燕和丛大爷两人聊天聊得很高兴，不知不觉就到了中午的饭点。

冷晓燕问道："丛大爷，您中午饭怎么吃？准备吃点什么？谁给您做？"

"本来闺女来家做，前几天，外孙女生了闺女，她帮着伺候月子去了。没办法，我只能自食其力，自己为自己服务，自己当自己的大厨。"老人性格总是这么乐观。

通过聊天，冷晓燕了解到，丛大爷家的情况与杨大爷家的情况大同小异。两个孩子，一儿一女。孩子小的时候，像小鸟一样，盼着他们快长大。可他们长大了，接着就飞走了。大的飞了小的飞，飞来飞去，家成空巢了。先是儿子飞了，飞到南京，现在儿孙满堂，一年至多回来一次。接着女儿又飞了，女儿飞得倒不远，全家在烟台，只是早已另有新巢。

儿子动员了好几次，要他到南京住。他出于杨大爷同样的考虑，坚持不去。女儿动员他，和她们一家同住，可女儿上有公婆，下有儿孙，自己怎么去住？

弄来弄去，他还是独自留守在老巢里。

儿女都很孝顺，每年都给他钱。可是一个老人，要钱何用？过年的时候，老的少的全聚了堆，说说笑笑的热闹劲，屋里都搁不下。这时候，老人就以红包的方式，都给他们返回去了。当然，不是原数返还，还得倒贴。

女儿几次提出要给他找个保姆，帮他洗衣做饭，被他拒绝了。他不希望自己的生活中横插进来一个陌生人。

没有其他更好的办法，女儿就每天晚上回来给他做一顿饭。吃剩下的，第二天早晨和中午一热，再接着吃。

这几天女儿回不来，丛大爷只得自己动手了。

丛大爷颤颤巍巍地拖着把椅子就进了厨房，佝偻着身子，一只手扶着椅子，一只手把熟食放进蒸锅里。

冷晓燕本来起身要走，往厨房看了一眼，见丛大爷吃力的样子，赶紧跑过来帮忙。丛大爷说，没事，习惯了。

五　那还是面条吗

回到办公室，姜艳平向冷晓燕诉说了她所遇到的情况——

去网格走访的时候，姜艳平到了 12 号楼的吕大爷家。

吕大爷退休前在工厂里是七级电焊工，不光是厂里的电焊业务"大拿"，其他工种的活也做得很好。在工友心目中，他是个多面手，心灵手巧，无所不能。

有人说，人的智商大致是均衡的，这方面发达了，另一方面就弱了。此说能不能成立，不敢妄言。但起码在吕大爷这里得到了印证。他能把带电带火的钢铁家伙玩弄于股掌之中，就像学前儿童玩弹弓滚铁环，轻松自如，信马由缰。可一旦进了厨房，就彻底不灵了，好像与各种炊具犯了八字，拿起什么都别扭。不是煎煳了，就是炒焦了。老伴在的时候，不用他。可老伴一走，麻烦来了。

女儿住得离他比较远，一般情况下，每天傍晚回来为他做一顿饭，当天晚上吃顿新鲜的，第二天早上和中午，简单一热，对付着吃。如果女儿来不了，他就得自己瞎对付。

有一次，女儿去了外地，连续十几天没回来。没办法，他只能"自己动手，丰衣足食"。

在他眼里，最简单的饭就是煮面条。所以，他就今天面条，明天面条，后天还是面条。

有一次，往锅里放面条时，他一走神，放得太多了，煮出来以后，足足一小锅。他今天吃，明天吃，后天还吃，整整吃了三天。用他自己的话说，打个嗝都是面条味。

姜艳平说，我都不敢想象，那是一种什么滋味的面条？那还是我们通常意义上的面条吗？

接着，慕文玉也讲了她在走访中亲眼所见的一幕。

南街的杜阿姨，快八十岁了，常年一个人生活。她自己说，她是小姐身子丫鬟命。年轻的时候"爱俊"，在工厂上班，工资不高，一大半都花在打扮上了。

人家说从外表看像个大户人家的小姐，其实就是个丫鬟，什么脏活苦活都得干。上班时候，别人饭盒里装点稀罕的，她的饭盒里装的是玉米饼子咸菜头。用老人的话说，一辈子了，她对吃的不讲究，好歹填饱肚子就行。

前段时间，杜阿姨突然病了，下床都感到很费劲，更不用说做饭了。正好家里有几盒黑芝麻糊，饿了，她就冲点喝，一连四五天，她就那么对付着。

听着听着，冷晓燕的眼泪快要下来了。

连续几天，杨大爷把菜倒掉的一幕，丛大爷佝偻着身子下厨房的一幕，吕大爷吃烂面条的一幕，杜阿姨喝黑芝麻糊的一幕，这一幕连一幕，时不时地浮现在冷晓燕眼前。

冷晓燕心里有说不出的滋味。她不禁在想，谁家没有老人？谁不为人子女？如果换作是自己的父母，吃口饭这么辛苦，心里难不难受？进而再想，谁没有老的那一天？等自己老了，炒菜的时候也忘记放没放盐，也佝偻着身子下厨房，也连续几天吃面条，也病了躺在床上喝黑芝麻糊，那样的日子可不可怕？

她知道，这些老人要求不高，不是要吃山珍海味，不是要吃名厨大餐，不是要什么营养保健。他们需要的，只是和正常人一样，按正常时间吃上一顿正常的饭。

而这样再普通不过、再正常不过的要求也难以满足。

她在不停地琢磨，社区能不能为这些老人做点什么？

六　问题又回到原点

这天，冷晓燕刚进办公室，杨连峰大爷的大儿子杨林来到社区。

冷晓燕在杨连峰老人家见过他。

杨林握着冷晓燕的手说："冷书记，非常感谢你。那天要不是你，我家老爷子就得饿肚子，要是传出去，说我不忠不孝，我就是跳进黄河也洗不清了。"

冷晓燕一听，知道了怎么回事。

她说："杨大哥，那天的事不能怨你，我知道你平时对老人很好，老人不止一次说起你们兄弟。你不用内疚，也不用谢我。那天也巧，被我们碰上了。"

杨林说："冷书记，我今天不光是对你表示感谢，还要向你求助。"

"求助？求助什么？"冷晓燕一脸不解。

"是这样，我家老人的生活，一直是我们兄弟放不下的心事。之前，尝试过若干办法，但现在看，都不行。昨天晚上，我和老人谈了半宿，还是没有谈通。"

"噢？怎么谈的？"冷晓燕问。

"我父亲年龄越来越大，原来自己做点吃的还可以，现在手脚不灵了，脑子也不好使了，记性差，忘性大。那天你去碰上他炒菜就是个例子。"

冷晓燕问："那你是什么意思？"

"我和我弟商量过，最好的办法还是他到我家去住，到我弟弟家也行，或者一年轮一次都可以。可他不同意。"

"他是什么理由呢？"冷晓燕问。

"他也说不出什么理由，就是不愿离开这个地方。"

冷晓燕又问："还有没有其他办法？"

"其他办法，就是我们一家都搬到他这里，和他一起住。这个他肯定接受。可是，冷书记，我也是当爷爷的人了，身后也是一大家子，搬到这里不现实。"

杨林停了一会儿，又说，"要不就我们兄弟轮着值班，回来给他做饭。可这也很麻烦。一是距离隔得太远，一来一回光在路上就接近两个小时，再一个，每个人身上不是这事就是那事，很难保证风雨无阻。"

冷晓燕说："这么说，这个问题又回到了原点？"

"是啊，其实，这几个方案，以前都协商过，都行不通。我今天来向你求助，想请你帮我做做老人的工作，最理想的办法，是搬到我那里一起住，这样的话，他方便我也方便，两全其美。我知道，他很尊重你，你说话，他听。"

冷晓燕轻轻地摇了摇头。

七 "逼"出来的想法

冷晓燕知道，社区内七十岁以上的长者，少说也有四百人。像杨连峰、丛大爷这样独居的，起码有两成。像吕大爷、杜阿姨那样吃饭有困难的，至少有一半。

这几天，她一直在想，能不能办个社区食堂，让七十岁以上独居的老人吃口现成饭？

她这个想法是被"逼"出来的。

冷晓燕把这个想法在会上一说，立刻引起了班子成员的七嘴八舌。开始，大家都很兴奋，很赞成，觉得这个创意好，有想法，有新意，恨不得当天就开办。

接下来，一个个问题冒出来：社区连半间屋都没有，哪有地方办食堂？社区没有专门经费，哪有钱办食堂？社区只有六七个工作人员，哪有人办食堂？

有的同志说，办食堂，得专门部门批证，没证就是非法经营；有的同志说，食堂是无底洞，社区办食堂，等于往里砸钱，不仅办不起来，即便办起来也难以长久；还有的同志说，办食堂看着事小，实际上事大。饮食关乎人命，万一哪天谁吃得不对付，出点这毛病那毛病，谁能担待得起？

更有甚者，有位曾经在体制内待过、当过一个小单位负责人的老大爷，把社区食堂同"大跃进"时候村里的"公共食堂"联系起来，他说："那个时候，全国上下，'公共食堂'就像'公共汽车'一样，无人不知，频繁出现在党的红头文件上，报纸杂志上，几乎每天都挂在人们嘴边。后来怎么样？还不是一风吹？"你听，这是哪儿跟哪儿呀？

冷晓燕知道，大家说的这些，绝非毫无根据。

当时，就全国来讲，社区食堂还没有统一要求，也没有顶层设计。虽然说老年人吃饭难的问题开始出现，但还没有引起应有关注，相关部门也没有出台相应的文件规定。

从全国各地的情况看，虽然有些省市已经开始初步探索，但还没有形成规模，也没有相对统一的模式，更没有形成可资借鉴的成熟经验。

况且，有些地方虽然办了起来，但运行中遇到许多麻烦，有的选址不科学，老年人不方便；有的饭菜质量不符合老年人的口味；有的不注重成本管理，不得不摘牌停业。

大家通过讨论，都感到场地问题、资金问题、运营问题、安全问题、可持续发展问题等，这些都是未知数。在这种情况下，开办社区食堂，确有一定风险。

冷晓燕觉得，这个事先不忙着决定，既然是群众的事，那就先听听群众的意见再说。

回到家后，她感到浑身疲惫，心想，自己真是个操心的命。小时候就爱操家里的心，问问这个，问问那个；上学的时候爱操同学的心，老师的事都爱管；上班以后就更不用说了。现在，有些老年人吃饭确实有困难，但上级又没有明确要求，社区又没这个义务，自己操的啥心？

可转念又想，自己是社区书记，社区的老人有困难，并且是大困难，这个心自己不操，谁替你操？

八　看老人们怎么说

大家分头座谈、走访、个别征求意见，最后的结果是，四百多名七十岁以上老人，支持办食堂的有二百多人，反对的有一百多人，其余则左右摇摆，态度不明朗。

对这个结果，冷晓燕感到既在意料之外，又在意料之中。对那些上了年纪又没人照顾的人来说，食比天大。办好社区食堂，解决老年人吃饭难的问题，往大了说，是以民为本，为党分忧；往实了说，是扶危济困，积德行善。

她觉得，社区办事要讲究民主，要看多数还是少数，这没有错。但对多数还是少数，要进行科学分析，不能简单数人头，不能认为人多就是对的，人少就是错的。

就拿办社区食堂来说，不能简单地看支持的多少票，反对的多少票，具体情况要具体分析。

冷晓燕认真分析了一下。那些支持办的，多数是因为自己遇到吃饭难的问题。那些无所谓的，要么年龄还不到七老八十，要么吃饭不成问题，对他个人来说，办不办社区食堂，关系不大。那一百多个反对的是什么情况呢？

冷晓燕看了看那个名单，这些人，想的也不一样。一种认为吃饭是自己的事情，个人的事情，没有必要兴师动众，由社区来办。另一种呢，认为社区办不了食堂，也办不好食堂。他们认为，在单位时单位食堂办不好，开饭店的也很难把饭店办好。一个小小的社区，要钱没钱，要人没人，怎么能办好食堂呢？办起来也是昙花一现，长久不了。

为了统一大家的思想，冷晓燕主持召开了党委扩大会，吸收一部分老党员参加。

　　冷晓燕首先旗帜鲜明地表明了自己的态度："现在的情况是清楚的，大家的态度我们也知道。毫无疑问，我们迫切需要关注的是那些眼下吃饭难的群体。就像杨大爷、丛大爷那样的老人，即使在我们社区中占少数，我们也要特别关心，特别照顾。所以我们不能因为一部分人不支持，社区食堂就不办了，也不能因为社区食堂难办就不办了。"

　　冷晓燕的话音一落，于占芬就站了起来："我完全同意这个意见。我们在座的都是六十多岁，有的大点，也不到七十岁，应当说，吃饭难的问题还没到跟前。但时间很快，再过个十年八年，我们这些人也就到了杨大爷、丛大爷的年纪，也会记不住放没放盐了，也得佝偻着身子下厨房了。所以，关心他们，就是关心我们自己。就是那些反对办社区食堂的人，再过几年也会发生变化，说不定他们比谁都想办社区食堂。我不光支持办社区食堂，我还自告奋勇，带领我的七彩志愿服务队共同做社区食堂的志愿者。"

　　接着，张景弄大姐也态度鲜明地表示支持："刚才冷书记的话，我听了很感动。从小，父母就教育我，要做个好人，要多做积德行善的事。办社区食堂，我觉得就是积德行善。要说困难，干什么事没有困难？大家只要齐心协力，就没有克服不了的困难。我没有别的本事，干了一辈子餐饮，当了半辈子饮食服务公司副经理，对开旅馆、办饭店，不敢说内行，但也不能说外行。我也和占芬一样，积极报名当社区食堂的志愿者。"

　　于占芬、张景弄发言后，接下来，大家的意见一边倒，支持办社区食堂的占了绝大多数。

九　出水才见两腿泥

一般来说，工程开始施工了，困难就陆续来了。

办社区食堂，首先遇到的问题是建在哪里。

社区食堂，顾名思义，应该办在社区，这也是方便老年就餐的基本要求。但是，城市不像农村。农村是一张白纸，只要手续合法，把白纸展开，就可挥毫泼墨。而城市则不同，特别是在中心城区，找个现成的场所，真是太难了。

找政府协调，冷晓燕觉得张不开口。政府又不是社区的保姆，怎么能事事找政府？再说，政府也不只辖管大海阳一个社区，如果政府包办，怎么能办得过来？

正在一筹莫展的时候，社区有位老同志讲，南街22号楼旁拐角处有间小棚，若干年了，弃之不用。面积大约有十平方米，产权是社区的，可以看看是否能用。

冷晓燕一听，喜出望外，立马带人，找到那间小棚。

由于年久失修，那间小棚已经老态龙钟，风烛残年，门窗破旧不堪，墙皮有的已经脱落，到处斑斑点点，像小孩子的尿布。

冷晓燕透过窗户向里望了一眼，光线昏暗，黑咕隆咚。用眼目测了一下，至多有十平方米。

"有毛不算秃子，有总比没有强。"冷晓燕很高兴。

张景弄脑子里迅速盘算了一下办食堂必需的硬件，灶台、面案、菜案、水池等，她摇了摇头——面积太小了，连最基本的功能都施展不开。

于占芬出于职业习惯，四周打量了一圈，然后左瞅瞅，右看看。最后，她把目光停留在另一间小棚上。这间小棚与那间平房紧挨着，面积跟那间差不多，也有十几个平方米。不同的是，这间小棚更简易，更老旧。

她询问了一下，这间小棚产权是谢云个人的。

于占芬用手比画着，问张景弄："如果把两间房子打通，连成一体，共有二十多平方米，这样面积够不够?"

"可以，虽然还是局促点，但基本可行。"张景弄答道。

冷晓燕想，不行的话，把谢云那间小棚租下来。当天，她就和于占芬一起去了谢云家。当冷晓燕说明来意，谢云二话没说，就爽快地答应了，表示全力支持办好社区食堂，并且不收房租。这反而让冷晓燕不太好意思。

谢云说："社区办食堂，不是为了营利，而是为了那些上了年纪的老人。这说明社区的领导讲人性，讲良心。我那间小棚没多大用处，就是堆放些乱七八糟的东西。我马上就收拾出来，你们什么时间用都行。"

十 你若盛开，清风自来

"你若盛开，清风自来；你若精彩，天自安排。"

你信吗? 反正冷晓燕信，信得一塌糊涂。

因为现实容不得她不信。正在她为启动资金发愁的时候，"清风"来了，"天"作安排了。

有时候就是这样。日出日落，有阴有晴，从来没有改变过，人们已经习惯。但阳光有时也会在毫无征兆的情况下突然出现，令人始料不及。

按说，无论是中央财政还是地方财政，都没有社区服务群众经费这一项。但运气来了，挡都挡不住。

那年，烟台市委和芝罘区委敢为人先，开了个好头，没有政策制定政策，没有科目增设科目，全市上下，统一建立了社区党组织服务群众专项经费制度，拉长社区党组织服务群众无资源的短板。

这项政策一直延续到现在，对于提升社区党组织服务群众能力、树立社区党组织的良好形象，发挥了重要作用。

顾名思义，这个经费只能用于为群众提供服务，不能用于其他。这笔经费由组织部门统一负责监管，每个社区每年申报为群众办实事的项目，根据项目，提出所需经费，逐级上报。组织部门根据社区申报的项目，组织论证和答辩，通过论证答辩后，拨付项目所需经费的60%。项目完成并验收合格后，拨付另外的40%。

恰在此时，芝罘区委组织部公布了当年服务群众专项经费项目方案。

办社区食堂，这不就是服务群众的项目吗？

冷晓燕一看到这个方案，高兴得差点跳起来，她连夜起草了关于开办大海阳社区食堂的项目申报书。

参加申报项目答辩那天，冷晓燕衣着一新，精神抖擞。面对主持人的提问，从项目动因、综合数据、经典案例到可行性、可持续性分析，有事实有根据，有数字有分析，有个案有综合，进行了十分精彩的答辩，最后终于如愿中标，获得项目专项资金五万元。

区区五万元，对于财大气粗的单位来说，根本不算什么。对于那些腰缠万贯的富商来说，那根本不叫钱，至多算是"毛毛雨"，不足挂齿。但对当时的大海阳来说，对正在筹办社区食堂的冷晓燕来说，那可是久旱逢甘霖。有了这笔启动资金，一下子解了燃眉之急。

十一　谁来站台

场地有了，启动资金有了，谁来干？如何运营？这些问题又开始浮出水面。

当时，出现了几种不同意见。有的担心对开办食堂的业务不懂，主张引入第三方，社区负责监管；有的主张与餐饮公司合作，由他们主管餐饮具体业务，社区负责对老年人的组织管理；有的主张面向社会，面向市场，承包出去，省事省力，用市场盈利支撑社区食堂；还有的主张社区自己办。

冷晓燕和大家一起，对几种不同的运营方式进行了分析。大家感到，这几种模式都有一定长处，也都有一定弊端。

如果引入第三方，一帮陌生人在这儿运营，感觉不像在自己家，倒像走错门去了别人家，有点生疏的感觉。

如果与餐饮公司合作，无论后厨还是前台，肯定都很专业，但找不到社区食堂的味道，和进了饭店差不多。

如果面向社会面向市场，将社区食堂承包出去，那样省事是省事，但恐怕与市场越走越近，离初衷越来越远。

如果社区直接运营，好处是自己主导，可以控制，但弊端也很明显，社区满打满算，就那么几个人，都靠在食堂，那就啥也别干了。

这时，社区有几个老党员老大姐站出来，她们主动请缨，愿意参与社区食堂的工作，并且不取任何报酬。

更难得的是，于占芬大姐愿意挑起这副担子。

于占芬大姐是大海阳社区红色先锋公益服务中心党支部书记，七彩志愿服务队队长。

这一下子打开了冷晓燕的思路。对呀，我们身边有的是人才，何必舍近求远？

权衡再三，最后确定，社区食堂由大海阳社区党委领办，由大海阳社区培育孵化的社会组织——红色先锋公益服务中心负责运营，这个服务中心的成员，全部是大海阳社区志愿者。这个服务中心的主任就是于占芬同志。

起名"壹家厨坊"，主要有两层含义：其一，表明这是烟台市第"壹"家由社区开办的厨房；其二，厨房人员全部来自本社区，表明里里外外、服务与被服务的都是"壹"家人。

十二　开张大吉

壹家厨坊开始招兵买马，很快就招募了十三名工作人员，其中三名厨师。年龄最大的七十四岁，最小的五十岁，他们全部是红色先锋公益服务中心的志愿者。

接下来，置办锅碗瓢盆、抽油烟机等厨房用品，门窗擦得透明锃亮，挂上洁净的门帘窗帘，为员工配备了专用服装，小小厨房被装备得"五脏俱全"，打扮得"光鲜亮丽"。

万事皆备，壹家厨坊正式点火了，整个社区立即飘出了诱人的饭菜香。

厨师把第一份饭菜盛给了杨连峰大爷，老人高兴得合不拢嘴，竖起大拇指，连连表示感谢。

九十多岁的徐大娘，脸笑成一朵花。这些年，她一直自己过，靠女儿给她送饭，或者帮她做饭。有时女儿一忙起来忘了或者顾不上，她就只能吃点剩饭剩菜凑合，现在好了，再不用为吃饭发愁了。

为了保证饭菜质量和食品安全，社区进行严格把关。所有食材，包括米面油菜，全部指定供货渠道，统一购买，统一结算，不允许任何人私自采买，不接受任何人的捐赠。

参与食堂工作的志愿者，全部按规定查体，持健康证上岗。

壹家厨坊的管理办法是，每天核算成本，品种、价格等公示于众，头天预订，自愿选择。所有饭菜只收成本价，所有账目每月公示。

壹家厨坊所有账目非常清楚，每天留样，以备安全检查，订餐单记得非常详细。

有意思的是，开始征求意见的时候，表示愿意到壹家厨坊用餐的只有十六七个人。没想到，开业没几天，一传十，十传百，壹家厨坊一下子火了，要求订餐的越来越多，一下子增加到一百五十多人。

社区马大爷，当初征求意见时，极力反对办食堂，态度非常坚决，并且说过"狠话"，食堂饭菜再好他也不去吃。现在，看着与自己同龄的伙伴从食堂端回香喷喷的饭菜，早已心动，想去订餐，又磨不开面子。

他的心思，被冷晓燕看得很清楚。怕老人难堪，冷晓燕就对壹家厨坊的师傅说："马大爷不愿来，硬被我拽来了。"

十三　家的味道

在大海阳调研期间，我与于占芬、张景弄、王玉萍等几位大姐进行过多次交谈。每当谈起社区食堂，她们就打开了话匣子，滔滔不绝地讲起其中的故事。

王玉萍大姐讲到，办社区食堂关键是让老年人有家的感觉，而不是跟着别人去下馆子。做到这一点，说容易也容易，说难也很难。说容易，就是不必和大宾馆大饭店那样，讲究这菜系那菜系，讲究色香味俱全，讲究刀工火候。社区食堂就一个标准，就是家的味道。

但营造出家的味道谈何容易？说难也难，就是这个意思，难就难在家的味道上。大宾馆大饭店那些讲究，都是有程序、有步骤的，也是程式化的，可以扫描，可以复制。而家的味道全在感觉中。从这个意义上讲，做出家的味道，要比大宾馆大饭店更用情更用心。

"比如说，"王大姐告诉我，"老年人的饭菜得适合老年人的口味，不能咸了，也不能太淡。牙口啊，软硬啊，都得慢慢摸索着来。在花色品种上，包子、饺子、馄饨、油饼、火烧、炒菜等，不能重样。开春了，我们就千方百计让老人吃上应季的菜，比方说槐花呀，山麻楂呀，这些老人都很喜欢。"

于占芬接上说："我们的社区食堂采取订餐、做餐、取餐的办法，你需要多少，我做多少。每周一至周五，菜谱提前拟，社区食堂黑板上预告，老人们根据预告提前预订。遇上暴雨等极端天气，由志愿者直接送到老人家里。"

十四　大海阳样本

一餐一食，见情怀，见格局。

大海阳的社区食堂已经走过八个年头了。这八年，从无到有，一步步探索，发展势头越来越好。

因为工作关系，我去过不少社区，也与他们探讨过社区食堂的运营与发展的状况，我隐约感到，大海阳社区与其他地区有共性的一面，也有专属于他们自己的独门绝技。

我去福保街道益田社区看过，这是广东省深圳市福田区早期建设的大型住宅小区，三万多居民，老年人口占比18%，在居民的强烈要求下，建起社区食堂。他们的运营模式是，由民政部门牵头，整合物业场地资源，把社区党委、物业公司、业委会、老年人协会等多方力量凝聚到一起，引入一家专业餐饮管理公司，作为社区食堂建设方和运营方，以益田社区数字健康食堂名义开业运营。

我到姑苏区看过，这是江苏省苏州市人口比较密集的老城区，六十岁以上人口占比超过30%。他们办社区食堂的模式是，由姑苏健康养老产业发展有限公司运营，开了十多家综合为老服务中心，每家中心都配有售餐窗口、用餐区、厨房等场地设施，并向社会开放。

我也到重庆看过，他们社区食堂的合作模式更是多种多样，有与餐饮企业合作的，有物业经营的，有社区养老服务站开办的。他们的社区食堂兼具公益性和商业性。能否实现可持续发展，关键要看在坚持公益性的基础上能否实现盈利。比如江北区新华街道大兴社区的社区食堂就是个人经营，他把社区食堂打造成网上知名的"打卡地"，吸引了众多年轻人的目光。社区食堂负责人说，社区食堂做自助餐，靠的就是人多量大，薄利多销。社区帮忙做推广营销，客流量大了，盈利自然就上去了。

前不久，我从烟台回到北京，晚饭后出门溜达，忽然发现在离我住的小院不远的地方，多出一个"门脸"。近前一看，原来是一个老年餐厅，据说是社区委托那家饭店开办的。

我总感到，社区食堂的发展提升，还有很大的空间。许多地方的做法有很大创新性，也有一定的局限性。有的社区食堂由运营商在运营，他们的经营对象是面向社会的，社区老年人仅仅是他们服务对象的一部分。有参与社区食堂经营的餐饮公司坦言，是把为老年人服务作为打响口碑、打造品牌的引流项目。有的公司以营利为目的，服务老人是捎带的事。许多同志认为，单纯依靠社会化餐饮和配送服务，不能全面解决居家老人的吃饭问题。

大海阳的做法，无疑为发展社区食堂、解决老年人吃饭难的问题，提供了一个参照样本。

十五　管老的更要管小的

这天中午，天热得出奇，在没有遮挡的路面上站一会儿，不晒出一层油，也蒸出一身汗。

冷晓燕去了趟医院，刚好路过十字路口，见陆阿姨连把伞都没带，暴晒在太阳底下，焦急地向对面张望。

冷晓燕走过去，把伞遮在陆阿姨头上，开玩笑说："陆阿姨，这么热的天，您站在这里烤串啊？"

一见是冷晓燕，陆阿姨答道："你才烤串呢。我孙女报了个班学习，到现在还没回来，唉！这么点的孩子饭饭吃不上，觉觉睡不成，真是可怜。"

接着，陆阿姨又说："咱们社区老人吃饭的事解决了，可这帮孩子还为吃饭发愁。要是能办个孩子食堂就好了。"

陆阿姨一句话让冷晓燕想了很多。

既然家长们希望解决孩子中午吃饭问题，他们就成立了全国第一个社区党委领办、群众自愿入股、解决群众难题、群众共享福利的"壹家小饭堂"。四十名党员群众入股八万元，为孩子们统一购置了床、被褥、拖鞋、毛巾、水杯，十二名志愿者负责接送、做午饭、看护孩子们睡觉。

好在有了办社区食堂的经验，小饭堂少走了不少弯路。

壹家小饭堂面积不大，但在小朋友眼里，这是他们的欢乐大世界。在这里，可以吃到他们的最爱，尝到人间最美的味道。一到饭点，他们像一群小猪，探头探脑，鱼贯而入。一个个肥嘟嘟、胖乎乎，可爱极了。不管什么饭菜，到了他们嘴里，都是一个字：香！那种享受，那种陶醉，那种幸福，那种满足，全写在像满月一样的脸蛋上。

该午睡了，由志愿者充当的老师，一声令下，他们就会训练有素地爬到小床上，钻进被窝，努力把尽快入睡当作老师布置的作业来完成。即使睡不着，也闭上眼睛，静静地躺卧在那里。那样子看起来，睡觉不是为自己，而是为老师。

冷晓燕特别喜欢孩子。只要一有空闲，她就过来看看。一进小饭堂，她的母爱天性就骤然释放。存储已满的大脑迅速被腾空，变成辽阔的天空，逶迤的山峦，浩瀚的海洋，无垠的草原。她会情不自禁地摸摸这个的小手，拍拍那个的肩膀，亲亲那个的脸蛋，把爱瞬间融入孩子们的血液。

她知道，在所有父母的眼里，自己的孩子永远是最好的、最棒的。上学前的孩子，只有对，没有错；只有萌，没有呆；只有可爱，没有调皮；只有聪明，没有捣蛋……摔了东西，惹了祸，还得夸奖：真聪明。

她也明白，一个孩子的背后，是个完整的亲情圈：爸爸妈妈，爷爷奶奶，姥爷姥姥，姑姑舅舅……从某种意义上讲，孩子可能是一个亲情圈的总开关。做好一个孩子的事情，很可能就找到了一把激发一个群体正能量的钥匙。因而，她心里进一步断定，当初开办壹家小饭堂，是一个非常明智的选择。

冷晓燕真的很羡慕这些孩子，羡慕他们的无忧无虑，羡慕他们的童言无忌，羡慕他们的率性而为，羡慕他们的阳光灿烂。这时，她也会难得地流露出一点孩子气，想起自己的孩提时代，流连自己的幸福童年，捡起已经远去的流年碎影。她甚至还流露出一丝后悔，后悔自己小时候那么傻，为什么那么着急，老是盼着自己快长大，长得慢一点该多好……她想，再过十年二十年，甚至六十年七十年，这些从大海阳出去的孩子，还会记得壹家小饭堂，还会记得大海阳的味道，还会记得幸福大海阳给他们的幸福童年。

她希望他们记得，也相信他们记得。

第五章
大爱无痕

　　一个医生医术再高明，也不可能解除所有患者的病痛。因为面对苍茫宇宙、大千世界，人们未知的多，已知的少；面对既简单又复杂的生命个体，同样未知的多，已知的少。况且，即使已知的世界，也瞬息万变，充满诡异，让你猝不及防，不得要领。

　　但对一个优秀的医生来说，他可以做到的是，以其仁爱之心，给患者以希望，给患者以尊严。所以，比医术更可贵的是，医者仁心，人间大爱。

　　同样，一个社区书记再能干，也不可能解决社区居民的所有困难。有时候受制于资源，有时候受制于政策，有时候受制于机遇，有时候受制于天时、受制于地利，等等。

　　但对一个优秀的社区书记来说，他可以做到的是，像一束光，驱除黑暗，照亮大地，像一团火，熊熊燃烧，光耀苍穹，让人们感受到，人间温暖，人间值得。只要活着，就有希望，就有未来。因此，比吃苦耐劳、踏实肯干更可贵的，是对寻常百姓的拳拳之心和真爱大爱。

　　于是我想起庄子，想起大音希声、大爱无痕。

　　何谓大音希声？"听之不闻名曰希，不可得闻之音也。"最洪大的声音往往难以言表。

　　何谓大爱无痕？最深沉的爱往往不露痕迹，不着点墨，不动声色，不留印迹，不留屐痕。这种爱无私、无欲、不求回报，在毫无察觉、毫不知情中默默传递。

有首歌唱道：春天的花开无痕，果实知道对你感恩，秋天的落叶无痕，大地记得你的绿荫……

一 日子不能哭着过

又到年根儿，雪又下起来了。

先是下的雪粒儿，落在地上弹来跳去。接着，飘起了雪花。雪花越飘越大，像蝴蝶一样，在空中飞舞。霎时间，楼群、街道、海边，全被大雪覆盖起来，仿佛披了一层厚厚的雪绒。原本灰蒙蒙的世界，骤然间变成一片银色。

冷晓燕站在窗户前向外望着。此时，地上的积雪已经很厚。学校已经放了寒假，孩子们像出笼的小鸟，撒着欢儿蹿了出来，滑雪的，溜冰的，滚雪球的，打雪仗的，画雪画的，堆雪人的……一个年幼的儿童，一看就是刚学会走路，在雪地上跌跌撞撞，蹒蹒跚跚，不小心摔了个狗啃泥。

冷晓燕竟没忍住，咯咯地笑了起来。

这时，一位年近八旬的老大娘走了进来，她叫李兰，大海阳社区的"资深"居民。见到冷晓燕，还没开口，眼泪就唰唰地流下来。

冷晓燕赶紧上前，用纸巾帮老人擦拭了眼角，接着给她倒了一杯水，问道："大娘，这大雪天的，啥事啊？"

"冷书记，我实在没办法了，才来找你。你帮帮我吧，你要不伸把手，我这个年恐怕过不去了。"

李大娘没头没脑，一句话把冷晓燕说愣了。她问道："大娘，您慢慢说，怎么了？怎么年都过不去了？"

"你不知道，这几天，医院天天催，有时一天催好几遍，催得我都不好意思见人家了。昨天，他们下了最后通牒，说再不结清药费，针停了，药停了，所有治疗都停了。要真是那样，我闺女可怎么活呀!"李大娘边哭边说，"你先帮我应应急，帮我把医院的账结了。过了年，我再想法把钱还给你。要是医院真不给治，我闺女就真的没有命了。"李大娘说着就要跪下，被冷晓燕一把拉住。

李大娘家的情况，冷晓燕大致了解。

要说命苦，李大娘真的命苦，是苦瓜加黄连，苦上加苦的那种苦。她老伴去世早，两个孩子，一儿一女，都是她一手拉扯大。孩子小的时候，她成天在苦水里泡着，都苦得麻木了，苦得没有感觉了。但那个时候还有个盼头，有个心劲，总觉得孩子们大了，苦日子就到头了。

可谁知，老天好像成心跟她过不去，黄鼠狼专叼病秧子鸡。大儿子四五岁的时候，有一天，李大娘突然发现，儿子的目光不大正常，好像有些呆滞，比正常孩子反应迟钝，常常无缘无故地傻笑，那种笑，让人瘆得慌。

李大娘把他带到医院，经检查，确诊为精神障碍患者。

当时，李大娘如五雷轰顶，感觉天要塌了。这么一个断奶没几天的孩子怎么就成了神经病? 她不死心，也不甘心，带着孩子去了北京、上海，还有许多地方有名的医院。看一个医院是这个结果，再看一个医院还是这个结果。她的心气慢慢地泄了，开始失望甚至绝望了。面对现实，她只能认了，无可奈何地认了。

这种病，没法根治，只能用药控制。小的时候不能上学，长大了没法工作。现在已经四十多岁了，虽然生活勉强能自理，但基本上还得靠他老妈伺候，还动不动出去惹乱子。

后来，李大娘想开了，上天就是这样安排的，是命中注定的，绕也绕不开，躲也躲不过。她常常这样安慰自己，也只能这样安慰自己，好给自己一个活下去的理由。

李大娘想，儿子反正就那样了，由着他吧，她把所有希望寄托在女儿身上。

女儿倒是从小就长得好看，白白的，肉肉的，像个瓷娃娃，惹得社区好多人忍不住逗她，捏捏她的脸，揪揪她的小鼻子，谁让她长得那么漂亮呢，而且聪明伶俐，乖巧听话，从不惹是生非。

中学毕业后，她进了工厂上班。过了几年，与工厂的同事结婚成家。但好景不长，企业破产，两人双双下岗了。

这个打击本来就够大的，丈夫又与她离了婚，这无异于雪上加霜。

李大娘闺女那个前夫不是个东西，离婚不久就娶了新人。女儿天天郁郁寡欢，吃不下饭，睡不好觉，人整个垮了，瘦得像个衣服架子。到医院一查，患上了白血病。

晴天一声霹雳，不仅把女儿击垮，把老太太也击垮了。

一儿一女，两个病人，一个精神病，一个白血病。这让老太太怎样接受、怎样面对？

从入院检查至今，闺女一直在医院里。

儿子无忧无虑，成天乐呵呵的，啥也不懂，老太太可忙坏了，不光忙着操持家务，洗衣做饭，还得给闺女陪床。

一个老的要伺候两个小的，这会是种什么心情？

李大娘对冷晓燕说："都怨我命不好，什么事都让我摊上了。我有时候想，还不如找根绳子往脖子上一挂，一了百了。可转念一想，我一走了之，痛快了，剩下这两个孩子，一个傻子，一个病秧子，咋办？"

冷晓燕帮李大娘擦了把眼泪："大娘，千万不要那么想。老话说，好死不如赖活着。只要挺住，日子会好起来。"

李大娘继续说："自己的身子自己知道，你别看我好像挺壮的，其实一身毛病，毕竟年岁不饶人。可我不敢病，病不起，我病了这个家就病了，这个家就碎了。"

冷晓燕紧紧握着李大娘的手，听她继续说："这几天，医院催了好几次，让把闺女的住院费结了。我一问，要好几千块。我这么个孤老婆子上哪儿弄那么多钱？我每月的退休金，满打满算1600块。可一家的吃喝拉撒，全靠这几个钱。冷书记，但凡有一线生路，我不好意思找你张口，不愿意给你们添麻烦，可是，往东走，桥塌了；往西走，山挡着。我实在无路可走了。实在没有办法，才来找你。这样下去，我真的撑不住了。"

说着说着，李大娘又哭起来。

冷晓燕是个感情丰富、泪窝很浅的人，她最见不得别人遭罪，尤其见不得老人流泪，禁不住自己也抽泣起来。

转而一想，李大娘是来找帮助解决困难的，陪着哭有什么用？如果陪着哭能感动上帝，她情愿哭上三天三夜，甚至再多一点。眼下要紧的是想出妥善的解决办法。

于是，冷晓燕走过去扶住李大娘，边替老人擦泪边说："大娘，您的情况我都知道了。这样，您先回家，我来想办法。您老人家放心，只要有我冷晓燕在，就不会让您像现在这样，天天哭着过日子。"

老人通情达理，颤颤巍巍地回去了。

二　东一头，西一头

第二天，冷晓燕一大早就去了医院。

也难怪人家医院三天两头催着结账，李大娘的闺女住院好几个月了，一次账都没有结过。医院不是造币工厂，也不是光进钱不花钱。花钱收钱，资金运转流动起来，才能更好地救死扶伤，才能提高医院的社会效益和经济效益。

冷晓燕通过人托人，拐弯抹角找到院长。

院长姓王，是个小儿外科专家。

冷晓燕把李大娘的家境情况、闺女的情况，从头到尾跟王院长讲了。王院长知道这个病号。医院的核算是以科室为单位，李大娘的闺女长时间住院没有结算，科室难免有意见，情况也反映到院领导这个层面来。

"王院长，李大娘是我们大海阳的居民，她遇到难处，我们社区党委不能不管，我没别的意思，就是想请你们把她女儿拖欠的住院费再缓段时间，起码宽限到春节这段时间。老人家日子本来过得就苦，你就发发慈悲，让她踏踏实实过个年吧。春节以后，我们帮着她想办法。"冷晓燕说，"就权当你给我这个书记点面子。"

王院长是个知识分子，性格温文尔雅，她对李大娘家的情况非常同情。但由于长期在医院这种环境里工作，他们对待病人比病人的家属要理智得多。

王院长说："冷书记，我很钦佩你作为一个书记对居民这样关心。但实话实说，你们一个社区可能只有几个或几十个病号，而我们医院，除了医护人员，几乎全是病号。病号的病情五花八门，什么情况都有。不得病，病不重，谁闲着没事到医院来？不是医院的人冷酷，医院就是这样的单位。在别的地方特殊，到了医院，没有特殊。在别的地方有好人坏人，到了医院，只有病人。所以，下边的同志催着结账，催得急点，说话重点，请你们多原谅，多担待，不要往心里去。"

冷晓燕赶紧解释："王院长，没事，我们理解。"

王院长说："这个病人家里确实比较困难，拖欠时间长点也没关系。像她这种情况，你们最好研究一下相关政策，有没有可能通过政策适当给予减免或者补助。这样可以从源头上解决问题。不过，我们医院没有这个权力。"

冷晓燕连忙说："非常理解，非常感谢。"

医院年前不会催着结账了。王院长的话给冷晓燕打开了一个思路。

通过政策解决困难，才是从源头上解决困难。

她先是自己找出一部砖头厚的政策文件汇编，瞪大眼睛，仔细寻觅。相关的文件，字斟句酌，不放过蛛丝马迹，希望找到一根救命稻草，哪怕是相似可以参照的也行。

但凡能沾政策的边，就有话说。可惜看了半天，只看到了失望，没看出希望。

晚上，她躺在床上，翻过来覆过去，睡不踏实。她忽然想到，李大娘退休前在区里一家塑料厂上班，危难关头，"娘家"能否伸出温暖之手？怀着一线希望，她去了李大娘原来所在的工厂。

一问，厂长外出了。负责劳资的是个小伙子，说话和气，待人热情。李大娘的事，对他来说，仿佛隔了几个朝代。他说，这个企业已经改制过几次，也转产了几次，领导班子换了若干茬，隶属关系也变了又变，但有一条，不管谁当领导，对李大娘那批创业的有功之臣，还是蛮照顾的，虽然退休金不是很高，但一直按月发放，从来没有拖欠。至于李大娘家这种特殊情况，没有先例，也没有政策规定，他表示，等厂长回来后，他会如实汇报，看厂长什么态度。不过，他认为，希望很渺茫。

冷晓燕觉得，小伙子态度很真诚，并且讲得有道理，即使李大娘的问题解决不了，也可以理解。

从塑料厂回来的路上，她去了区民政局。她抱着试试看的心态，有枣无枣，打一竿子。

民政局一位科长告诉她："按现行政策规定，李大娘的收入已达标，没法得到低保救助。"

回到家，冷晓燕真的有点疲惫，而且身心俱疲。

他爱人说，这样的事，你东一头西一头地乱撞，能解决什么问题？

冷晓燕说："正因为东一头西一头地乱撞，才知道哪里有山哪里有水，才知道哪儿能去哪儿不能去。要不撞，连这些也不知道。"

三　意外之喜

就在冷晓燕几乎绝望时，突然柳暗花明。

转机的出现似乎有点不可思议。

这天，冷晓燕接到通知，到市里去参加一个座谈会，时间是下午5点，估计时间不长，要不不会这么晚才开。

怕路上堵车，冷晓燕就打了个提前量，动身走得特别早。

事情往往就这么怪，越提前量大，越不堵车，越卡着点走，越堵得一塌糊涂，直让你心焦如焚。

到了市委机关，会议室的门还没开。一看，离开会的时间还有接近一个小时，这也太早了。正巧，她碰到市委办公室郭科长，就先去他办公室坐了会儿。

寒暄之中，冷晓燕无意中说起李大娘的事。郭科长一听，说："冷书记，你今天到我办公室，来着了。"

冷晓燕傻傻地看着郭科长，一脸茫然。

郭科长说："我昨天下午碰到市政协的老乔，无意中说起，他们专委会刚募集到一笔善款，正面向社会寻找需要救助的对象。对你来说，这是个难得的机会。"

冷晓燕一听，噌地站起来："走，找他去。"

郭科长把手一摆，示意她坐下："你看，你的淑女范儿哪去了？不知道的，还以为你刚从山沟来的呢。老乔不在家，昨天就到莱州调研去了，得过几天才能回来。再说，你今天来干什么？是不是来开会？一听说要钱，会也不开了？"

"这个座谈会，那么多人呢，领导说听听我们的意见，其实，领导心中早就有数了，我们的意见，根本就不是菜，狗肉上不得席。有也五八，没也四十。至多是盘拍黄瓜，凑个数而已。那个钱就不一样了，真金白银，货真价实。开会的事，请个假就是了。"

"还是参加会吧，等老乔回来再说。"

"那，就这么傻等着？"

"等呗。"

"煮熟的鸭子都能飞，何况我们八字还没一撇。"

"你就把心放在肚子里吧。是你的，不着急也跑不了，不是你的，着急也没用。"

"不行，我心里不踏实。家里有个漂亮闺女，说媒的连门槛都踏烂，谁都瞅着，谁都惦记。现在的老乔也是，兜子里鼓鼓的，谁不稀罕？要不，你先给他打个电话，挂上号，省得他把'闺女'许配了。泼出去的水，就收不回来了。"

"也好，我马上就打。你抓紧去开会吧。别忘了，抽时间整理一下李大娘特困救助的申请报告。"

"好。谢谢你，谢谢你给了我一个意外之喜。"冷晓燕握着郭科长的手说。

四　"萧何月下追韩信"

冷晓燕刚准备去会议室，忽然一想，不行。那笔资金在老乔手里，怎么想的，怎么支配，人家肯定有自己的想法。我们需要钱，这只是一厢情愿，没装进自己口袋的钱，不算自己的钱。打猎的有句行话，瞄着兔子开了一枪，是死是活还说不定，只有把兔子别在腰里，才能说打着了兔子。

她接着转身回了郭科长办公室。

郭科长笑道："你怎么又回来了？"

"我越琢磨越不踏实，不行，你得陪我到莱州去一趟，当面锣对面鼓地和老乔敲定。"

郭科长抬起手腕看了一眼："你是不是疯了，你看都几点了？到莱州正常要两个多小时，现在眼看天就黑下来了，黑灯瞎火的，至少要跑两个半小时。还是明天再说吧。"

冷晓燕一听就急了："什么明天再说，到明天，黄花菜都凉了。赶紧收拾一下，马上走。"

"都怪我，多那一嘴干什么。刚才我还后悔呢。"

冷晓燕问道："你后悔什么？"

"我后悔不该给你说老乔的事。你看，我这一说，成你的心病了，恨不得现在就从他口袋里把钱掏出来。不掏出来，你就吃不安睡不宁。再就是，让你刚才一说，我心里也在打鼓，不知道那笔善款是不是已经派上用场了。到时候，老乔埋怨我多嘴，你埋怨我说晚了，弄得我两头不落好。"

冷晓燕说："好，好，我们都知道你是好人，是天底下打着灯笼也难找的好人。眼下，当务之急是找到老乔。别磨蹭了，再磨蹭天就更晚了。我现在就去请个假。你就不用请了，反正马上到下班时间了。你稍等我一会儿，我去去就来。"

把办公室收拾利落，冷晓燕和郭科长坐上车，出城的时候，已经6点多了，天已暗了下来。

在烟台所辖的县区中，莱州距市区最远。它南与青岛相邻，西与潍坊相接，相当于烟台的"界碑"和"桥头堡"。

司机是郭科长的同学，姓巩，是被临时抓的"壮丁"。冷晓燕一个劲地催促："巩师傅，能再快点吗？这个速度，到了莱州恐怕天都亮了。"

巩师傅说："就咱这二手旧车、'二把刀'手，开到这个速度就不慢了，再加速，就飞起来了。"

"不着急，安全为主。"郭科长不紧不慢地说。

这时，月亮出来了，把纯净的光芒洒向大地，为漆黑的夜晚带来了一丝宁静与神秘。

"晓燕，你看，月亮一出，感觉立马不一样。"郭科长想找个话题，缓和一下冷晓燕心急如焚的情绪。

"你说什么？什么一样不一样？"

刚才，冷晓燕的脑子是乱的，一会儿是流泪的李大娘，一会儿是"腰缠万贯"的老乔，根本没注意到车外的世界，更没有注意月亮出没出来、什么时候出来。郭科长一说，她才把注意力收了回来。

"我是说，有月亮的夜晚才有诗意。加上我们车上坐着你这个美女，就更诗情画意了。"

冷晓燕一听笑了："郭科长，你就别拿我打镲了，我算哪门子美女？你下车试试，随便用手一划拉，像我这样的，跟地上的落叶差不多，一抓一大把。"

"你别谦虚了。说实话，我挺佩服你的。大海阳那么个老旧社区，被你治理得风生水起。老百姓有口皆碑，领导也刮目相看。你身上真是功夫了得，不知你怎么修炼的？"

"功夫？修炼？你可别挖苦我了，这两个词哪和我沾边？和你们相比，差得太远了。都这把年纪了，见山是山，见水是水，动不动就着急上火、大惊小怪。"

郭科长把话题一转："冷书记，此情此景，倒使我忽然想起了一个典故。"

冷晓燕问："什么典故？"

"萧何月下追韩信。"

冷晓燕一琢磨，点点头："有那么点意思。只是躲进莱州城里的'韩信'，不知能不能追上？"

郭科长说："如果能够追上，将会成为佳话。"

冷晓燕笑道："但愿吧。"

五　不大不小的插曲

这时，一直专心致志握着方向盘的巩师傅突然说："坏了，不管谁追谁，恐怕没法追了，也追不上了。"

"怎么了？"冷晓燕和郭科长几乎同时问道。

"油表亮黄灯了。"巩师傅说。

"还能跑多远？"

"三四十公里吧。"

"到莱州还有多远？"

"至少还有八九十公里。"

"附近有加油站吗？"

"好像没有。"

"那可麻烦了。"

这时，冷晓燕真的着急了："怎么这么粗心？为什么来的时候不加满油？或者检查一下油表？"

巩师傅说："来的时候你们催命似的，哪能顾上？"

郭科长说："大家先不要急，这个时候急也没用。现在关键是想想办法，怎么能加上油。"

巩师傅说："在没有加油站的情况下，办法只有一个，就是向过路的汽车招手求助。"

"没有其他办法吗？"冷晓燕焦急地问。

巩师傅摇摇头："没有更好的办法了。现在油表已经开始报警，不能再跑了，再跑要出大问题。"

接着，巩师傅找了个路边，把车停下。

三个人陆续从车上下来，站在马路边上。

每有一辆汽车驶过，三个人就一齐招手。

来往的车辆不少，但没有一辆停下。更有意思的是，有的本来速度不快，一见他们招手，反而加大油门跑得更快了。

这时，突然驶来一辆挂公安牌照的警车，冷晓燕像抓着一根救命稻草一样，拼命地摆手，郭科长和巩师傅也大声呼喊："停车，停车，快停车！"

不错，不愧是警车，一脚刹车，停在他们面前。

郭科长立即掏出工作证。

警察笑了笑："你们也犯这种低级的错误！"

警车的司机从车上拿下一个小油桶，把油给巩师傅的车加上。他很客气地说："这些够了，跑到莱州肯定没问题。不过，你们今天也确实有点玄，从这里再往前跑五十公里都没有加油站。这也是个教训，出远门千万别忘记检查油箱，无论如何也要先把油加满。"

因为这个小插曲，前前后后耽误了差不多一小时。

六 千呼万唤始出来

到了莱州宾馆，四处黑乎乎的。冷晓燕掏出手机看了一眼，已经快11点了。

郭科长事先给老乔打过电话，告诉他今晚到，但具体时间说不准。接着他又打电话给莱州市委办公室的小吴，说了今晚到莱州的活动安排，让他出面联络一下。

在宾馆大厅，郭科长和小吴轮番给老乔打电话，可他就是不接。小吴直接到房间敲门，也没有任何反应。

服务员说，也许客人还没回到房间，你们先稍等。

冷晓燕说："郭科长，看这架势，今晚我们恐怕回不去烟台了，先办一下登记手续，安排房间住下吧。"

郭科长说："好。"

巩师傅转身要出门，郭科长问他："你去哪儿？"

"我去加油站，先把油加满。到时候说走就走，不能再犯今天这样的低级错误了。"

"吃一堑，长一智。"郭科长给他一个微笑。

"我跟你一起去，这地儿我熟。"小吴说着，和巩师傅一前一后出了大厅，然后上了车。

等了半天，还没见老乔的影子，这是哪去了？

突然，郭科长的手机铃响，一看，是老乔。

"老乔啊，你可真难找啊，一离开老婆的视线，就放飞自我了？噢，好，我们马上到你房间去。"

七　如果再晚一天

老乔拿着把梳子正在梳头，见冷晓燕和郭科长进来，赶紧起身倒了两杯水，放在他俩面前。

老乔说："你说我不好找，你可真是会倒打一耙。你下午说要过来，我劝你别来，你不听，坚持要来。可什么时间走，什么时间到，都没给我说清楚，害得我7点等到8点，9点等到10点。我估计你今天不会来了，就去冲了个澡。没想到，你真会挑时候，偏偏这个点来了。你看，这不，都11点多了，你还不如明天来。"

"老乔同志，这事怨我，怪不得郭科长。他原本坚持等明天再说，是我硬要今晚过来。"冷晓燕为郭科长开脱。

郭科长马上解释说："这就是我电话上给你说的，大海阳社区党委书记冷晓燕。她虽然姓冷，但心比火热。"

老乔接上说："电话里，郭科长把情况都跟我说了。你们社区的李大娘，真是够可怜的。"

"所以，我一听说您筹集完善款，就马不停蹄地来找您。您就拉她一把吧。救人一命，胜造七级浮屠。"冷晓燕恨不得现在就把他手里的钱掏出来。

老乔说："可惜你们来晚了一步，我们专委会筹集的那笔善款，已经确定了救助对象。"

"哎，我说老乔，不对呀，昨天你还给我讲，正在面向社会征集救助对象，怎么不到两天的时间变化这么快？哪里的对象？什么时间确定的对象？"郭科长听老乔一说，有点急，毕竟冷晓燕的热情是他煽动起来的。

老乔解释说："我们专委会的同志分头了解情况，很快收到了几百份专项申报材料，都是特殊中的特殊，困难中的困难。我到莱州，目睹了一户人家，困难到无法生存的地步。所以，今天下午，我们专委会的几个同志，在电话里沟通了情况，筛选确定了救助对象人选。大致是这个情况。"

冷晓燕说："老乔同志，情况是这样，我们虽然没有报告报上去，主要是我们得到信息的时间比较晚。但我们这个特困户的情况在那里明摆着，报不报，都应当在救助的范围。"

"那这样吧，这次就不再调整，你们社区这个情况我们留作欠账，下次一定补上，并且优先补上。你看好不好？"老乔很客气地对冷晓燕解释。

冷晓燕连忙说："别，老乔，别留作下次，眼看就要过年了。这个问题不解决，李大娘全家这个年就没法过了。"

郭科长说："老乔，我看这样，你们这个款项不是财政拨款，不是单位预算，也不是政策性资金，而是你们政协通过募集专门用于救助特困家庭的款项。所以，不存在确定了给谁，就一定给谁，事情是可以商量，也是可以选择的。我建议两个办法，一个是把救助款数量做适当调剂，数量少一点，救助户数多一点；另一个办法，就是先急后缓，先把李大娘这种特殊困难户解决一下。"

老乔听了，眨了一下眼，没有吱声。

郭科长问："你们现在只是初步筛选了救助对象，还没有到具体落实的环节，就是说那些被选定的对象自己心里还是个未知数，对吧?"

老乔点了点头："我们原计划明天上午商量一下，把救助款项具体落实到人头，要到了那一步，调也没法调了。"

冷晓燕似乎看到了希望："谢谢老乔同志，幸亏今晚我们追了过来，要不然，后悔药都无处去买。"

郭科长试探着问道："这个事就这么着?"

老乔说："那你们可要抓紧把报告报上来。"

冷晓燕立即站起来："没问题，我们马上就办。不好意思了，老乔，给您添麻烦了。您早休息。"

老乔问道："你们也休息吧，安排好了吗?"

郭科长说："放心，安排好了。"

一出老乔房间的门，冷晓燕就催郭科长："赶紧打电话找巩师傅退房，咱们抓紧往回赶。"

"房间都登记好了，不住了?"郭科长问。

冷晓燕说："还住什么? 赶紧回去准备申请报告送给老乔，防止夜长梦多，半路再变卦。"

"你这人，干什么都这么风风火火的。"

"不风风火火行吗? 今天晚上要是不追来，这笔善款肯定就泡汤了。如果晚一天，肯定没戏了。"冷晓燕说。

往回走的路上，郭科长迷迷糊糊打起盹来。

巩师傅目光炯炯地注视着前方。

冷晓燕表面上平静，但心里在盘算着，这笔钱救了眼前的燃眉之急，把李大娘闺女的住院费结了，估计还有剩余，还可以置办点年货，李大娘今年这个年能过出点年味儿。

当然，这笔钱解决了一个难题，也只能解决一个难题。社区的事千头万绪，解决了这个，又冒出另一个，老的问题解决了，新的问题又来了。社区书记干的就是这个活。

八　夜半歌声

一天，7号楼的于大妈找到冷晓燕，愁眉苦脸地说："冷书记，我这个心脏，像老咸菜疙瘩，腌了快八十年了，扛不住事了。你再不管管，继续这样下去，指不定哪天，一下就过去了。我提前跟你打个招呼，省得到时候把你吓着。"

冷晓燕笑了笑，挽着于大妈坐下，说："于大妈，你这就把我吓着了。谁把你这个老祖宗给刺激了？"

原来，于大妈的楼上，住着"秦四眼"一家。楼上楼下，邻居多年，虽然素无往来，但也相安无事。

可最近几天，不知怎么了，"秦四眼"家里有点反常。每天晚上，不是摔盘子摔碗，就是骂爹骂娘，老是闹出不小的动静。尤其到了夜深人静的时候，时不时地长吁短叹，偶尔还夹杂着奇奇怪怪的声音，甚至还有生不如死的惨叫。有几次，还扯着嗓子咿咿呀呀地唱起来。

"唱得好不好，另当别论，可一会儿尖叫，一会儿狞笑，听着可瘆人了。过去有部老电影，叫《夜半歌声》，电影里有个男主角，因为毁容，人不人，鬼不鬼，看着就叫人起鸡皮疙瘩。'秦四眼'一唱，我眼前就出现电影中那个男人，可怕极了。"于大妈说话的时候，眼神里依然充满了恐惧。

冷晓燕不解："秦工不是挺好的人吗？怎么会这样？"

"是啊，过去，老秦挺斯文的，话不多，总是面带微笑。现在，跟换了个人似的，不知道怎么回事。"

于大妈说的"秦四眼"，叫秦思严，福建人，毕业于国内著名的海洋大学。因为同学加女友是烟台人，大学毕业后，两人便一块分到了烟台。女友被安排到化工局，他在一家化工企业当技术员，后来，两人结为伉俪，再后来，有了儿子。一家三口，其乐融融。

秦思严年轻时很阳光，很帅气，小提琴拉得不错，只是深度近视，戴一副褐色宽边眼镜，人送外号"秦四眼"。

冷晓燕问："是不是还是因为妻子走了伤心过度？"

"不太像。"于大妈摇摇头，"他妻子走了四五年了。伤心肯定是伤心，但不至于这样过激。"

第二天，冷晓燕去了秦思严家。进门一看，一片狼藉，乱七八糟，这一堆衣服，那一堆鞋子，像个破烂摊。

冷晓燕心想，这哪像过日子的样啊？她找了把椅子坐下，问道："秦工，成天在家待着，不憋得慌啊？"

秦思严看了冷晓燕一眼："我也不愿在家待着，可你让我到哪儿去？"

慢慢聊了一会儿，冷晓燕终于弄明白了。

于大妈说得没错，问题不是出在他爱人身上。他爱人去世，对他打击确实很大，毕竟是中年丧妻，人生之大不幸。

但他刚从那场厄运中走出来，另一场厄运又劈头盖脸砸在他的头上——企业破产重组，他下岗了。

他本来就是个视事业如生命的人，原来的工程师，一夜之间，变成无业游民，这是怎么了？

这样一来，不光颜面扫地，而且囊中羞涩。他想不通，真的想不通，他突然钻进了牛角尖，钻来钻去，出不来了。

越到夜间，心越黑暗，就像陷入泥潭，难以自拔。想想自己还是一个懵懂少年时，曾经多么踌躇满志、志存高远。中学时，他把伟人那首诗抄在一个小本上：孩儿立志出乡关，学不成名誓不还；埋骨何须桑梓地，人生无处不青山。

现在那个小本依然保存在他的书柜里。

可是，当年豪情犹在，眼下路在何方？

他思来想去，一阵哭，一阵笑，一阵骂，一阵吵。此时，他也不知道自己在干些什么，抓起什么摔什么，看到什么骂什么，最后，竟然扯起嗓子瞎吼起来。

说实话，他的精神已经到了崩溃的边缘。

九　本是喜，反成忧

秦思严有个儿子，打小懂事，从小学到中学，一直品学兼优，这让秦思严省了不少心。

正在他思绪乱成一团乱麻的时候，儿子迎来了高考。

先是妈妈去世，接着爸爸下岗，接二连三的不幸，降临在这个原本幸福的家里，孩子受到了从未有过的打击。

灾难可以让人倒下，也可以使人坚强。秦思严的儿子忍住悲痛，把泪水往肚子里咽，像常人一样走进考场。

高考结果终于出来了，秦思严的儿子被北京一所著名高校录取。收到录取通知书那天，老师同学都为他高兴。

冷晓燕听说后，专门到花店买了一束鲜花，和社区王大姐一块来到秦思严家，向他和他儿子表示祝贺。

没想到，热脸贴了个冷屁股。秦思严眼皮似睁非睁，冷晓燕把花给他，他竟然接过来，随便往桌子上一扔，把对人的起码尊重都扔掉了，儿子早就悄悄躲进屋里。

冷晓燕感到蹊跷，问道："秦师傅，儿子考上了名牌大学，我们大家都很高兴，我看你怎么不高兴呢？"

秦思严长长地叹了一口气："唉，我上哪高兴去？工作没了，工资没了。原来寥寥无几的那点积蓄，连他妈住院费的一半都不够，欠下的一千多块，到现在都没还清。不怕你们笑话，我现在连饭都快吃不上了，哪有钱供他上学？"

停了一会儿，秦思严又说："我和他妈，都受过高等教育，当然知道上大学的重要，可是，你们看，我家里哪有什么值钱的？如果卖了全部家当，能凑够学费，我决不吝啬，可没有值钱的可卖啊。唉，我这辈子，太失败了。"

听着秦思严的这番话，冷晓燕心里猛地一揪。一个身高五尺的男人，把话说到这个份上——她轻轻摇了摇头。

她记得史铁生曾说过苦难既然把我推到悬崖边缘，那么就让我在这悬崖边坐下来，顺便看看悬崖下的流岚雾霭，唱支歌给你听。

这句话，让冷晓燕心里一阵战栗。

法国作家雨果也曾说：人生的风浪中，最可悲的不是生活本身，而是生活的各种选择。

她觉得，雨果和史铁生都是在说，苦难并不是生命的终点。在困境中，可以选择低头，也可以选择坚强。她本想把这些话说与秦思严听，想了想，还是算了。

冷晓燕说了几句更务实的："秦师傅，你耐心听我说几句。你家的情况，我们都知道。你遭遇的不幸，大家都很同情。当然，我也知道，你的疼，疼在心里，谁也代替不了，包括我们。但是，人生不如意，十之八九。你是文化人，论道理，你比我懂。你愁，我们陪着你愁；你苦，我们陪着你苦，有用吗？没用。你不找快乐，快乐哪会找你？再苦的日子，也得过出点快乐来，哪怕是一丁点儿。"

秦思严抬起头，用一种特别的眼神，看了冷晓燕一眼。

冷晓燕继续说："秦师傅，眼下，当务之急，我们不应畏难发愁，不能破罐子破摔，而是要想办法让孩子上学。你也知道，我们小小的社区，资源有限，也办不了大事。但我们一定尽最大努力，帮助孩子筹措学费。"

经过多方协调，终于申请到两千元困难学生救助金。

十　为了那句承诺

秦思严儿子的事，经过一番周折，终于可以放下了。

然而，天有不测风云。儿子上学刚走，秦思严又突然住院了，医院诊断，他已经病入膏肓，回天无术。

这对秦思严来说，无异于晴天霹雳。爱人没了，单位没了，儿子刚去北京读书，平时也不见他老家漳州有人与他往来，这个世界上，还有谁关心他？

冷晓燕想象不出。也许，社区是他唯一的依靠了。

冷晓燕召集一班人商量说，秦思严的事别人指望不上了，社区就是他的家，他的事就是社区的事。孩子刚进校门，这个事先瞒着他，不让他分心。再说，他回来也帮不上忙。

她马不停蹄，帮秦思严联系住进医院，联系了当地最权威的大夫。所有手续，都由冷晓燕代替他的亲属签了字。

冷晓燕又跑街道办事处，跑组织部，跑民政局，为他办理了大病救助、低保家庭救助和困难党员补助。

由于病情严重，秦思严还是走了。

弥留之际，他眼里噙着泪花，紧紧握着冷晓燕的手，艰难地说："谢谢，遇到你这样的社区书记，是我前世修来的福分。今生不能报答你，等待来生。"

冷晓燕说："秦师傅，这是我应该做的。"

"别的没有心事了，只有儿子。我想拜托冷书记，无论如何，你得让他把大学读完。"

冷晓燕眼泪哗哗地流了出来，还有什么比一个即将要走的人的信任更重要呢？

她眼含热泪，向秦思严郑重承诺："秦大哥，请你放心，我们一定想方设法让孩子顺利完成学业。"

为了那句承诺，冷晓燕东奔西忙，四处化缘，每年为秦思严的儿子筹集学杂费四千多元。

秦思严的儿子大学顺利毕业，并留在了北京工作。

秦思严的儿子至今对冷晓燕念念不忘，感恩在心。只要回烟台，无论如何，都要与冷晓燕见上一面。

没有血缘关系的亲情，有时也会浓到化不开。

十一　老翟家那些事

在大海阳社区，"老翟家"算得上奇葩。

老翟叫翟建业，新中国成立前参加革命。参加过抗日战争、解放战争，打过日本鬼子，参加过孟良崮战役。据说，家里那个污迹斑斑的柳条箱里，装的全是各种奖章和证书。

新中国成立后，他转业到地方工作。他和同时代的那些老伙伴一样，别的不缺，就缺文化。那时，实行职务职级并行，所以，他级别很高，职务不高。在小区里，工资能和他比肩的，凤毛麟角。老人家为人宽厚，乐善好施。谁有困难需要借钱应急，他从不含糊。有就还，没有拉倒，他不当事。

老翟夫妇五个孩子，两男三女。说实话，这五个孩子，都平平常常，没多大出息。三个女儿上到高中，毕业后进了工厂。两个儿子，初中没毕业就早早进厂当了工人。不过，这样也好，在参加工作上，都没让父母操心。

如果这样下去，安安稳稳，平常人过平常的日子，也挺好。不过，后来陆续出了些状况，弄得老人灰头土脸。

老两口开始最看好的是二儿子，人称"翟老二"。

"翟老二"在烟台锁厂上班，积极上进，谦虚好学，深得师傅喜欢。过了几年，和本厂一个姑娘谈起了恋爱。

小伙潇洒，姑娘漂亮。"女人爱潇洒，男人爱漂亮，不知不觉地就迷上你。"

谁知，这姑娘太漂亮了，又被厂长的公子看上。厂长公子潇洒不潇洒，不得而知。反正那漂亮姑娘头都没回，非常轻松地就把"翟老二"甩了。

甩了就甩了呗，世上姑娘千千万，也不是只有她最可爱，可爱的还有很多。可谁知，"翟老二"偏偏是个情种，投入太深，用情太猛，陷进去，出不来了。

他试图努力把那姑娘拉回来，试了几次，只是徒劳。

天天看着那姑娘与厂长公子出双入对，"翟老二"受刺激了，并且刺激不轻，强烈的刺激。只要一见到大姑娘、小媳妇，就两眼发直，甚至动手动脚。大家一看，小伙完了，典型的"花痴"。

过了一段时间，厂里待不住了，被辞退回家。

回家之后，"翟老二"的病更厉害了。成天西服领带，头戴礼帽，手挂"文明杖"，在楼内，见着年轻女性，就上前拦着，又是搂又是抱，同楼的大闺女、小媳妇吓得只好绕道走。更可怕的是，一到半夜三更，他就出来唱歌，扯着嗓子，鬼哭狼嚎一般，把人瘆得浑身起鸡皮疙瘩。

"翟老二"父母在的时候，按时给他喂药，步步盯着他，基本还能控制。

后来，父母走了，家里没人管他，也没人能管得了他。

"翟老二"的存在，成了社区的不安定因素。好多居民找到社区，觉得他对小区的威胁太大了，不光年轻女性，小孩见他都害怕。大家强烈要求把他撵走，可撵到哪里去？

在多年社区工作实践中，冷晓燕养成了一种习惯，就是学习文件，研究文件。因为文件里有重点，文件里有规律，文件里有政策，文件里有智慧，文件里有路径，文件里有"黄金"。而"黄金"，可以解决其他无法解决的难题。

并且，她研究文件，不是简单地翻翻，而是反复看，横着看，竖着看，找同类文件对比着看，找不同时期的文件比较着看，三看两看，就看出了不一样的东西。

我听有人说，冷晓燕智商高，情商更高，别人走不通的路，她能走通；别人攻不下的山头，她能攻下；别人找不来的资源，她能找来。对这种说法，我不否定，也不认同。因为在我看来，善于学习政策，善于掌握信息，善于研究规律，比智商情商更重要。当然，这些也需要高智商高情商。

一天，冷晓燕从一份文件中看到，市福利院的进入条件是，"三无对象"的老人、残疾人需要入院，由本人或亲属向所在街道办事处申请，经街道初审后上报区民政局，由区民政局复核同意，填写《市区城市"三无"人员入住福利院对象情况调查核实表》和《市区城市"三无"人员入住福利院申请审批表》，报市民政局，经市民政局审查批准后，到市社会福利院按规定办理入院手续，接通知后入院。

看完这个文件，她眼前一亮，"翟老二"不正好符合入住福利院的条件吗？

冷晓燕急忙把大家找来商量。大家感到，从目前状况看，"翟老二"这种情况，上边没有父母管，兄弟姐妹不想管，福利院可能是他最好的去处。

冷晓燕上门征求"翟老五"和他几个姐妹的意见。其实，他们几个正在为"翟老二"发愁，知道他是个负担，谁都不愿背这个包袱。他们知道，除此之外，也没有更好的办法，便都同意这个方案。

冷晓燕按照规定，安排"翟老五"以弟弟名义，向毓璜顶街道办事处提出了申请，街道初审后报给了区民政局，区民政局复审同意后，填写了有关表格，上报市民政局，市民政局经审查予以批准，下一步就是去福利院办理入住手续。

法律规定，未成年人、无民事行为能力或者限制民事行为能力的精神病人，需要有法定监护人。没有监护人，福利院拒收。

冷晓燕要"翟老五"做"翟老二"的监护人。

"翟老五"没有犹豫，很痛快地答应了。

冷晓燕知道"翟老五"的为人，怕他反悔，到时候翻脸不认账，就让他写下监护书，又录下音，给福利院备案。

"翟老二"终于住进了福利院。

俗话说，六月天，孩儿面，说变就变。没想到，"翟老五"的脸，比六月天变得还快。怕他反悔不认账，可怕什么就偏偏来什么。

其实，"翟老五"就是个"二混子"。他最早在工厂上了几年班，后来被工厂辞退了，在社会上东游西逛，成天吊儿郎当，晃悠了几十年，从来没干过正经营生。眼看快六十岁了，还是光棍一条，一人吃饱，全家不饿。

他看到"翟老二"神经病一个，凭冷晓燕一句话，填写了几张表，让他在监护书上签了个名，就去福利院吃现成的，觉得这也太容易了，心想，这样的好事怎么轮不到他头上？

他这个想法不仅滑稽，而且十分荒唐。

他去找冷晓燕，说他已经够办低保的条件了。只要办了低保，政府就得养着，再不用为吃饭发愁了。

他还厚颜无耻地拿"翟老二"作要挟，说如果他不签字，"翟老二"就没有监护人，就进不了福利院，如果不给他办低保，他就去福利院反悔，撤销当监护人的承诺。

冷晓燕哭笑不得。本来想借这个机会，好好教育他一番，可一查文件，他确实符合低保条件，就给他申请办理了低保。

有人开玩笑，让"翟老五"白捡了个便宜。

十二　树歪了，谁之过

晚饭后，冷晓燕在小区溜达。不一会儿，起风了。开始，比较柔和，淡淡的月光下，杨枝柳梢发出唰唰的响声。这种风吹杨柳唰唰响的声音，是很有诗意的。

回到家，她把门窗关严，洗漱完上床睡觉。

大概是午夜时分，风声突然变大，树枝在风中狂乱地摇曳，发出刺耳的吱嘎声，仿佛随时都会断裂。直到天快亮了，风势才渐渐变弱。

第二天一上班，冷晓燕没进办公室，先到几条主街道看看。果然，有些树被大风刮倒了，这正是她所担心的。小区内，土层薄，看上去，地很平整，但一锹下去，就露馅，底下全是岩石。这样，树根很难扎深，除非一些经年老树。

那些刮倒的树，就像倒在战场上的战士，一看就经历过不屈的对抗：

有的倾斜四十五度，根部从地下绷起，大部裸露在外；有的树干与地面呈锐角，几乎与地面平行，但树根还顽强地抓住根下的土地；有的树枝被强风拦腰摧折，依然斜挂在树干上；有的被连根刨起，横卧在地上……

大风刮过的田野惨不忍睹。

大风刮过的天空倒是一片湛蓝。

冷晓燕让小伙伴们清点了一下，歪倒和半歪半倒的树一共有十几棵。

她给园林处的老同学孙元打了个电话，让他帮忙找人把那些歪倒的树处理一下。孙元是行家，林业大学毕业，处理这样的问题，小菜一碟。

冷晓燕问他："这些被风刮倒的树，如果我们不管，它们靠自身的力量能恢复原样吗？"

"一般不太可能。死是死不了，但恢复原状很难。就像人一样，受了伤，不管是外伤还是内伤，都要及时救治，否则，肯定会留下后遗症。你看这些树干倾斜的树木，似倒非倒，半歪半倒，它们的根部已经受到伤害，不仅影响美观，而且潜藏着倒伏的安全隐患。"孙元解释道。

"那么，对这些树通常要怎样修复呢？"冷晓燕问。

孙元说："那就得看情况了。一般来说，对被风刮倒倾斜的树木，第一位的是要扶正，并安装护树架进行固定。对于过高或冠幅过大的树木，在扶树前应进行截干或截枝，以减轻树冠的重量。另外，由于在扶树时会造成树木根系松动，或者是断根，因此，在扶正后，应将泥土压实并灌溉定根水，使土壤重新贴紧根系，确保树木成活。

"再就是修剪。为了防止树干倾斜的大树倒伏而引起安全事故，通过修枝，将树干倾斜方向一侧的部分枝条去掉，以改变重心，使树冠处于稳定的平衡状态。"

冷晓燕说："看来，把被大风刮歪了的树扶正，并加以修复，还有很大学问呢。"

"那是当然。隔行如隔山，你们社区有社区的行活，我们林业有林业的行活。"孙元答道。

忙活了一整天，十几棵被风刮歪的树都处理完了。

送走孙元，冷晓燕像将军一样，一一看望和慰问"伤病员"。她把十几棵刚刚扶正的树逐棵看了一遍，这里摸摸，那里捏捏，还不时点点头，以示安慰和鼓励。

她忽然想到，被风刮歪的树，可以先扶正，然后修复，校正，固定，那么，受到意外伤害的人呢？

使冷晓燕突然想到这个问题的是阚竣。

阚竣是大海阳社区居民，不到三十岁，无单位，无工作，无老婆，是出了名的"问题青年""歪脖子树"。

其实，阚竣的童年还是美好的。父亲是老师，母亲是工人，虽然是普通家庭、寻常人家，但衣食无忧，其乐融融。

可惜，好景不长，阚竣的父亲拈花惹草，被他母亲逮住，不久，两人就离了婚，法院把孩子抚养权判给了母亲。就这样，好好的家庭，如同一面镜子掉在地上，摔得粉碎。

此时的阚竣，就像被风刮折的小树。

父母离婚后，父亲回了四川老家，母亲也从工厂下岗。离婚和下岗，就像两块砖头，砸向阚竣的母亲。一时间，家里的山塌了，生活来源断了，母亲只能捡垃圾，收破烂。

很快到了上学的年龄，母亲把阚竣送进学校。可没过多久，阚竣死活不去了。再三追问，他才说出原因。原来学校的孩子都瞧不起他，骂他爸爸是流氓，妈妈捡破烂。

没办法，阚竣的母亲又把他送进另一所学校。结果，学校不同，遭遇相同，还是和先前一样被辱骂。打那，阚竣再不提上学的事了，他母亲也没有更好的法子，只好依着他。

就这样，小小年纪的阚竣，和母亲一道闯社会了。

最初的几年，阚竣的母亲确实是规规矩矩地捡垃圾捡破烂，但捡着捡着，手就伸到别的地方去了。

因为小偷小摸，阚竣的母亲被现场抓住多次，每次都因为孩子太小，被放了回来。

虱子多了不怕咬，被抓的次数多了，阚竣的母亲不当回事了，索性明目张胆地伸出第三只手。

终于碰到高压线了。这次，她偷偷溜进施工工地，没想到，正在施工的是军事工程，她偷盗的是军事物资。

这一年，阚竣已经十八周岁。母亲被判有期徒刑十四年。

阚竣彻底自由了，自由得有点像风中的柳絮。

他试着去找了几次工作，但一了解他的身世，对方都直摇头。就连建筑队、搬运队和码头装卸队这些只需力气的单位，都不肯收留他。

他心灰意冷，破罐子破摔，到处东游西逛，很少回家，走到哪儿算哪儿，哪儿黑天睡哪儿。

冷晓燕听说，春节后阚竣一直在家，没有出去。

说实话，对这家人家，冷晓燕始终放心不下，可又没啥好法子。给阚竣介绍过几次工作，都被人家拒绝了。为此，冷晓燕也几乎失去了信心。

听说他回来了，冷晓燕就过来看看。她接连敲了几次门，屋内没有任何反应。

当她准备离开时，室内传出懒洋洋的声音："谁呀？"

冷晓燕刚一进门，一股刺鼻的味道迎面扑来。她四处一看，毫无装修的水泥地上散落着几堆狗粪，一张破烂不堪的木床上，堆着一床棉絮，床下躺着一只狗，厨房的水池里，放着一堆没有清洗的碗筷。

这日子过得，真是惨不忍睹。

冷晓燕问道："你看你年纪轻轻的，日子咋过成这样？"

"咋了？碍你什么事了？我自己的日子，愿意过成啥样就成啥样，与你有什么关系？"阚竣像吃了枪药，话一出口就带有火药味，把人噎得够呛。

冷晓燕没计较他的态度，仍然和颜悦色地说："你的日子你做主，这没有错，没人强迫你。可你也得把你的日子过好呀！要不我们一个小区住着，多没面子？我们来看你，是想看看你有什么困难，社区可以帮你。"

可他还是不领情，反问道："你看吧，困难多了去了，住得困难，吃得困难，没有工作困难，找不着媳妇困难，我都难得没法再难了，都快难上天了，你怎么帮我？"

一看话不投机，没法聊，冷晓燕只好先回去。

两天后，冷晓燕组织开展一次送温暖活动，动员社区居民和有关共建单位，对事先排查出的困难家庭进行捐助，有钱帮钱，有物帮物，让他们感受社区的温暖。

其实，明眼人一看就明白，这次送温暖，很大程度上是冲着阚竣。冷晓燕和社区几个人一起来到阚竣家，带着油盐酱醋，还有米面蔬菜，帮他换上干净的被褥，屋子打扫得干干净净，水泥地面铺上了瓷砖，里里外外，面貌焕然一新。

站在一旁的阚竣，一下子看傻了。

冷晓燕拖过一把椅子坐下："阚竣，有些话，我得给你说说。你就像被风刮歪了的小树，歪了，这个不怨你。你被刮倒后，没有把你及时扶起来，这个也不怨你。但天气晴好的时候，你能站起来却不站，这个怨你。从今以后，你挺直了，我帮你一把，活出个人样来，有没有这个信心？"

阚竣点了点头："有。"

打那以后，阚竣好像换了一个人。社区布置什么任务，他积极配合，还积极参加社区志愿者服务。

冷晓燕又找到园林处的同学孙元，介绍了阚竣的情况，想让孙元收下他，做个临时工也行，给他个体面的生活。

孙元一听，就撑了回来："我说冷晓燕，我们园林处可是政府直属的事业单位，你不会以为是收容所吧？"

"哪里，你理解错了。我的意思是，像大风刮倒树这种情况，你们不是需要一些年轻力壮的劳动力吗？你让他干这个就行，他家有房子，你多少给点报酬，做个临时工就行，先干着，我再慢慢帮他想办法。"

"那——好吧。"孙元犹豫了一下，还是答应了。

当阚竣在园林处就工的消息传到外地的监狱，他正在服刑的母亲感动得痛哭流涕。她表示会洗心革面，痛改前非，好好改造，重新做人。

后来，阚竣的母亲在服刑期间确实表现很好，屡屡有立功表现。监狱根据她的表现，决定减刑两年，提前释放。

母子两人，热泪盈眶，紧紧拥抱在一起。

一个遍体鳞伤的家，终于又像个家了。

与冷晓燕交谈起来，她说，这样的事，解决了，算不上大事，可如果不解决，推到社会上，则可能酿成大事，社区做好了，政府就省事，社区图省事，政府就麻烦。

十三　把生日过成节日

这天是 6 月 17 日，是戚芳阿姨七十六岁的生日。

冷晓燕头一天就安排好，买了一个蛋糕和一束鲜花，准备给老人祝寿。

快到中午的时候，冷晓燕进门一看，家里冷冷清清，只有老太太一个人坐在沙发上抹眼泪。她感觉情况不对。按照以往，这个时间，儿子早就带着一家人回来忙活开了，插花的，摆盘的，炒菜的，里里外外忙得不亦乐乎。今天已经这个点了，不仅儿子没回来，儿媳和孙子也不见影。

戚阿姨老伴走得早，她一个人把儿子拉扯大。儿子很争气，大学毕业后在一家国企工作，早已娶妻生子。儿子儿媳都很孝顺，虽然不和老人一起住，但隔三岔五回来看看。像今天这样的日子，肯定不会缺席。

冷晓燕一问，戚阿姨才道出了原委。

原来，戚阿姨儿子的岳父是江苏徐州人，早年在烟台当兵，后转业到烟台工作。退休后，老两口思念故土，搬回老家去了。前几天儿媳接到电话，她母亲旧病复发，情况严重。戚阿姨就催儿子，赶紧带上老婆孩子去看看，千万别耽误了。于是他们一家人去了徐州。戚阿姨就这么一个儿子，再没有其他亲人。她想，她一人过什么生日，凑合一下得了。

冷晓燕一听，心里也特别难过。但这又是没有办法的事情。她想了想，忽然拉起戚阿姨的手，说："戚阿姨，咱们走。"

戚阿姨一脸疑惑，问道："到哪去？"

"咱们到社区，我们给您过生日。"

回到办公室，冷晓燕把情况一说，大家立即行动起来，兵分几路，分头忙活。有的布置房间，有的置办器具，有的准备餐饮。大家一阵忙活，准备工作很快就绪。

生日会的现场设在社区党群服务中心的二楼大厅。大厅内布置得既简约，又精致，既朴实，又热烈，充满浓浓的节日氛围。彩色气球飘在天花板上，墙壁上挂着"戚阿姨生日快乐"的横幅。会议桌代替了餐桌，桌上摆满了各种小吃，中间摆放着生日蛋糕。客人们陆陆续续来了，既有本社区的居民，也有共建单位的代表，有的手捧鲜花，有的带着自己准备的生日礼物……

冷晓燕宣布戚阿姨生日宴会开始的话音刚落，全场响起经久不息的掌声。在众人亲切的注视下，戚阿姨吹灭蜡烛，许下生日愿望。大家品尝美食，畅谈人生，共同感受这份来自心底的温暖和快乐。在这个特殊的日子里，大家共同营造了一个盛大的节日氛围，留下了美好的回忆。

过了几天，戚阿姨的儿子带着全家向社区表示感谢。

在冷晓燕的提议下，每月的 17 日被定为大海阳社区集体庆生日，凡七十岁以上老人、生日又是在当月的，都可以参加集体庆生。地点就在二楼大厅，每人一碗长寿面，一束鲜花，一份生日礼物。

许多人说，大海阳社区把老人的生日过成了节日。

在大海阳调研的那段时间，我有幸赶上了一次生日会。老人们穿戴一新，高高兴兴，真的和过节一样。我猛然意识到，老年人过生日，不仅仅是一种仪式，它承载着深厚的文化意义和伦理价值，是对生命的尊重和对长辈的敬仰，同时也是对未来健康长寿的美好祝愿。

大海阳社区的老人生日会，其意义远远超出了过生日这种仪式本身。它是丰富的精神大餐，大家在一起高高兴兴，快快乐乐，这是人生后半程的莫大享受。它是温暖的心灵慰藉，吃的已经不是佳肴，喝的已经不是美酒，而是人生的一种高度，一种境界，一种对美好未来的期许。它是深厚文化的传承，使尊重生命尊重长辈成为一种共识，成为一种虔诚，成为一种文化，成为一种时尚。

十四　盛开的蝴蝶兰

星期天上午，冷晓燕从街道开会回来，前脚刚进门，后脚跟进了一老一少。老的接近七十，小的十岁左右。老的是社区的王家禄大叔，小的是他的孙子。这一老一少，各端着一盆蝴蝶兰。老的端一盆大的，小的端一盆小的。

冷晓燕想，这一老一少要干什么？

王家禄大叔把花盆放下，把小孙子拉过来："快叫冷阿姨，她就是你的贵人。"

小孙子很乖，乖得可爱，甜甜地叫了声："冷阿姨好！"

"好，好。"冷晓燕应着，但脑子还是蒙的。

王大叔说："冷书记，你记得不？去年我这小孙子参加绘画大赛，当时多亏你在群里发声，投票人数一路飙升，最后他获得了个一等奖。"

"噢，想起来了。"王大叔一说，冷晓燕猛然记起，是有这么回事，"好啊，先得向小朋友表示祝贺！"

那还是去年10月下旬的事。傍晚时分，快下班了，冷晓燕拿出手机随便扫了扫，在居民群里发现了一条信息："各位家人，我孙子王博，参加了第七届'护童杯'全国少儿绘画大赛，参赛对象主要面向4—12岁的儿童，分海选赛和总决赛两个阶段。作品内容，要求贴合'植物与天性'主题，内容健康且为原创。设一等奖1名，二等奖3名，三等奖6名。最终评奖结果，评委打分占40%，网上投票支持率占60%。希望家人伸出温暖之手，给王博投上宝贵的一票。您的一票就是孩子今后前进的无穷动力，谢谢！"

一看，微信是王家禄大叔发的。

冷晓燕知道，王家禄大叔的孙子王博一向表现很好，爱学习，懂礼貌，热心参加社会活动，在社区里深受大家喜欢。去年，在烟台日报传媒集团、烟台市朗诵艺术家协会联合举办的烟台"国学小明星"首季擂台赛中，王博荣获一等奖。

不久前，王博在参加省电视台《青春少年行》栏目组社会实践活动中表现突出，获得最佳优秀使者称号。

多年的社区工作实践，使她对许多事情有一个清醒的认识。对于一个家庭而言，关注点往往聚焦在孩子身上。对于孩子，一声赞许，一声鼓励，不光孩子高兴，家长也非常在意。尤其像王家禄这样的老人，他几乎把所有希望都寄托在孙子身上，望子成龙心切，并且他这个孙子确实不错。好孩子应当得到支持。支持了好孩子，就支持了家长，就支持了正能量。冷晓燕一向是这种风格。

于是，冷晓燕在王家禄大叔的帖子后面跟了一条："各位亲，王家禄大叔酷爱他的孙子王博，王博确实是个懂事的好孩子。他积极参加全国少儿绘画大赛，这是好事，如果他能得奖，不仅是王家禄大叔全家的骄傲，也是给咱大海阳社区争光。来，走起来，我先投上一票，后面跟上！"

冷晓燕在群里果然有号召力。她的帖子刚一发出，后面给王博点击投票的人数直线飙升。

王家禄眼睛一眨不眨地盯着帖子，脸上绽放出笑容。

他给冷晓燕发去微信："谢谢冷书记，没想到你工作那么忙，还这么关心我的事。这次孩子即使得不着奖，有你这样的支持，我也知足了！"

冷晓燕给王家禄大叔回复说："社区与居民，都是一家人。做这些，都是应该的。您的孙子那么优秀，这也是咱们大海阳社区的骄傲。希望他继续努力，早日成长为国家的栋梁，做一个爱家爱社区爱党爱国的新时代好少年！"

冷晓燕在社区居民中，具有很强的号召力，最后点击投票的数量远远超出王家禄大叔的预期。

经过最后角逐，王家禄的孙子脱颖而出。

冷晓燕指着桌子上的两盆蝴蝶兰："大叔，您这是?"

"冷书记，我知道，你给社区老百姓办的好事不计其数，你不图回报，但我们得懂得感恩。我们全家商量过，送你别的你不会要。这几年，我一直跟着一位朋友学习花卉栽培，这两盆蝴蝶兰就是我亲手栽培的。我今天带着孙子来，亲手送给你，我要让孩子知道，将来长大了，不管干什么，都要懂得感恩，不懂得感恩的人不配做人！"

这时，突然听到咕咚一声，王博跪倒在冷晓燕面前，实实在在给她磕了一个响头。

这一拜，把冷晓燕吓得后退一步，打了一个趔趄，也把王家禄吓了一跳。

"孩子，你这是干什么呀，快起来，再不起来，阿姨不高兴了。"冷晓燕边说边去搀王博。

"冷阿姨，您就看我怎么做吧。"

"好了孩子，阿姨相信你。快起来。"

冷晓燕弯下腰，把王博拉了起来。

冷晓燕打量了一下，眼前的蝴蝶兰刚刚开放，仿佛一群蝴蝶，栖息在细长的花枝上。每一片扇形的花瓣，像用鲜奶浸过般润滑。薄薄的花瓣上，有细小的纹路。花色有白的，有粉的，虽没有大红色那样奔放，却像少女脸上泛起的红晕，自然而妩媚。

本想拒绝，老人好不容易亲手栽培的花，应该让他带回去，自己观赏，但转而一想，老人把话都说到这个份上，怎么忍心拒绝呢？

于是，冷晓燕双手合十，连声说："谢谢王大叔，我收下了。收下您的花，也收下您的心，更收下一份沉甸甸的责任，今后的日子长着呢，我们一起努力！"

十五 雪地上一步一滑的身影

冷晓燕告诉我，"社区工作，乍一看，都是东家长西家短的琐事，要不就是鸡拉下狗尿下的小事，管，不好管，不管，又不行。有人说，这是'好汉子不愿干，赖汉子干不了'的活，我身在其中，有切身体会，认为说得极是。"

2011 年底，由于长时间超负荷工作，冷晓燕得了慢性荨麻疹，因为耽误了治疗，最后发展成了血管神经性水肿，免疫力急剧下降。原来体重 120 斤，一个月内，飙升到 168 斤。

开始不在乎，硬挺着。过了段时间，实在挺不住了，家人把她送进了医院。怕社区的同事和居民担心，她住院的消息没有告诉任何人。

但世上根本就没有不透风的墙。冷晓燕住院的消息还是被许多居民知道了，大家给她送去了鲜花，有位阿姨还写了爱她的打油诗。

在医院的二十多天里，大家自发地排班，轮流给她买饭、陪她打吊瓶，有的在家熬好鸡汤送到她的床前。

有天傍晚，忽然下起了小雪，天空灰蒙蒙、昏沉沉。陪护她的于阿姨要坐四十多分钟的公交车才能回家。

冷晓燕站在医院病房的窗前，看着她一步一滑、步履蹒跚地走向公交车站。

冷晓燕本来就眼窝浅，这下更不得了，哭得稀里哗啦。

她由衷地感到，大海阳社区的居民是最重感情的，你给他一寸光，他给你一团火，你让他温暖，他让你发烫……

第六章
绣花功夫

我从中新网上看到一则关于烟台绒绣的报道。报道称，配色、劈线、捻线、纫针，在烟台绒绣技师王兴珠的手指翻飞间，针尖上的羊毛绒线好像色彩丰富的颜料，在绣布上点涂晕染。经过数万针的穿引，一只毛茸茸的大熊猫便栩栩如生地呈现出来。

大熊猫的身体主要为黑白两色，但这幅绣作，运用了大量的类似色与互补色，来表达图案的明暗、冷暖效果。据说，这幅大熊猫作品，配色上千次，历时五个月完成。作者把一条棕黄色毛线劈成四段，与灰绿色毛线搭配，捻出需要的颜色，让大熊猫的面部阴影自然过渡，嘴角笑容更加立体。

烟台绒绣是鲁绣的一种，又名绒线绣花，是用不同颜色的优质毛线，将图案绣制在坚硬的网眼布上的工艺品。

北京人民大会堂山东厅的绒绣《东海日出》，毛主席纪念堂正厅的巨幅绒绣《祖国大地》，是其代表作。

我去广东潮州时，见过货真价实的潮绣。一幅潮绣《阿房宫》，十二名绣工用了三年时间才绣制而成。

我去湖南时，见过一幅《百鸟朝凤》的湘绣作品。八位技术精湛的绣娘，用了整整三个月的时间，一针一线绣出一百只姿态各异的鸟儿，可谓呼之欲出、精彩绝伦。

我费如此多的笔墨，不厌其烦地絮叨鲁绣、潮绣、湘绣，是因为"绣花功夫"不仅是我国的非物质文化遗产，也是我们向下扎根、向上生长、追梦逐梦的看家本领。

习近平总书记多次强调，"城市管理应该像绣花一样精细"，"要用绣花功夫抓好落实"。其中意义，可见一斑。

"绣花功夫"，说到底，就是一针一线的功夫，靠的是心无旁骛、专心致志。当然，还要心灵手巧、坚忍执着。其精髓是精细、精准，是精工细作而不是粗枝大叶。

做好一件事，没有"绣花功夫"不行，做好人的工作，没有"绣花功夫"更不行。

在社区，办每件事，几乎都涉及民生，牵动民心，都在考验着社区书记的能力和智慧。民生从来不是抽象概念，它存在于房前屋后、柴米油盐的小事里。像出行方不方便，买菜便不便利，住得舒不舒服，等等，这些看似是小事，实则关系生活品质，关系幸福指数。

再说，有些事从表面上看，眉清目秀，横平竖直，貌似一眼可以望到底。而一旦深入进去，却千丝万缕，盘根错节，甚至变化莫测，充满玄机。所以说，当好社区书记，既要有超强魄力，又要有足够耐心；既要有足够智慧，又要下"绣花功夫"。

从一定意义上讲，社区的活，就是"绣花"的活。

荀子说："百发失一，不足谓善射；千里跬步不至，不足谓善御；伦类不通，仁义不一，不足谓善学。"

他的意思是，你射出一百支箭，有一支没有射中，就不能称善于射箭；你赶着马车行走千里，只差半步没到，就不能说善于驾车；你礼法不能融会贯通，仁义不能始终如一，就不能称善于学习。

这里，荀子讲的是学习。其实，做任何事情，何尝不是如此。绣一件旗袍，只差一针，就会前功尽弃；一百条措施，九十九条落实到位，只差一条，就等于还没落实；一件事，九十九个说好，只要一个有意见，这件事就不算完美。

烟台是绒绣之乡，学习运用"绣花功夫"，冷晓燕得天独厚。"上边千条线，下面一根针。"她把一千条线纫进一根针里，然后一针针绣进网格，绣进社区的点点滴滴。

一　小木屋

要说大海阳社区留给我印象最深，或者说标志性符号性最强的，就是那几栋颇具风情的小木屋。

走进大海阳，在几条主要的十字路口，都有栋小木屋。顶是尖的，颜色是红的，周边围墙，由木头支撑。虽然占地很小，体积不大，但由于造型别致，色泽鲜艳，很吸引人的眼球。走进社区，第一个映入眼帘的，就是这个小木屋。从远处望，小木屋给人很亲切、很温馨的感觉。

我第一次看到大海阳的小木屋，一下子想到了东北的木格楞。木格楞也是小木屋，造型很别致，样子蛮好看。

木格楞是俄语的音译，指的是俄式的老建筑，全木质结构，墙体由粗壮的原木堆积钉成。在内蒙古满洲里，这样的建筑至今还依稀可见，这些建筑多是过去俄国人留下的，非常漂亮，颇具异域风情。

在大兴安岭的漠河或其他地方，也可以见到木格楞，但有些很有可能是后来为了发展旅游而仿建的。

最近，因为《我的阿勒泰》而火爆得不行不行的李娟，曾写过新疆的小木屋：

　　我们的木头房子虽然低矮，却不显窝囊，一根根足球粗细的圆木垒得整整齐齐，屋顶平整又结实。别看搭法简单，略显笨拙，但在深山里盖起这样一个小木屋可真不容易。毕竟建筑工具只有斧头和小刀，连锯子都没有。况且还特意修了门槛和屋檐，还用心开凿了一个四四方方的朝南小窗。

　　为了防雨，房顶上培着厚厚的土层。风吹来了种子，上面便长满青草，开满白色和黄色的花。植物娇嫩的根梢穿过土层和圆木间的缝隙，长长垂悬室内，挂在我们头顶上方，浓密而整齐的一大片。

美国作家奥尔森在《低吟的荒野》中，也专门写过"捕兽者的小木屋"：

　　雪堤湖畔的小木屋透着远古的气息；没有剥皮的原木裂着缝，缝隙中长着青苔；屋里没有地板，只有一扇小窗。小木屋隐入它周围那片高大的黑云杉中，仿佛它自古就是那林中的一部分。它散发着树脂的芳香，因为在屋子的角落里有一张床铺，上面铺满飘着松香的树梢；在压实的土地上，松针就是地面的图案。

　　建这个小木屋不是为了夏季的消闲解闷或良辰美景，它没有房地产投资的价值。它只有一个目的：当劳累了一整天，从沿途设下许多陷阱的道路中归来时，它是可以过夜的处所；在积雪深深、严寒刺骨的冬季，它是挡风避雨的地方。

　　……

　　我不确定冷晓燕是否见过满洲里的木格楞，不确定她是否见过李娟家住过的小木屋，也不确定她是否见过美国北部的"捕兽者小木屋"。但她心里是有小木屋的感觉的。

我一看到眼前的小木屋，就情不自禁地想到遥远的东北，想到阿勒泰，想到远古的气息，想到近乎原始的浪漫，想到大自然的鬼斧神工，想到荒原的苍凉以及禅和诗。

那么，大海阳建这些小木屋有什么用途？显然不是为了夏季或良辰美景的消闲解闷，更不是用于房地产投资，也不是从沿途设下许多陷阱的道路中归来时，用以过夜，不会在积雪深深、严寒刺骨的冬季，用它挡风避雨。

出于好奇，我走进一间小木屋看了看。屋内主要存放着居民常用的工具，诸如斧子、锤头、扳手、螺丝刀、打气筒，还有家电维修零部件和灭火器等，谁用谁来取。

这时，一位大爷过来。我问道："大爷，您有事吗？"

"小孙子的婴儿车坏了，我来拿个扳手用用。"老大爷回答道。

"小木屋里这些东西有用吗？"我又问。

"怎么没用？用处大了去了。现在，每个家庭都有这样那样的家电以及其他用品。经常出现这样那样的小毛病，要维修，就需要专用工具。但个人家里真正备齐这些工具的很少。因为备了也是常年闲，平时不太用。社区备好这些工具，放在小木屋里，随用随取，可方便了。"

老大爷往外一指："小木屋外，有几把椅子，天气好的时候，居民可以在那里喝喝茶，打打牌，也很方便。"

正说着，几位大叔大妈走过来，一问，他们是来打牌的。

我忽然明白了，这个小木屋，兼具多方面的功能，既可以为居民提供生活上的若干方便，又可以聚集越来越多的人气，为大家提供一个休闲娱乐的场所。

小木屋是大海阳一道不可或缺的风景。

二 闭门羹

既然既实用又美观，那么，建造小木屋应当得到居民的普遍拥护和支持吧？事实并非如此。

当施工人员到达施工地点时，汪茜双手叉腰，指着小木屋，操着花腔女高音的调门说："这是个什么玩意儿？放在我门前干什么？你们从哪里弄来，再送到哪里去，不要放在这里扎眼。我看着就眼晕。"

汪茜是大海阳的居民，家住一楼，小木屋要安装在她家的对面。

施工人员你看看我，我看看你，没有主事的，不知如何是好，只好先把活停下。

慕文玉一听很生气："又不是安在她家里，她这不是狗咬耗子，多管闲事吗？我看她是成心和我们找别扭。"

"是啊，社区办的事，她从来就没顺着过。上次文明办来检查，要求把路两旁的树涂上石灰，她嘟嘟囔囔，嘴就没闲着。一会儿说给树贴面膜，一会儿说给树上美颜，还连讽带刺地说，怎么不给那些老黄瓜刷上绿漆呀？听，这是人说的话吗？不能惯着她这些毛病，我找她去。"王琳一边附和一边要往外走。

冷晓燕示意王琳坐下："昨天还信誓旦旦地说，要学武松绣花，胆大心细。今天怎么又成猛张飞了？"

"我是蓑衣上绣花，底子太差，绣花针戳在乌龟壳上，穿不过去。"王琳嘴里胡乱嘟囔着。

冷晓燕说："事情没有那么简单。小木屋往那里一安装，对汪茜家或多或少会有一些影响。她不高兴，这是情有可原的，她不是成心和我们找别扭。"

"这就奇了怪了，安上个小木屋，不占她家的地，不堵她家的路，碍

190

她家什么事?"慕文玉心里还是不服。

冷晓燕解释道:"你们动脑子想想,有些社区为了老人上下楼方便,三番五次找政府,要求为老楼加装电梯,这是好事吧?可是,再好的事,也是有的高兴,有的不高兴。住高楼层的,要求十分迫切,恨不得一天就给安上,当天就乘坐电梯上下楼。而住在一楼的强烈反对,认为占了他们的空间,遮挡了他们家的光。"

王琳和慕文玉对视了一下,似乎明白了什么。

"你是说,汪茜嫌安装小木屋影响了她家的空间,遮挡了她家的阳光?"慕文玉问道。

冷晓燕笑笑:"你说呢?"

冷晓燕知道,这种事,粗不得,急不得,得拿出绣花功夫,一针一针地来,功夫到了,事就成了。也就像和面一样,慢慢揉,反复揉,揉开了,筋道了,就好了。

周末晚上,冷晓燕来到汪茜家。汪茜三十五六岁的样子,在一家民营企业上班,性格开朗,很健谈。见冷晓燕进来,连忙让女儿进屋做作业,两人天南地北地聊起来。

冷晓燕发现,与汪茜聊什么都可以,她不瘟不火,慢条斯理。但一谈到安装小木屋,她立刻警惕起来,并且非常坚持,丝毫没有让步的意思。

冷晓燕劝道:"汪茜,你知道,我们做社区工作的,和咱们社区居民,坐同一条板凳。就拿这个小木屋来说,这是咱们社区今年为群众办的十件好事之一。目的是方便群众生活,优化小区环境。按事先设计方案,有一个正好在你家的对面。从各方面分析,对你家没多大危害,空间和光照多少会受点影响,但也没有大的问题。你是不是——"

"冷书记,咱们什么事都可以谈,唯独小木屋不能谈。本来家门口屁大点地方,再堵上那么个东西,那不是堵路,而是堵心。在一楼本来见点阳光就不容易，再被它堵上，那还不弄得我们全家缺钙？"汪茜说起话来汤水不漏。

冷晓燕笑了："没那么严重吧？你说得也太玄乎了。安个小木屋，就害得你全家缺钙？再说，我看你们全家一个个精神倍儿爽，身体倍儿棒，不会那么娇气吧？"

汪茜说："冷书记，这个事可很难说。摊谁身上谁难受，谁难受谁知道。树没被虫蛀的时候，又直又硬。一旦被虫蛀了，就是朽木一根，空心大萝卜一个。"

绵里藏针，不卑不亢。

冷晓燕摇了摇头，这个闭门羹吃得！

她意识到，遇上对手了。

为了避免继续谈下去尴尬，冷晓燕起身告辞。

三 风车头

又过了两天，街道办事处主任打来电话："冷晓燕，你看看你周围，别的社区的十件好事都已大功告成，摆上庆功宴了，你还在那里按兵不动，你叫我情何以堪？连续十几天，我滴酒不沾，就等你这顿庆功酒。怎么着，你要把我急死啊？"

"主任啊，我这里遇到点情况，不过，很快就会解决，请您放心。"冷晓燕支支吾吾，像被口香糖粘住了牙，没有了以往那种脆生生的"嘎嘣脆"。

"前些年多少雷都排了，什么天雷、神雷、龙雷、水雷、社令雷，统统不在话下。这次就安装个小木屋，多大点事，怎么就稀里糊涂地卡壳了呢？这不是你的风格啊。"

"这——"

"这什么这?"

"情况不一样,你再宽限我几天。"冷晓燕说。

"有必要婆婆妈妈吗?商量什么?找几个人安上就是了,谁还敢去拆了?你要确实感到为难,用不用我从其他地方找部分人,帮你把这个事办了?"王主任使出了激将法。

"谢谢主任好意,派人的事,就免了吧。"

冷晓燕心想,生活就像绣花,一针一线缝合。有时心花怒放,有时郁郁寡欢;有时清风拂面,有时灰头土脸;有时心乱如麻,有时会被扎手。但这个过程很可贵,很难得。对于绣者来说,绣的是花,修的是行,取的是法,得的是道。如果把绣花功夫运用自如,炉火纯青,那功夫真是了得。

冷晓燕放下电话,刚一出门,碰见了下班回来的汪茜。

汪茜一如往常,非常热情地跟冷晓燕打招呼:

"冷书记,忙啥呢?"

冷晓燕刚要说忙着安装小木屋,想了想,又咽了回去,随便应承道:"没事,成天东一榔头西一棒槌,瞎忙呗。"

没想到,冷晓燕没提安装小木屋的事,她倒是主动提出来了,说:"冷书记,那个小木屋真的不能安。"

冷晓燕不解:"噢,又有什么新想法?"

"昨天,我们公司丘师傅的父亲来我家看了看。老人家是栖霞一带有名的半仙,自称是丘处机的后人。我把小木屋的颜色形状给他简单描述了一番。他听了连连摇头,说使不得,使不得。小木屋顶端的'风车头'是红色,正冲着我家的门。本来风水不错,安装上小木屋,我家的风水全被破了,从此运气将一落千丈。冷书记,别怪我不给你面子,这也是没有办法的事。"

冷晓燕笑道:"什么呀,乱七八糟的。丘处机是道教创始人,他的后人成了算命先生?再说,那丘师傅的父亲,他和丘处机,估计八竿子打不着，他有那么靠谱吗？你是个有文化的人，对他说的那些，你就真信吗？"

汪茜一时语塞。

冷晓燕挽起她的胳膊，说："走，到我那儿坐会儿。"

汪茜突然用手捂着嘴，眉头紧锁，哎哟了一声，脸上露出痛苦的表情。

"怎么了？"冷晓燕连忙捧起她的脸端详。

汪茜摆摆手："没事，上火，口腔溃疡。"

冷晓燕打开书橱，从里边拿出一瓶蜂胶，递给汪茜，说："咱俩可真是有缘分，生病都生同样的病。前几天，我也是溃疡厉害，大夫说，抹点蜂胶，很快就好。"

"你自己留着用吧，我去药店买点就行。"汪茜推辞道。

"我都已经好了，留着干啥？你拿去用，省得跑腿。"冷晓燕把蜂胶硬塞给汪茜。

"那我就不客气了。"汪茜把蜂胶装进手包里，转过头来对冷晓燕说，"冷书记，刚才，我也在想，你当社区书记不容易，操着几千口人的心。那个小木屋的事，我不能老是让你为难。我想了个办法，你看可不可行。"

冷晓燕专注地看着她："你说。"

"就是小木屋最顶上的那个风车头，太显眼了，天天看着它，不吉利。咱把那个东西去掉，小木屋整体又不受影响，你看，这样行不行？"汪茜边比画边说。

冷晓燕一听，心里咯噔一下。

当初，讨论小木屋造型设计稿的时候，当年轻的设计师把设计稿一打开，大家一致认为"风车头"是小木屋的点睛之笔，是整个设计的灵魂，如果把它去掉，岂不可惜？冷晓燕心想，悲哉，惜乎，又要出现一个可怜的"断臂维纳斯"。

见冷晓燕不吭声，汪茜又说："冷书记，我是觉得你这个人不错，谈得来，所以我才一退再退。把那个风车头拆掉，是我的最后底线。如果不拆掉，再不要跟我谈小木屋的事。我也决不会再退半步，再退，后面就是万丈悬崖，一旦掉下去，那可就万劫不复了。"

冷晓燕笑笑："放心，我在你身后站着，要掉也是我先掉。即便你掉下去，也有我垫背。"

"就你？掉在你身上，摔不死也被你硌死。"

冷晓燕想，毕竟汪茜的思想有所松动，起码说明，她接受没有"风车头"的小木屋了。于是，她含含糊糊地应了一声："如果实在没有办法再说吧。"

四　明天去爬山

快下班时，佘静灰头土脸、满身疲惫地回来了。今天，文明办的同志来检查，佘静全程陪着。

一进门，她把随手拎着的挎包往沙发上一扔，嘟囔道："这哪是人干的活？比扛活打工还累。"

"不至于吧，不就是陪着走嘛。"冷晓燕笑着说。

佘静说："陪着走？你说得倒轻巧。有那样走的吗？这儿也看，那儿也看，犄角旮旯都看。碰到路上的小姑娘，都端详半天，看人家脸上有没有灰尘。"

"那不叫细，叫太细。"冷晓燕说。

"唉，累了一天，连个心疼的都没有。"佘静边说边拿暖瓶倒了一杯水。

"喊，这样的美女会没人疼？"冷晓燕调侃道。

佘静笑道："我准备明天去爬山。"

冷晓燕不解："爬山？"

"不用别人疼，自己疼自己。爬山回来，肯定浑身哪儿都疼。"

"这都哪儿跟哪儿？差点把我绕进去。"冷晓燕这才反应过来。

佘静说："人家是给点阳光就灿烂，咱可倒好，一点阳光都不给。不过，人家不给阳光，咱也得灿烂。"

"好啊，这说明你很优秀。"冷晓燕说。

"拉倒吧，你就别口吐莲花了。"佘静瞅了她一眼。

"你没听说吗？越优秀的人，越翻山越岭。越平庸的人，越在海边吹风。"冷晓燕说。

佘静伸了个懒腰："那我宁愿在海边吹风。"

冷晓燕说："好呀，刚好我今天买了个西瓜，多吃西瓜少叹气，慢下来感受一下这个夏天的海风。"

冷晓燕边说边把西瓜切开。

"哎，什么时候开始玩起了浪漫？"佘静问。

"难道我在你的眼里一直不浪漫吗？"冷晓燕反问道。

佘静咬了一口刚切开的西瓜："嗯，不错，挺甜的。"

冷晓燕说："这是海阳的地雷瓜，特甜。"

"说正经的，小木屋的事怎么样，汪小姐松口了吗？"佘静问。

冷晓燕摇了摇头："没有。不过，快了。"

"快了？快了是什么意思？"佘静不理解。

冷晓燕说："快了就是快了呗，看到一丝亮光。"

"我有个办法，可以一试。"佘静说。

冷晓燕问："什么办法？"

"我不告诉你。"佘静故意卖了个关子。

冷晓燕说："这都什么时候了，快被她急得火上房了。"

五 "两把钥匙"

"我今天虽然累点，但也有意外收获。不是检查组对我们的肯定，而是无意中找到两把'钥匙'，两把对你我来说很有用的'钥匙'。"佘静的样子一本正经，但又像开玩笑，单从表情上没法一眼看到底。

"什么钥匙？我怎么听你说话萌萌的，像退回去了十几岁。"冷晓燕被她风一阵雨一阵地搞糊涂了。

"听出来了吧？今天，青春回头看了我一眼。"佘静有些小得意。

"什么呀，四六不着，十三不靠。桑树打一棍，柳树去了皮。"冷晓燕挖苦道。

佘静这才收敛起笑容，认真地说："我今天陪检查组看的时候，说起正在建造小木屋，他们都很感兴趣，问我什么时间能搞起来，我说快了，只是有位居民暂时没有想通，我们正在等她的态度，只要她点头同意，很快就能安装。"

佘静呷了口茶，继续说，"我以为这个事就过去了，没想到临结束时，检查组一个姓林的同志悄悄问我，你说的那个居民是不是汪茜？我很惊讶，问她，你怎么知道？她告诉我，她是汪茜朋友的朋友，在一次闲聊时说起过这个话题，今天到了社区，听我说那个情况，猜到应该是她。"

"你这个包子，皮太厚了，说半天，还没见肉。你倒是说'钥匙'的事呀！"冷晓燕有点着急了。

"皮薄了漏汤。你得耐心听我说。我问她，你能帮着我们做做汪茜的工作吗？我们现在被她别着马腿，整盘棋僵在那儿。她摇摇头，说她不行，但她可以给我们两把'钥匙'。"

这时，佘静从兜里掏出一张纸条，说："这是林同志写给我的，纸条上的两个人，都跟汪茜关系非同一般，一个是女闺蜜，一个是男闺蜜，这就是打开汪茜心结的两把'钥匙'。你们抓紧去找他们，保证好使。林同志还特意叮嘱我，两把'钥匙'最好同时用，一张一弛，一阴一阳，效果更好。"

冷晓燕一脸不屑，什么呀，还搞得神神秘秘？

佘静说："你是不是不信？不信就算了。"说着就想把伸出的手缩回去。

冷晓燕连忙伸手，把纸条抢过来。一看，姓名、单位、联系方式，一目了然。冷晓燕看着看着，脸上的表情像花开的过程，先是微微打开，然后徐徐绽放，再是爆炸式怒放。

佘静问："你没病吧，怎么那样的表情？"

冷晓燕说："你说巧不巧？汪茜这两个'闺蜜'，我都认识。"

佘静一听，非常高兴："那可太好了，我们马上找他们。"

冷晓燕指着纸条上那个男同志的名字，说："他们两个怎么会是'闺蜜'呢？不会是——"

佘静说："你想什么呢，你管他俩什么关系？只要帮着我们解决难题就行。"

冷晓燕摇摇头："我不是那个意思。"

六 "战争"中的友情

冷晓燕觉得，这个世界，有时真大，有时真小。

佘静说的两把"钥匙"之一兰彩云，是生态环境局的科员。

兰彩云是汪茜的闺蜜，也是冷晓燕的朋友。

冷晓燕与兰彩云相识，起因于两个孩子的一场"战争"。

冷晓燕有个女儿，兰彩云有个儿子，两人小学同班。

一天，冷晓燕突然接到女儿班主任的电话，让她抓紧赶到学校。

冷晓燕知道，那个时候老师找家长，无非两个原因，要么孩子考砸了，要么孩子打架了。

冷晓燕赶到学校一看，果然不错。女儿脸上青一块，紫一块，鼻子还流着血。

再看那个男孩，也好不到哪里去，脸上横一道，竖一道，像被猫挠了一样，全是血印子。

接下来的套路大同小异。老师当着家长的面狠狠教育孩子一通，家长连连表态回去好好管教。

兰彩云一个劲地向冷晓燕道歉，还捎带着骂自己的混账儿子。冷晓燕也一个劲地自责，骂自己女儿是野丫头。

孩子打架，倒打出了两家人的缘分。从此以后，冷晓燕和兰彩云成了好朋友，越走越近，两家人每年还要聚几次。

当冷晓燕走进兰彩云的办公室时，兰彩云愣了一下："晓燕？真的是你啊，什么风把你吹来了？"

"想你的风呗。"冷晓燕边说边在她对面坐下。

兰彩云沏了一杯茶，放在冷晓燕面前的茶几上，问道："不会是真的想我，肯定是有什么事吧？"

"咱俩相处这么多年了，没想到，在我身边还有你安插的'钉子'。"冷晓燕没有正面回答兰彩云的问题，直接把话题切到汪茜那儿。

兰彩云没听明白："钉子？什么钉子？"

"你不用揣着明白装糊涂。"

"我真没听明白。"

冷晓燕干脆直接把话挑明："我说的是汪茜，你的闺蜜。"

"噢，你说她呀，我俩打小一块长大的，是闺蜜，这个假不了，而且还是无话不谈、互不设防的闺蜜。"

接着，冷晓燕就把小木屋的来龙去脉和汪茜的态度，毫无保留地对兰彩云说了。

兰彩云一听，哈哈笑了起来："这个该死的汪茜，猪脑子啊，怎么人家说什么她就信什么？"

"谁不说呢，还往死里信呢。你见过去庙里上香的老太太吗？汪茜和她们一样虔诚。"

兰彩云笑道："不至于吧？"

冷晓燕说："你可别不信。一说起风水，她振振有词，说得头头是道。她在那里一堵，我什么也没法干，害得我天天挨领导的骂。"冷晓燕说。

"不过，你别看她平时嘻嘻哈哈的样子，有时候轴起来，也是一根筋，我说了，她也不一定听。"兰彩云说。

冷晓燕一听，怕她打退堂鼓，说："别管她轴不轴，只要你别跟我轴就行。你只要认认真真说，肯定管用。"

"行，我跟她说，说了不管用，你可别赖我。"

七 "男闺蜜"自信满满

佘静"情报"中汪茜的那个"男闺蜜"，叫史小建，在文化系统工作。此人多才多艺，琴棋书画，无所不通。并且人缘特别好，好多业余爱好者向他讨教，他不厌其烦，诲人不倦。

冷晓燕跟史小建熟悉，是因为自己老公的关系。她老公的书法，特别是硬笔书法在全市颇有名气。

冷晓燕在饭局上与史小建接触过几次，对他印象不错，感觉这个人除了咄咄逼人的才气，还有硬硬朗朗的正气。

为了防止突兀，来之前，冷晓燕让自己老公给史小建打了一个电话，并转达了今天的来意。

那天，冷晓燕和佘静约史小建在大剧院附近一个茶馆见了面。史小建还是一如既往，大大方方，热情开朗。

冷晓燕说："我听说你和汪茜是'闺蜜'，你们俩哪儿都不挨着，咋就成'闺蜜'了呢？"

史小建一听就笑了："'闺蜜'这个东西，没法做具体的界定，说是就是呗。我和汪茜确实来往很多，并且话很投机。开始是她带孩子来找我，想让我做她孩子的启蒙老师。后来，接触多了，我们成为无话不谈的朋友，孩子倒显得多余了。她有事愿意找我，我有事，她也热心帮忙。有人说，异性之间没有真正的朋友，那是少见多怪。你看我和汪茜，不仅是很好的异性朋友，而且还是'闺蜜'，不是很好吗？"

冷晓燕笑道："我又没说别的，你何必解释这么多？"

史小建说："我知道，有人说别的，但没事，我不怕说。"

冷晓燕说："小建老师，我老公把事都给你说了吧？"

"说了，我刚一听，觉得好笑。细一琢磨，是汪茜的风格。你别看她平时大大咧咧，其实有时也是五迷三道。不过，这个事没问题，我找她说，她会给我面子。"

冷晓燕说："你就那么有信心？"

"没问题，没有金刚钻，哪敢揽瓷器活？"

八　180度大转弯

冷晓燕和佘静商量，是时候了，该和汪茜见面了。

佘静说："我刚进门的时候听说汪茜的老公今天回来了，她带着女儿亲自到车站接的。我们去她家聊聊？"

汪茜的老公在济南工作，通常是一到两周回来一次。

"好啊，走，现在就去。"

冷晓燕从办公室找了点小礼品带上。

汪茜夫妇很客气，又是让座又是沏茶。冷晓燕把小礼品送给汪茜的女儿，孩子高兴得连说三声谢谢。

聊了一会儿家长里短，还没等把话题转向小木屋，汪茜就说："冷书记，领教了，你真厉害，我没想到，兰彩云和史小建，你们都找了。"

冷晓燕怕汪茜误会，连忙说："我没别的意思，你的朋友也是我的朋友，朋友见面好说话嘛。你别误会。"

"我刚才说你厉害，他们两个比你还厉害。他们两个轮番找我，一会儿像上党课，全是主义、正义、大局、全局之类的大词，一会儿又像讲经，什么得就是舍，舍就是得，什么看山不是山，看水不是水，弄得我脑袋都大了。"

冷晓燕问道："那你的意思?"

"还能什么意思? 安呗! 你们没来之前，我和爱人谈了那个小木屋的事。"汪茜看了爱人一眼，"要不你说?"

汪茜的爱人在一家外企工作，看上去很通透。他说："是这样，以前，汪茜给我说过安装小木屋的事，我没往心里去。今天回来她一说，社区为这个事三番五次地跑，这就是她的不对了。不就是个小木屋嘛，占什么地? 遮什么光? 还破坏了风水，这就更是无稽之谈了。没事，你们该怎么安装就怎么安装。拖了社区的后腿，影响了工程进度，我和汪茜给你们道歉。"

"那个风车头?"冷晓燕问。

"留着吧，什么风水不风水，我也就一时糊涂。你们抓紧时间安装吧，别耽误了正事。"汪茜说。

没几天，小木屋就搭起来了。

写到这里，我又想起了阿勒泰李娟家的小木屋，"我们的牛棚全建在林子里，也是用圆木搭建的，都修有屋顶……

"同样是屋顶，牛圈的屋顶可比我们木屋的屋顶美丽多了。由于一直笼罩在树荫下，屋顶上居然生着丛丛的虞美人，柔弱而娇美地摇晃着。还有一个小牛棚上有成片的紫菀，浪漫极了。"

我想，用不了多久，大海阳小木屋的屋顶也会开满各种各样的花，幸福着大海阳的幸福，浪漫着大海阳的浪漫。

九　抬头见"棺"

今天是周末，冷晓燕睁开惺忪的眼睛，翻身下床。她把窗户打开，这是一个难得的好天气。

她抬头向上扫了一眼，天空像一片无垠的湖水，湛蓝而宁静，让人不禁想到，长白山的天池何时被倒挂在苍穹之上？那种蓝，是浸润人心的蓝；那种静，是魔幻般的静。

阳光穿过薄如蝉翼的云层，照射着山峦起伏的地面，世间万物都享受着它的温暖，世界的每个角落都在微笑。

冷晓燕心情很好。她曾几次答应女儿，周末带她外出转转，比如蓬莱阁，比如牟氏庄园，但都因有事而未能成行。

今天是个好日子，她准备给女儿一个惊喜。

正在她偷着乐的时候，手机突然响了，说是刚刚接到服务热线电话，有人投诉大海阳社区的彩绘墙有问题。投诉人称，在她居住的楼上，有一幅巨大的"棺木"彩绘，一抬头，就与这幅"棺木"相遇，别人是抬头见喜，她是抬头见棺。不仅有碍观瞻，更给居民精神上带来伤害，希望认真调查处理，给居民一个交代。

放下电话，冷晓燕一头雾水：出门见棺？有碍观瞻？精神伤害？

这个突如其来的电话，对天气没咋的，对冷晓燕的心情却极具杀伤力，刚才的片刻美好，旋即被肃杀殆尽。

幸亏没提前跟女儿说出去玩的事，否则，出尔反尔，又得用若干车轱辘话来圆，还不一定能圆好。

她胡乱吃了两口早饭，急匆匆地来到办公室。

科普彩绘是烟台市科协与大海阳社区的一个共建项目。最初的动因是，社区楼体之间，有的被贴满小广告，有的被随意涂抹上乌七八糟的图案，搞得墙体很难看。市科协到大海阳报到后，提出一个方案：一方面，以彩绘的形式，普及科学知识；另一方面，也美化净化空间环境。

彩绘内容相对固定，但也不是一成不变。隔一段时间，会根据需要，更新科普内容，进行新的彩绘。

这个项目已经搞了多年。自从开辟科普彩绘墙以来，社区居民一片叫好。原来蓬头垢面的楼体，变得五彩缤纷，为老旧社区平添了一处空间景观。老人们走到那里，都要停下看看，不住地点头说好。小区的孩子们更是欢呼雀跃，像过年贴年画一样高兴。

冷晓燕抓破头皮想，也想象不出怎么会带来精神伤害。她侧面打听了一下，投诉电话是一个叫朱红的女士打的。

十　果然是她

"果然是她。"冷晓燕分析得没错。

最近一段时间，不知为什么，朱红和社区老是闹别扭。换句话说，她跟社区"杠"上了，一时半霎过不去。

朱红是南街居民，在一家上市公司工作，三十岁左右，身材高挑，皮肤白皙，瓜子脸，丹凤眼，几乎符合美女的所有特征，活脱脱一副美人坯子明星范儿。

当然，也应验了"漂亮女人事多"那句话。

十几天前，那堵科普彩绘墙，刚刚完成绘制，朱红就气哄哄地找到社区，点名要找冷晓燕。

当时，冷晓燕恰好不在。朱红就脸不是脸、鼻子不是鼻子，指着一幅巨大的图案骂道，"你们都长着什么'二五眼'？从颜色到形状，活脱脱一口硕大的棺材。每次出门，第一眼就会与它相遇，躲都躲不掉。人家出门见喜，我出门见棺，多晦气呀，把我家的风水破坏殆尽，赶紧把那个图案涂掉。"

冷晓燕回来后，带着几个社区工作人员去了现场，横看竖看，左看右看，正看反看，上看下看，180度看，360度看，怎么看也看不出哪儿像棺材。他们不得不佩服朱红超强的想象力。当时，彩绘时搭的钢管梯子已经撤掉，无论修改还是涂掉，工作量都很大，所以就没有理会。

没想到，她把这件事举报到政府了。

冷晓燕想找朱红谈谈。把那个图案涂掉，就等于把科普彩绘墙全部破坏掉，实在令人惋惜，不仅造成很大的浪费，而且将会涂得不伦不类。再说，除她之外，再无一人说那个图案像棺材。别人指鹿为马，你为什么要指图为棺呢？

十一　"扈扈色"

想谈还没来得及谈，也就是说，科普彩绘墙的事还没想好怎么办，朱红又来事了。

为了争创幸福家园，区委区政府启动美好社区建设。因为大部分老旧社区都千疮百孔，除非"统一大拆迁、整体一锅端"，很难从根本上一次性解决所有问题，只能哪里"堵"，"疏"哪里，哪里"疼"，"治"哪里。

事先，区住建局通过街道社区广泛听取了居民的意见，先办最紧迫的事，先办非办不可的事，先办眼前急办的事。其中一项，就是为所有楼梯安装扶手并统一刷新。

这项工作由中标的美好社区建设施工单位具体负责，社区的任务主要是搞好协调配合。

突然，冷晓燕收到朱红的微信："冷书记，你们都是什么眼光？楼梯栏杆的颜色太难看了。开始我以为是刷底漆，在这层基础上还要刷一遍。结果，我问了一下刷漆的师傅，人家告诉我，再刷一遍，还是这个颜色。我说书记啊，能不能换一下颜色，让我们心里舒服一点啊？"

冷晓燕觉得，居民主动关心并监督社区的工作，这是好事，要理解他们的好心，并保护人家的热情。于是便回复她："谢谢你对社区工作的关心。美好社区建设，是由区里统筹的，我们社区主要是和他们搞好配合。不过，我可以把你的意见反映上去，也可以找施工方进行具体协商。现在我就去找施工方，协商的结果我会反馈给你。"

冷晓燕刚要出门，腿还没迈出去，朱红的微信又来了："冷书记，我就在这儿眼瞅着。楼道的栏杆又刷了一层，不刷还好，越刷越难看，我实在看不下去了。我孩子才上幼儿园，连他都说，刚刷到栏杆上的油漆，跟拉肚子是同一个颜色，屁屁的颜色。这样不行啊，太难受了！"

冷晓燕刚点开微信，还没有看完，朱红又把电话打了过来："冷书记，那个屁屁色必须换掉。我感觉，白色也可以，浅蓝色也可以，都比屁屁色强。没重新刷漆前，旧的栏杆是浅绿色，后来刷得多了，成深绿色了。所以，这次刷白色或浅蓝色都可以。就是不能刷屁屁色。如果你解决不了这个事，我就打"12345"，我不信这个事没人管。"

冷晓燕说："朱女士，你反映的情况，我正在和施工方对接，相信会有结果的。我劝你不要打"12345"服务热线，我们能解决的事，尽量不要给上级添麻烦。当然，你坚持要打，我也无权阻止。不过，即使你给服务热线打了电话，还是要我来具体落实。你再耐心等一会儿好吗？"

冷晓燕刚放下电话，朱红的微信跟着就发过来了："冷书记，刚才他们把栏杆又刷了一遍，油漆还是那个颜色，看来，这氧化了的大便色，是要进行到底了！我的忍耐是有限的，他们要把大便色进行到底，我就和他们斗争到底！"

刚才这番轮番轰炸式的神操作，一会儿电话，一会儿微信，一会儿微信，一会儿电话，连珠炮似的，冷晓燕的头都大了。

站在她旁边的慕文玉忍无可忍了："她怎么这么多事儿呢？难道社区是她家开的，咱是她的使唤丫头，她说咋办就得咋办？真是的。"

冷晓燕看了她一眼，哭笑不得地摇了摇头。想了想，她还是给朱红回了一条微信："我到现场看了，颜色太暗了，确实不好看。如果全部清理掉，换上别的颜色，那样会很麻烦，施工方也不方便。我给他们提了一个意见，让他们刷三遍清漆，也许效果会好一些。如果仍然不行，居民都不能接受，我再跟他们交涉，换成其他颜色。"

朱红秒回："不管刷几遍清漆，颜色还是那个样，不会变的。因为底色已经定下色调了。我在网上看到别的小区刷成红色，鲜红鲜红的那种红，虽然也不理想，但也比咱们小区的屎屎色强得多……"

冷晓燕一时无语。

十二　古怪的防盗门

一弯明月挂在空中，洒在水面上点点碎银。

加了半天班，已是晚上九点了。冷晓燕站起来，伸了个懒腰，简单一收拾，准备回家。这时，南街居民宋云成来了。

冷晓燕问道："宋大哥，这么晚了，有事吗?"

"冷书记，这两天，我一直想找你，可白天上班没空儿。刚才路过这里，见你还没下班，就来了。你知道，我不是个多事的人，不愿意背后对别人说三道四，但凡能忍，我就忍过去了。但这个事，我没法忍，也忍不了。"

"没事，宋大哥，你慢慢说。"冷晓燕倒了一杯水，放在宋云成面前的茶几上。

原来，宋云成和朱红住在同一栋楼上，宋云成住5层，朱红住6层，也就是楼的最高层。

因为是老楼，建的时候，没有统一安装防盗门。近两年，条件比较好又比较讲究的，个人自行安装了防盗门。

朱红经济条件比较好，是最早安装防盗门的房主之一。但有意思的是，她的防盗门安装和别人的不一样，别人是装在自家门口，她却别出心裁，把防盗门安装在5楼通向6楼的楼梯口，实际上等于安装在5楼，与宋云成的家门紧挨着。

5楼通向6楼的楼梯，是公共场所、公用空间，朱红家的防盗门等于占用了公共空间。况且，她的防盗门一关一开，直接撞击宋云成家的门框。哐当哐当的声音，影响他人休息。尤其是夜深人静的时候，声音更为刺耳。

宋云成几次找朱红，要求她把防盗门改到她自己的家门上，她却蛮不讲理："我把防盗门装在哪里，是我的事，又没装在你家门口，你管得着吗?"

"楼梯间属于公共空间，你凭什么说拦就拦起来?"宋云成质问她。

"是啊，我没说不是公共空间啊，既然是公共空间，那么就包括我的空间。再说，你家在5楼，6楼是我家。你不在5楼好好待着，惦记6楼干什么? 你有何用心?"

她这番歪理，把宋云成噎得满脸通红。

"太欺负人了，不就是有几个臭钱嘛，插上根鸡毛，就飞到天上去了。冷书记，你得管管。"

冷晓燕说："宋大哥，让你受委屈了，都怪我们粗心，你说的这个情况，我们之前不了解。请你放心，有理走遍天下，无理寸步难行。这个老话仍然好使。"

十三 换"频道"了

冷晓燕决定找朱红谈谈。这些日子，连续几件事，都与她有关。彩绘墙，她不高兴；楼梯栏杆刷新的颜色，她不满意；把防盗门安装在别人门口，她倒心安理得，并且在受害方找上门时，还出言不逊，恶语伤人。

怎么，非要全世界以她为中心不行？对自以为是的人，不能一味惯着，要让她明白，条件优越，更要好自为之。

但转念一想，这样不合适。朱红做这些事，虽有悖常理，但心未必恶，只不过性格使然。因此，对她不能要求过高过激，还得使出看家本领，那就是绣花功夫。

有人认为绣花功夫是老办法、土办法、笨办法，冷晓燕却不这样认为。即便是老办法，但它好使管用；即便是土办法，但它服水土；即便是笨办法，但它一用就灵。

老话说，人怕念叨，念叨什么来什么。还没去找朱红，朱红的微信就来了。

冷晓燕打开微信一看，觉得奇怪：怎么换频道了？

微信内容是："冷书记好，打扰您了。有件事比较着急，求您帮帮忙。我侄子是上海交通大学大二学生，孩子学习很刻苦，成绩很优秀，表现也很好，学校准备发展他加入党组织，要求他填报有关材料，这些材料中有户籍所在地的情况。他的户口也在大海阳社区，我不太懂该如何填写，想找您当面请教一下，您能抽出点时间给我吗?"

冷晓燕立即给她回复："没问题，你什么时间来都可以，我在社区党群服务中心随时恭候。"

大约过了不到一小时，朱红来了，还是那么穿戴得体，还是那么举止优雅。不过，似乎少了些许优越和傲慢。

冷晓燕热情地握着她的手："朱女士，你比我小，我就直呼你妹妹了，你不介意吧?"

"不介意，不介意，您是大姐，叫我妹妹，应该的。"朱红连忙答道。

冷晓燕说："首先得恭喜你。没想到你侄子这么优秀，不但学业好，而且表现好求进步，刚上大二就要入党了。"

"我哥嫂对他要求很严，孩子也争气。"

冷晓燕顺势夸了她一把："你这当姑姑的也不错呀!"

"哪里哪里，您再夸，我就无地自容了。"朱红边说边从手包里拿出一摞材料，递给冷晓燕，"冷书记，您帮我看看，这么多表格、材料，应该怎么填写?"

冷晓燕接过材料，扫了一眼："没问题，我们经常办理这样的事情。尤其我们副书记慕文玉，办理这类事情轻车熟路。"说着，她喊了慕文玉一声。

慕文玉过来："冷书记，什么事?"

冷晓燕把材料交给她，说："这是咱们社区的朱红女士，她侄子在上海交大读书，学校准备发展他为预备党员，需要填写一些表格和证明材料。朱女士是商界精英，但对这类事情比较陌生，你帮她填一下吧。"

"好嘞，没问题，请您稍等。"说完，慕文玉转身走了。

冷晓燕为朱红加了水，说："填写那些材料需要点时间，我正好有些事想找你聊聊。咱们在社区经常见面，有时候也微信交流，但这样面对面坐下聊聊的机会并不多。"

"是啊，有些话我也想当面与您聊聊。微信发千遍，不如见一面。"显然，朱红今天心情不错。

"前些日子，你对楼体上那个彩绘图案不满，说像个棺材。我找好多人看过，他们都说，不对呀，那就是彩绘的一个普通构图，有点抽象派的意思。看什么像什么，心里想什么，看着像什么，你少看它，甚至不看它，慢慢也就好了。再说了，它画在那么高的楼体上，就是用油彩胡乱涂抹了个图，何必那么较真呢？"

"咳，当时我越看越别扭，被它拱起了一股无名火，现在我也不看了，眼不看，心不烦，气也消了。"朱红说。

冷晓燕接着说："还有，楼梯上那个栏杆，你说得没错，刷那个颜色，乍一看，真的有点像屁屁。跟人家施工部门协商过几次，没有达成一致意见，稀里糊涂地，基本快刷完了。你要他重刷，他还得重新造价重新要钱。谈不拢就得去法院，为这点事去法院打官司？猴年马月打不出个结果。将就将就算了。反正再过几年还得刷新的，你说呢？"

"是啊，也只能这样了。反正社区里也不止我一家，两千多户呢，他们都能将就，何差我呢？"

"对呀，你能这么想，那可太好了。"冷晓燕趁着这个氛围好，又把防盗门的事提了出来，"朱红妹子，以前楼上没有统一安装防盗门，为了安全，你自己花钱安上，虽然安装的不是地方，但也顺着你的意，社区也没管。可是，从去年开始，整个社区每个单元都安装了防盗门，你装在楼道上的那个防盗门就没什么作用了，而且还给邻居宋云成家带来了不便。依我看，干脆拆掉算了，省得邻居门挨门住着，弄得不愉快。"

朱红点点头："没问题，反正现在没啥用，我这几天就找人把它拆掉。这个请您放心。"

正在这时，慕文玉拿着填好的表格和材料送了过来。

冷晓燕问："盖章了吗?"

"盖好了，所有内容都按要求填写了，没有漏项。朱红姐，不放心的话，您再检查一遍。"慕文玉答道。

"放心，你们办事，我一百个放心。我替我侄子和哥嫂谢谢你们。冷书记，放心，您说的话，我记着了。以后，社区有需要我做的尽管说，我义不容辞。"

第七章

瓜熟蒂落

我这次到大海阳，明显感觉社区内的"小环境"变化很大，面貌一新。由于是老旧社区，成片成块地绿化美化几乎不大可能，但似乎从一些边边角角、犄角旮旯中长出许多过去没有见过的"微型公园""微型花园"，在北京，称作"口袋公园""口袋花园"。

其实，叫什么，怎么叫，无关紧要，重要的是，它带来的惊喜，带来的气息，让人赏心悦目。它面积很小，但功能齐全，像大型公园的一角。一个个小公园、小花园，连起来，就像串珠成链，连点成面，整个社区就变成一个大公园、大花园了。大海阳的居民就生活在公园和花园之中。

更引起我注意的是，绿化植物也换代升级，较原先有很大变化。在我的印象中，原来多是月季、牡丹、菊花，还有大量的无花果等。现在，基本上是清一色的樱花。

在与冷晓燕交谈中，她讲述了绿化植物的更换这一看似很平常的举动带来的一些不平常的故事。她讲述的故事，引起了我对瓜熟蒂落的一些思考。

瓜熟蒂落，最早见于宋代张君房的《云笈七签》。原文是："体地法天，负阴抱阳，喻瓜熟蒂落，啐啄同时。"意思很好理解，就是说瓜熟了的时候，瓜蒂自然脱落。

它讲了一个量变到质变的辩证关系，当条件或时机成熟时，事情自然会有一个圆满的结果。

这个成语也出现在清代的《隋唐演义》中："况吉人天相，自然瓜熟蒂落，何须过虑?"意思与上大致相同。

在冷晓燕的讲述中，她对瓜熟蒂落感受特别深刻。在她看来，瓜熟蒂落，既体现了认识论，又体现了方法论。认识论，是说反映对事物的看法，对条件和时机的把握；方法论，是说反映处理问题的能力，能否按照节奏，稳中求成。掌握了它，工作中能少走很多弯路，少犯若干错误。

冷晓燕说，社区好多事，看上去简单，实际上并非如此。有些事明明是好事，由于居民还没有反应过来，很可能成为他们眼里的坏事。如果火候不到，强扭生瓜，肯定欲速不达，弄不好事与愿违。只有瓜熟蒂落，才能水到渠成。

"在这个事上，我吃过苦头，也尝过甜头；有过经验，也有过教训。"冷晓燕说，"现在，许多同行聊天，说我有经验。我说，你们就别抬举我了。什么是经验? 经验都是教训换来的。新虎上山不知路，不撞南墙头不回。这些事，我都干过。碰了头，觉着疼了，才知道前面有堵墙。疼好了，又忘了，接着再去碰。直到碰得鼻青脸肿，头破血流，不敢再碰了，知道那堵墙的厉害，这就成经验了。"

一　书记为什么发火

早晨，冷晓燕刚进办公室，慕文玉就做了个鬼脸，贴近她的耳根悄声说："你知道吗? 书记发火了!"

这话不光没头没脑，而且没手没脚。冷晓燕本来脑子就嗡嗡的，这下直接给整蒙了："什么？谁发火了？你大点声说，别鬼鬼祟祟，像老电影中的美女特务似的。"

慕文玉咳了一声，清清嗓子："好，我大点声，谁让你七老八十、耳聋眼花呢。我是说，书记发火了！"

"我还是没听明白，哪个书记发火了？"

"是咱们书记，咱们区里书记发火了。"

"书记发火，与咱有啥关系？"

"怎么没关系？关系大了。要不是咱们刹车踩得果断，踩得及时，这次挨书记骂的可能就是咱。"

接着，慕文玉说了上班路上看到的那一幕。

那天，慕文玉骑车路过区委门口，突然发现与以往不一样，一群男男女女老老少少，怒气冲冲地冲向区委大院门口。看样子，少说也有七八十人。他们吵着嚷着，非要找书记不可。这时，开车的，骑车的，步行的，都停下来看热闹。人越聚越多，一会儿把路堵了。

慕文玉见状，索性停下来看个究竟。

开始，这个一声，那个一句，忽一声高，忽一声低，只听乌乌泱泱，骂骂咧咧，听不清具体说的是什么。

过了一会儿，火气大的那几个，火气渐渐消退；那几个叫得特别响的，嗓子也有点冒烟，开始沙哑。

从你一言我一语中，慕文玉听明白了事情的大概原委：借创建美好社区的时机，有个社区在现有基础上大动干戈，把原来居民房前屋后种植的花草树木全部除掉，统一购进了新的花草苗木品种，希望来个脱胎换骨，旧貌换新颜。但由于事先功课没有做好，没有征求群众的意见，用居民的话说，"把他们当作空气，根本没把他们放在眼里"，结果群众意见很大，闹到了区里。

这时，从区委大楼内出来两位同志，和颜悦色地劝那些群众："有事慢慢说，不要大吵大闹，影响机关办公。"

结果，不劝还好，越劝他们反而越来了劲。就像刚燃起的草堆，泼上一瓢水，更助长了火势。

一位七十多岁的大爷，刚才没看到他有突出的"表演"，见有人来劝说，反而燃起了"斗志"。他扒拉开周围的人，径直走上前去，大声质问道："影响你们办公？我问问你，你们办的是什么公？为谁办公？办得到底公不公？"

这位大爷连珠炮似的发问，把那两位劝阻的同志问得张口结舌，他们嘴里嗫嚅，一时不知道该说什么。

那位大爷又说："你们天天高高在上，在大楼里坐着，口口声声说为我们服务，可净干些让我们伤心流泪的事，你们就这样为我们服务啊？你们根本不知道，我们那些花啊草的，辛辛苦苦种了若干年，像摆弄孩子一样，花了若干心血，都有灵性。不管花开还是花落，看着就喜欢。可社区这帮熊玩意儿，连个招呼都不打，更别说商量了，三下五除二，就那么活生生地砍了。这是为什么？为什么呀？"

"对，为什么给我们砍了？要给我们个说法！"另一位居民大声附和着。

还有一位居民喊道："必须严肃处理那些街道和社区的干部，你们不管，我们就到省政府，省政府不管，我们就到国务院。有理走遍天下。我们不信没有说理的地方！"

大凡群体事件，往往就是这样，要是没有"意见领袖"，没有"挑头的"蛊惑，一般来说，就成不了"阵势"，成不了"气候"。只要有人站出来，附和声音就会多起来，如不及时控制，任其发展，就会势不可当。

当时，书记刚进办公室不久，听到大院门口一片吵闹，便把联络员叫过来，问是怎么回事。

联络员就把事情的大致情况向书记说了。

区委书记一向以亲民爱民、作风扎实而著称，在老百姓中享有很好的口碑。他哪能容忍这样的情况在他的眼皮底下发生？

"胡闹！简直是胡闹！心里还有没有社区的群众？"书记火了，真的火了。

书记一火，下边马上就会紧急行动起来。

只要能用的办法，肯定都要用上。

"冷书记，我看有些人是被倒霉催的，这下碰上十二点了。过去领导靠吓唬，把刀举得很高，放的时候很轻；要不就是下不为例，至多就是杀鸡给猴看，很少见到挥泪斩马谡。这下我估计不会那么仁慈了。要么手起刀落，刀刀见血；要么鸡猴统统杀，谁也逃不脱。要我看，有一些干部要倒霉，有的弄不好要下课。"慕文玉对冷晓燕说。

冷晓燕围着慕文玉打量了半天，上看下看，左看右看，把慕文玉看得汗毛都快立起来了。

慕文玉怯怯地问："你怎么这样看着我？"

冷晓燕说："我怎么看你有点幸灾乐祸呢？一点同情心没有，做人要厚道啊。"

慕文玉急忙辩解："哪有啊，我是为他们惋惜呢，跑快的牛挨鞭子抽，下蛋的鸡吃剩食。我觉得我们应该感谢他们，要不是他们以身蹚雷，那倒霉的可就是我们了。"

冷晓燕流露出一丝别人不易察觉的笑。其实，她比谁都清楚，慕文玉说的不是没有道理。前几天，大海阳社区也研究过几次，抓住区里这次创建美好社区的机会，对社区内的绿植重新进行规划。

但这个消息一传出，就引起了不同声音，有的支持，有的反对，有的无所谓。一看这种情况，冷晓燕便觉得没那么简单，把这个事搁一边，放下了，想观察一段时间再说。

没想到，这一搁，竟躲过了一劫。

二　无独有偶

第二天，另一个社区又传来不好的消息。

还是创建美好社区、整治社区环境引起的事。

区里统一部署，创建美好社区，包括小区的绿化，环境的整治，道路的整修，垃圾的清理，等等。大家都认为这是好事，从街道社区干部，到社区居民，都表示拥护。

但在一些具体环节实施上，却出现了一些不该出现的问题。这个社区与引起上访那个社区的情况有点类似，只是居民处理这个问题的方式不同。

社区书记的想法是好的，想借创建美好社区的机会，对小区的绿化重新进行设计，引入一些比较流行的绿化元素取代无花果。因为这个小区的居民也有栽种无花果的习惯，居民对这个决定非常抵触，他们不愿意也不舍得砍伐现在长势正好的无花果。

这个社区的书记也是个女同志，干事有激情，性格很泼辣，巾帼不让须眉，决不屈人之后。只是有时性子太急，粗粗拉拉。人们开玩笑说，像个庸医，不管什么病，先剖开肚子再说。一看不对，再重新缝上。用她的话说，如果什么事都要等着居民同意才去干，那我们还能干成什么事？群众愿意了再去干，不愿意就不干，那不成群众的尾巴了？那还要我们这些干部干什么？她没顾及后面会发生什么，组织了一些民工，把现有的无花果全部砍掉了。

她没料到，这一简单化的操作，引起了意想不到的麻烦。居民和民工发生了殴斗。有居民用镐头阻挠民工砍树，还有居民爬到树上往下扔砖头，把个别民工的头都砸破了，有个社区干部的脚筋也被砸伤了。

常年玩大鹰，竟被鹰啄了眼；十次赶海，九次没事，唯有一次，赶上海啸。

事情的处理结果，大家不难想到。

三　都怨那个"糖包子"

明眼人一看就知道，出事的两个社区，犯了同样的忌讳，干的是该干的事，选择的是不恰当的时机，采取的是不合适的方法。

这两个社区离大海阳都不远，属近邻。

巧合的是，大海阳社区也栽种了大量无花果。

我不禁有点纳闷儿，这个地方的居民，为什么那么喜欢无花果呢？在创建美好社区过程中，社区干部为什么那么不待见无花果呢？

通过走访社区居民，我有了一些大致的了解。

若干年来，芝罘区不少社区的居民都有栽种无花果的习惯。楼前楼后，街旁路边，但凡有空闲的地方，都栽种着无花果。

这种果树很有意思，说好的，能把它说上天去；说不好的，则把它说得一无是处。

说它好的，主要说它不挑土，不挑环境，产量高，病虫害少。既能忍受零下 10 度的低温，又能扛住 40 度的高温。也就是说，冬天冻不死，夏天热不死，很皮实，很抗造。

它还有其他果树不能比拟的另一特点：果期长，通常是一片叶子一个果。从 5 月到 11 月，半年多的时间一直挂果，果期不间断。成熟的果子既甜又糯，被称作树上结的"糖包子"。这个说法很形象，瓤是甜的，像糖；外部形状像个包子。

不仅如此，还有的说无花果具有很强的营养价值、药用价值和美容价值，含有多种微量元素和营养物质，具有健脾开胃、清热解毒、美容养颜等多种功效。总之一句话，在一部分人眼里，无花果百利而无一弊。

说它不好的，则认为无花果是"凶树"，种在小区或种在院里不吉利，而且无形无状，不适宜绿化。

在我看来，别的不说，无花果确实不适宜作绿化树。

开始，大海阳社区也把这事想简单了。

冷晓燕召开班子成员会的时候，大家的一致意见是把无花果除掉，重新选择新的适合大海阳特点的绿植。

这个话传出去，引起议论纷纷，其中许多反对的声音。

冷晓燕庆幸就庆幸在动作上慢了半拍。

这也是她多年来"修炼"的成果：对想干要干并且不干不行的事，只要有不同的声音，慢半拍再说。

磨刀不误砍柴工，这是农民都懂的道理。开头不怕慢半拍，重要的是把关系理顺，这也是一种人生智慧。

她没有多么深厚的理论学养，也没有对老庄的深刻体悟。但她有一种直觉，不管什么事，太急了不行，水沸需要达到温度。她从有字书和无字书中读出了一些人生的味道，其中包括事急则缓、事缓则圆、事圆则通。

她还明白，凡事都要讲度，不及则亏，过之则盈。

这次慢了半拍，避免了一次不必要的"蹚雷"，赢得了一个更好地处理这个问题的机会。

慕文玉一进屋，见王琳在拖地，问道："听说那两个社区的事了吧？"

"听说了，满大街吵吵嚷嚷的，谁不知道？"王琳答道。

慕文玉又说："谁让他们动作那么快，一下子碰上了十二点，如果像我们这样，动作稍慢一点，不就没事了。"

"实践告诉我们，工作不主动不行。实践还告诉我们，工作太主动也不行，容易出毛病。"王琳与慕文玉一唱一和。

两人的这番议论恰好被佘静听到了："人家出了事，被区领导骂得狗血淋头，你俩还在偷着乐。"

这时，正好冷晓燕来了，见她们几个谈得正欢："说什么呢，这么热闹？"

慕文玉说话直来直去，说："我们在说，幸亏咱们行动晚了一步，不然，那两个社区的事就轮到我们头上了。"

冷晓燕心想：即使轮到我们身上，也不会出现他们那样的问题，大海阳社区居民的素质不会那么差。即使硬性把无花果树砍了，有些人心里不大痛快，也不至于酿成群体上访事件，更不至于引起群体斗殴事件。

这个自信，冷晓燕还是有的。

但是侥幸归侥幸，好事还得争取办好。

晚上回家后，她并没有把那个事放下。社区的绿化肯定要搞，但怎样搞，需要动动脑子。

想来想去，她终于有了一个主意。

四　一树一树的花开

第二天上午，冷晓燕主持召开了"两委"会，按照分工，每个班子成员把自己分管的工作做了汇报。冷晓燕把前段工作简要地拢了拢，梳了梳辫子，盘点了下进度，对工作做了部署安排，对各项工作重点列出了施工图和进度表，把每项工作责任进行了分解，落实到每名班子成员身上。

会议快要结束的时候，冷晓燕突然问慕文玉："文玉，现在是几月？"

"四月啊，刚进四月没几天。怎么了？"

"噢，没啥。四月，就没啥感想？"

"没有啊，什么感想？天天忙得像龟孙一样，敢想什么？什么也不敢想。"

冷晓燕摇了摇头："没劲，还文玉呢，一点文没有。玉嘛，还凑合，溜光水滑的。"

慕文玉一脸蒙。

佘静说："文玉把自己的文艺范关闭了，满脑子是工作。"

"噢，我明白了。"慕文玉突然转过弯来，"原来是冷书记开启文艺模式了。"

王琳接过话说："人间四月芳菲尽，山寺桃花始盛开，长恨春归无觅处，不知转入此中来。冷书记，你要的是这种感想吧？"

冷晓燕笑道："一个窈窕淑女，没有一点诗情画意，没有一丝浪漫，还文艺青年呢，倒不如一个壮汉。"

慕文玉把嘴一撇："领导一眨巴眼，赶紧送枕头，就是马屁拍得响。要我说，我更喜欢林徽因的四月。"

"噢？"冷晓燕看着慕文玉，眼神里充满期待。

慕文玉声情并茂地朗诵起林徽因的《你是人间的四月天》：

我说你是人间的四月天
笑响点亮了四面风
轻灵在春的光艳中交舞着变

你是四月早天里的云烟
黄昏吹着风的软
星子在无意中闪
细雨点洒在花前
那轻，那娉婷，你是
鲜妍百花的冠冕你戴着

你是天真，庄严

你是夜夜的月圆

雪化后那片鹅黄，你像

新鲜初放芽的绿，你是

柔嫩喜悦，水光浮动着你

梦期待中白莲

你是一树一树的花开

是燕在梁间呢喃

你是爱，是暖

是希望，你是人间的四月天

朗诵完，慕文玉摆了一个漂亮的 pose，博得大家的一片掌声。

冷晓燕依然沉浸在林徽因的诗里："你是人间的四月天，一树一树的花开，多好啊。你们喜不喜欢人间四月天？想不想去看一树一树的花开？"

大家你看我、我看你，没有接话，不知道她葫芦里到底卖的什么药。

"喜欢啊，想啊，怎么，您老人家要大发慈悲，带着我们出去看看？"

还是慕文玉把话接过来。小慕年轻，正值芳华，性格开朗，待人热情，是社区美貌与活力的象征。

冷晓燕说："我是有这个意思。我想，咱们是社区干部不假，但不能像过去的社区老大妈一样，被人家看成是落后和保守的代名词。我们也要追潮流，赶时尚，像年轻人那样，来一次说走就走的旅行。这个周末，乘着大巴兜风去，去看那一树一树的花开。你们说好不好？"

"好，太好了！"大家高兴得近乎发狂。

"这，幸福来得有点太突然了吧，我怎么有点接不住呢？"王琳左看看，右看看，不敢相信这是真的，满脸冒着水灵灵的傻气。

"是啊，是真的吗？说出去的话，泼出去的水，可不能随便变卦。"慕文玉似乎也不太敢相信这是真的。

佘静一听，就忍不住笑了："你们以为这是马三立说相声——逗你玩？我们冷书记什么时候办过出尔反尔的事？"

冷晓燕笑笑："看来，我在你们心中的可信度不是很高。这次说什么也不能食言，说不反悔就不反悔。"

慕文玉说："趁你还没改变主意，我们抓紧定一下，什么时间？哪些人去？到哪儿去？怎么去？"

"哈哈，我们抓每项工作都像刚才文玉这样就好了，抓得紧凑，抓得具体，抓得到位。"佘静调侃道。

冷晓燕说："好，在这个事上，我就做主了。时间就定在这个周末。目的地，莱阳的濯村。至于哪些人去，我想，光我们几个出去多没意思，要出去，我们得好好组织一下，选一些居民代表和我们一起去。多去一些人，人多了热闹。文玉排一下名单，各个小区的楼长、网格长、志愿者代表、老党员、老同志、年轻同志，都要有。这样一支代表广泛的队伍，不管走到哪里，说嗨就能嗨起来。"

"一共去多少？"

"一百名左右吧，凑满两辆大巴。"冷晓燕说。

"上哪找两辆大巴去？"慕文玉又问。

"租呀，交运集团是咱的'双报到'单位，他们还能不给点优惠？"冷晓燕答道。

慕文玉狐疑地看着冷晓燕："不对呀，这不是您冷书记的风格呀，平白无故地，花钱租车，不为别的，只为兜风，这是不是有点太反常太奢侈了？为什么呀？"

冷晓燕白了她一眼："哪那么多为什么？你简直就是十万个为什么，

叫你怎么办，你就怎么办不就得了。"

慕文玉吐了下舌头，朝冷晓燕做了个鬼脸。

"冷书记，我们这么多人出去，需不需要搞个具体议程和方案？"佘静问道。佘静人如其名，比较文静，也喜欢安静，她心思缜密，考虑问题比较仔细。

"不用了，没那么复杂。走一步看一步，遇到什么事，商量着办就行了。"冷晓燕答道。

"哎，别忘了通知大家，周末要早点走，到濯村，来回路上要接近四个小时。"冷晓燕补充道。

佘静应了一声："好嘞。"

五　老年时髦团

周末这天，老天爷真给面子，天气出奇地好。太阳明晃晃的，照射在高楼幽蓝的玻璃上，再反射回来，热辣辣的，好像一遇到可燃物，随时都能燃烧起来。

其实，人老了，像小孩一样，爱扎堆，爱凑群，爱热闹，爱出门。有好事或者说要出远门，晚上觉都不舍得睡。

果然，大家都比平常起得早，离约定时间还差半个多小时，人就到齐了。年龄大的几位大姐，到得格外早。

冷晓燕心想："老小孩，老小孩，小到老，老到小，人生就这么一个轮回。小的时候盼着快点长大，老了的时候又怀念童年。人哪，都有回不去的从前，都有那么多遗憾。回到童年多好，没那么多深刻，没那么多烦恼，没那么多恩怨，没那么多牵挂……"

她用眼扫了一圈，一下子乐了。这些叔叔阿姨、大爷大妈，衣服一个比一个鲜艳，打扮一个比一个时尚，表情一个比一个兴奋，气色一个比一个精神。有的戴着宽边墨镜，有的头戴红色小帽，有的身披大红纱巾，有的身背名牌挎包，有的手拿鹅毛扇……

要不仔细辨认，还真难认出是谁。

冷晓燕打趣道："各位叔叔阿姨、大爷大妈，我们是出去游玩，不是出去走秀，不是出去比赛，也不是参加选美，怎么打扮得这么漂亮花哨啊？"

慕文玉也跟上说："是啊，是不是通知错了？我们今天去濯村，不是去韩国，不是去日本，没必要这么隆重吧？"

小伙子王琳平时不大开玩笑，这时也忍不住了："我们这支队伍，打眼一看，哪像旅游团？倒像是老年时装团。"

他们几个话音刚落，杨阿姨就说话了："瞧你们说的，不管去哪儿，我们就这个打扮，我们就要个高兴，要个愿意，你们不高兴啊？"

"你们不要小瞧我们，我们去走秀、去比赛、去演出，干什么也不会是差的。模特队、演出队就更不用说了。这两年，也不是没出去比试过。"李阿姨跟上说。

徐阿姨更是个直肠子，平时说话就快言快语："冷书记，我们都是大海阳的人，只要出了门，就代表大海阳，我们要树立和维护大海阳的形象。给谁丢脸，也不能给大海阳丢脸！你说对吧？"

冷晓燕赶紧说："对，没问题。只要开心就好！"

六　濯村去看樱花雨

大巴驶出市区后，在高速公路上疾驰。这是一段充满浪漫与诗意的旅程，沿途风景如画，宛若仙境，一步一景，美不胜收，仿佛置身于一幅巨大的画卷之中。

大家不停地向车外张望，老觉得两只眼睛不够用。

濯村，位于烟台市莱阳城南四十里的五龙河畔，是莱阳市第一大村。二十多年前，全村年人均收入不足两千元。如今，村集体资产过两亿，是远近闻名的最美樱花村。

濯村是花园式的村庄，因为它就在巨大的花园里。

据说，濯村的村名，出自《楚辞》："沧浪之水清兮，可以濯吾缨，沧浪之水浊兮，可以濯吾足。"

用了两个小时，行程百公里，大巴停在了濯村的村口。

时值四月中旬，正是樱花盛开的季节，濯村正在举办一场樱花盛会。十万株樱花同时绽放，如锦如霞，铺天盖地。游人如织，欢声笑语。每当一阵微风轻轻拂过，樱花便飘飘洒洒，天空中下起一场盛大而浪漫的樱花雨。

大家一下车，就像打开蜂箱的蜜蜂，嗡嗡嘤嘤，奔着花多花香的地方就去了。

慕文玉大喊一声："大家快看，下樱花雨了！"

"下樱花雨喽！"接着，不少人跟着一起欢呼起来。有的拿着手机，兴奋地按着快门，有的用手去抓在空中飞舞的花瓣，有的仰脸呼吸新鲜的空气，有的不停地揉着双眼，仿佛要把眼前的一切纳入自己永久的记忆相册……

人们走进村内，更是眼界大开。整洁的民宅，美丽的樱花，绿色的草坪，快活的游人，让人如沐春风，心旷神怡。

濯，意为"洗"。是巧合还是天成？村里的一切，都像经过洗涤过滤似的，洁净明亮，纤尘不染，连拂面而来的风，都似乎被水洗过，搓揉过，清爽得让人惬意。

佘静、慕文玉、王琳、姜艳平几个年轻人，天天住在闹市里，拴在大海阳，哪吹过山谷的风？哪见过樱花雨？那个高兴劲儿，那个激动劲儿，沸腾到顶点，沸腾到要起飞。

冷晓燕正和几个老太太边赏花边聊天，忽然，慕文玉从后边捅了她一下，往远处一指。

冷晓燕顺着她的手指一望，原来有幅巨大的旅游宣传画，上面赫然写着：

"想你的风，把你吹到濯村！"

慕文玉说："瞧，风想你了，又把你吹来了，多撩人、多浪漫啊！"

"是挺好。"冷晓燕嘴上应着，心里笑道：这些年，旅游真的火了，人们的热情已经从国外转向了国内，从名山大川转向了乡村古镇，现在到处是想你的风，想你的风四处乱吹，把人吹得四处游荡，都快脚不沾地了。

冷晓燕虽然也醉心于眼前这花的海洋，但她并没忘记向当地的明白人询问许多细节和技术性问题。比如，樱花分早樱与晚樱，早樱的特点是叶子多，花期短；晚樱的特点是叶子少，坐花多……

来到濯村，当然不能错过樱花隧道了。这是目前世界上最长的樱花隧道，全长651米，由两段组成，一段为520米，另一段为131米。这条樱花隧道，不仅是一道别具特色的景观，而且象征着浪漫的爱情和一生一世的约定。濯村共种植了53560株樱花，多数为重瓣樱花，其中最大的，胸径达40多厘米。春天来临时，满树樱花竞相开放，树枝交叠生长，相互攀缘，形成了一条罕见而壮观的樱花隧道。

七　农家乐里"神仙会"

濯村的"硬核"是樱花，又不仅仅是樱花。在导游引领下，他们又来到了生态园。

这些年来，濯村依托其自然优势，发展特色农业和生态旅游，引进了美国红提、黑提、无核葡萄等优良品种，建起 300 多亩的葡萄基地，并采用了先进的滴灌节水设备和技术。

这几年，濯村在环境卫生和内部管理上也下了很大的力气，新增 230 亩绿化面积，建起 100 亩绿化苗圃和 800 亩特色农业观光果园，实现了全封闭、庄园化、高科技管理。

对久居城里的居民来说，看到这些，格外新鲜。大家这里瞅瞅，那里看看；这里摸摸，那里捏捏，久久不愿离开。

接下来，冷晓燕带着大家参观了濯村文化广场、沧浪亭、北方植物园、梨园、西山欧式风景区、安迪尔花海、五龙河湿地、民俗街等。

其实，冷晓燕一路参观，但心不在此。她老家就是莱阳，濯村离她老家不远。在此之前，她多次到濯村看过。她心里装着别的事，装着她要办的事。她想把这次濯村之旅，变成大海阳居民的观念转变之旅。

不知不觉，到了中午饭点儿。

冷晓燕把大家带到一家农家乐。这家农家乐并没什么特别之处，与周边大大小小的饭铺大同小异。冷晓燕选定这家，主要是基于两个因素。一个是他们主打的大馅包子比较有特色，深受游客喜欢。另一个是这家饭馆旁边有个较大的草坪，可以容纳一二百人。这个草坪，主要用于旅游旺季接待喜欢野炊的年轻游客或团队。

佘静感觉冷晓燕有话要说，便拍了拍巴掌，示意大家安静下来。

冷晓燕清了清嗓门，大声说："各位叔叔阿姨，今天看了一上午，有点累。中午我请客，请大家吃包子。我把大家带到这里来，一是这家包子做得好，皮薄个大馅好。大家放开吃，管够。第二个原因呢，是这个地场大，咱人多，能坐得下。大家边吃，边开个会。大家也许有疑问，好不容易出来一趟，开什么会呢？放心，开会不耽误大家吃，也不耽误大家玩。"

大家一个个支棱着耳朵，听听到底要开什么会。

冷晓燕接着说："这次来的，是大海阳社区的各路代表，也就是各路'神仙'。会场呢，设在农家乐的院里。所以，咱就叫农家院里的'神仙会'。至于什么内容，待会儿再说，现在先上包子，准备吃饭！"

"到底什么会，你给大家说说嘛。"

"是啊，你得告诉我们会议内容，我们好心中有数。"

冷晓燕故意逗他们："就不告诉。"

不说还好，这一说，大家更糊涂了。

这时，冒着热气流着油的大包子上来了。这时候大家才突然想起，从大清早跑到现在都没怎么吃东西，肚子真的有点饿了，于是，众人一个个把包子抓在手里，狼吞虎咽地吃了起来。

冷晓燕拿起包子，咬了一口，满嘴流油："真的名不虚传，不错！"她边吃边说，"大家刚才不是急着知道开会内容吗？现在，我就告诉大家。我们的会议没有主题，想到哪里说哪里，我问什么大家就说什么，怎么样？"

"好啊，没问题。"大家齐声应道。

冷晓燕说："好，我现在就开始问了。我不点名，谁想说就说，不想说就不说。大家今天看了濯村，觉得好不好？"

"好！太好了！"大家异口同声地答道。

"好在哪里？"冷晓燕又问。

邢军阿姨抑制不住内心的激动，用手一指："你看，人家漫山遍野，村里村外，到处都是樱花。樱花一开，这里就成了一片花海，太漂亮了！这哪里是农村？比公园还漂亮，比城里还时尚，人家这日子，才是天天在花里过、在笑里过、在福里过！"

孙美香阿姨接着说："真是不看不知道，一看吓一跳。天天在家待着，觉得咱大海阳就够好的，没想到人家一个小山村，就能打扮成这个样。不服气不行，不学习不行。我们可以学学濯村，让大海阳变得更好！"

冷晓燕狡黠地一笑："那我问你们，你们可要给我说实话。既然觉得人家濯村好，那就得说具体点，说实在点。你们到底觉得种无花果好还是种樱花好？换句话说，大海阳下一步绿化美化，要樱花还是要无花果？"

这一问，把大家一下子问愣了。

这时，佘静、慕文玉、王琳、姜艳平等相互对视一笑：噢，原来在这儿等着呢，说是来兜兜风，原来是来换换脑！

丛阿姨说："那还用说吗？当然是樱花好，眼前这不是明摆着嘛！"

杜阿姨接着说："对，樱花和无花果不在同一品位上。樱花才是我们小区美化的首选。但是，我们的无花果都长了好多年了，我们也喜欢。"

"鱼我们喜欢，熊掌我们也喜欢，但二者只能选其一，不能兼得。这时候你选什么呢？"冷晓燕问。

杜阿姨一时语塞。

"那还用说吗？当然选樱花了。"丛阿姨把话接过来。

冷晓燕笑笑："杜阿姨，你说呢？"

"那，就选樱花吧。"杜阿姨答道。

这时，冷晓燕站起来，声音提高了八度："大家说，要樱花还是要无花果？"

"要樱花！"众人异口同声。

冷晓燕说："我听清了，大家也听清了。要樱花，这是大家共同的声音，自愿的声音，不是我强求的。但我们社区的绿化空地，都被无花果占去了。种樱花，无花果怎么办？"

"把无花果除掉，全部栽种樱花！"众人情绪激昂。

"对，砍掉无花果，全部栽樱花！"大家齐声附和道。

冷晓燕高兴地笑了："好，大家的意见一致。但光我们表态是不够的。我们社区几千口子人，我们今天来的连总人数的零头都不到。在座的，都是社区的骨干，都是说话有分量的。我希望大家回去以后，把濯村的好给大家说说；把樱花的好，给大家普及普及；把环境影响幸福的观点好好宣传宣传，把我们今天的想法，变成大海阳社区全体居民的想法，那我们的事办起来就省事了。大家有没有信心？"

"有！"大家齐声答道。

八　照方子抓药

从濯村回去没几天，大海阳社区原来枝繁叶茂的160多株无花果不见了，取而代之的是遍地樱花。

有人戏谑："当年赵匡胤杯酒释兵权，今天冷晓燕用流油的大包子解除了捍卫无花果的武装。"

在与冷晓燕聊天时，我问她为什么想到去濯村。她饱含深情地说："我一生以我父亲为榜样，不光学他的精神，也学他处理问题的方法。每遇上难事，我第一个会先去'问'他。

"他当村党支部书记时，想发展红富士苹果，但群众不认，并说了一些闲话。他又召开村民代表会议，想统一大家思想。没想到，将近一半人表示反对。在这种情况下，他没有赌气逞强，而是自己花钱，雇了辆大客车，拉着村'两委'成员、部分党员及群众代表，参观了当时红富士发展最好的牟平和栖霞，大家到现场一看，心服口服。回村以后，二话不说，就光着膀子干起来了。

"这次去濯村，我是照他的方子抓药。"

第八章
红色引擎

我在序章中谈到，大海阳特别钟情红色，到处弥漫着鲜艳的红色。无论主路还是街巷，相隔不远，路两边都悬挂着党旗和国旗，两旗对称，耀眼夺目。党旗的颜色，国旗的颜色，时常在社区跃动，让居民们时刻感受到党和国家的温暖，时刻感受到党组织就在身边。就连楼宇之间、道路两旁的花，也多是红色。

这是我的亲眼所见和真实的感受。

在大海阳社区，红色不仅是一种颜色，它与理想、信念紧紧联系在一起，与责任、使命紧紧联系在一起，与神圣、庄严紧紧联系在一起，甚至与热血、生命紧紧联系在一起。

更重要的是，他们把红色作为引擎，形成推动社区工作及各项事业前进和发展的强大力量。

一　在高铁上

高铁的出现，突然把世界变小了。过去绿皮火车哐当哐当跑大半天的旅程，换成高铁，也就几十分钟的事。

从上海到济南的复兴号，像一条蜿蜒的巨龙，昂首呼啸，疾驰如飞，眨眼的工夫，就把生机盎然的田野甩成五彩变幻的碎片，把迎面而来的山峦甩成渐渐模糊的背影。

此时，冷晓燕正坐在这趟高铁上。她眯着双眼，靠在座椅后背上。从表面上看悠闲自在，实际上脑子一刻没闲。

省里统一组织到外地考察学习，对她来说，这是一次难得的机会。大海阳正处于向上爬坡阶段，学习先进经验，抓住薄弱环节，补齐短板，是当务之急。

短短几天的学习，她如醍醐灌顶，茅塞顿开。

她看到，上海引导各级党组织打破行政隶属壁垒，破除各自为政障碍，拆除相互封闭藩篱，无论是大机关还是小单位，在街道社区党组织统筹协调下，共商区域发展，共抓基层党建，共育先进文化，共同服务群众，共建美好家园。她发自肺腑地感叹，这才是共建共赢的真经。

她看到，武汉在全市实施"红色引擎"工程，不仅在党组织书记、党员身上打牢红色印记，而且把物业管理人员也培养成党的工作力量。杭州、深圳在所有社区场所，都设立明显党建标识，社区党员干部上班时间一律佩戴党员徽章，开展任何活动，都要鲜明体现党的特色。她感到，他们抓城市党建，抓党建引领基层治理，抓到了要害，抓到了关键。

冷晓燕还注意到，有的地方，上级提供给社区的资金资源，以社区党组织为主要渠道落实到位，让群众明白惠从何来，使为群众办实事办好事的过程，成为党组织联系群众、凝聚人心的过程，成为树立党组织形象威信的过程。她感到，这种做法，看起来不很起眼，不显山露水，实际上抓到了根上，抓住了牛鼻子，体现了党建工作见物见事又见人。

正在她条分缕析一路上所得所获时，脑子突然变了频道，硬生生蹦出一个与之大相径庭的故事。这个故事是在武汉考察学习期间，一位来自边疆民族地区的同行给她讲的。

在一个边疆地区，春节前，按照惯例，州县的领导同志分头到社区走访慰问，带给贫困居民生活补助金和一些日常用品。领导同志宣讲了党的民族政策，转达了党和政府对边疆民族地区同胞的关心。居民也很虔诚地表达了谢意，感谢党和政府对他们的关心，一切都在有序进行。不料，领导同志刚转身出门，那位居民就双手合十："主啊，感谢您大慈大悲，又派人送来这么多东西。"

这个故事给冷晓燕以很大震动。社区工作有时看上去婆婆妈妈，实际上与党的执政基础和执政地位关系重大。敌对势力、非法宗教势力与我们党争夺群众、争夺人心的斗争，从来都没有停止过。社区党组织与城市居民距离最近，把广大群众紧密地凝聚在身边，让他们自觉感党恩、听党话、跟党走，这是社区党组织的政治功能，也是最大的责任。

忽然，她好像想起了什么，便起身从行李架上的箱包里取出一份材料，认真看了起来。

材料中写道：有的社区各类牌子挂了很多，五花八门，什么都能看到，就是看不到党组织的标识；有的社区最活跃的常常是社会组织，却看不到党组织在哪里、在干什么；有的社区党组织忘记了政治组织的属性，不做宣传教育和组织动员群众的工作；有的社区党组织把自己与其他组织等同起来，把政府购买服务变成其他组织的资源，群众享受了便利的服务却感受不到政府和党组织的存在。

她感到吃惊，怎么能这样呢？

一路上，正反两方面的典型，给她上了严肃的一课，使她更深刻地认识到，小社区，不简单，几千人，大世界。党建工作跟不上，社区就会成为"党建真空"；正面声音不响亮，各种杂音就会甚嚣尘上；党的色彩不鲜明，其他杂色就会乱花迷眼；党组织不去引领，其他势力就会乘虚而入。

于是，她形成了不可撼动的认知，在一个社区，如果党的色彩不鲜艳，党的声音不响亮，党的标识不显著，那么，毫无疑问，是这个社区党组织书记的严重失职。

因此，她始终把党的色彩、党的声音作为一个严肃的政治问题来看待，用一切行动告诉群众，社区党组织就是党在社区的形象代表，社区所有工作都在贯彻党的宗旨，体现党的意志和要求，体现党组织的作用，使群众时时感受到党组织就在身边，时时都能感受到党的温暖。

二 含着热泪绣党旗

走进大海阳党群服务中心大厅，一眼就可以看见，在门正中的墙壁上，悬挂着一面党旗，长 2.04 米，宽 1.42 米。旗面是鲜艳的红绒，左上角是金光闪闪的党徽。

这不是一面普通的党旗，是大海阳社区两百多名党员和上千名群众燃起的一团火，捧出的一颗心。

时间回到 2018 年。为了解决部分社区党群服务中心场所不足的问题，芝罘区委研究决定，通过政府购买、置换等方式，解决这些社区服务群众场所不足的困难。

其中，大海阳社区被纳入解决的范畴。社区党群服务中心由大海阳路 53 号的 300 平方米，调整到马路对面的 1700 多平方米，上下两层，交通方便，老百姓办事也方便。

这个提升有点大，一下子草房换成楼房，砖瓦房换成大洋房，从贫困线跨越到小康线。

这对大海阳社区党委和冷晓燕来说，幸福来得太突然，多少有点蒙，想都没敢想。

人，有时候就是这么奇怪：遇到过不去的坎，或翻不过的山，睡不着觉；天上掉下个馅饼，或摔跟头捡了块狗头金，也睡不着觉。冷晓燕现在就属于后面那种情况。

她当然明白，区委花这么大的代价，不是为了社区体面，不是为了社区工作人员享受，更不是为了社区摆阔，而是为了以社区党组织为桥梁，用服务温暖群众，用爱心赢得民心。

她不能揣着明白装糊涂，得把这个责任接住。

连续几个晚上，她都没睡好。她到新的党群服务中心大厅看了，一切按照功能配套设计进行，唯独党群服务中心的大厅她觉得缺点什么，要悬挂什么标识好呢？

她想起歌剧《江姐》中那令人刻骨铭心的场面。

一天，被敌人关押在渣滓洞的江姐，突然接到地下党设法送来的一封信，信中说，中华人民共和国诞生了，北京天安门广场举行了隆重的开国大典，升起了第一面五星红旗。接到这个消息，在敌人面前从未掉过一滴泪的江姐，此刻热泪盈眶。她太兴奋了，她立刻把喜讯传递给同牢的战友们。大家激动地拥抱在一起，轻声却发自心底地欢呼："中华人民共和国万岁！"

这时，一位难友提议大家一起绣一面五星红旗庆祝胜利，立马得到大家的响应。

江姐忽然想起，前不久，一位战友牺牲前，把珍藏的一面染着斑斑血迹的红旗郑重地交给了她。江姐小心翼翼地缝进了自己的被子里。

她立刻拆开被子，拿出这面红旗，舒展开来。牢房的战友们一下子沸腾了。江姐带头，大家飞针走线，在红旗上绣五星，一针针，一线线……

这时，歌声响起：

> 线儿长，针儿密，含着热泪绣红旗，绣呀绣红旗。热泪随着针线走，与其说是悲不如说是喜。多少年多少代，今天终于盼到了你。
>
> 千分情，万分爱，化作金星绣红旗，绣呀绣红旗。平日刀丛不

眨眼，今日里心跳分外急。一针针，一线线，绣出一片新天地，新天地。

五星红旗绣好了，江姐把它展开，双手高高举起，庄严地说："让五星红旗插遍祖国的每一寸土地吧！"

这曲《绣红旗》，不知唱哭了多少人，感动了多少人，激发了多少人的革命斗志和爱国热情。

这首《绣红旗》，冷晓燕很小的时候就会唱。

记得上中专时，在一次联欢会上，她独唱《绣红旗》，结果，歌没唱完，自己在台上哭得稀里哗啦。

受《绣红旗》启发，她已有了初步想法。

在社区党委会上，冷晓燕说："这次区委下了很大决心，为我们改善了工作环境，扩大了党群服务中心的面积。虽不敢说绝后，但起码可以说是空前的。历史上，大海阳社区从没有过这么阔绰的日子。大家高兴不高兴？"

"高兴，当然高兴了。"大家的心情可想而知。

"光高兴不行，应当清楚，区委对我们这样关心，这意味着什么。我个人理解，意味着区委对大海阳居民的心心念念，意味着区委对我们社区党委的殷殷嘱托。这说明，我们肩上的担子更重了，责任更大了。"

接着，她提出，党群服务中心大厅正中悬挂一个什么标识比较合适。

大家仁者见仁，智者见智，一口气提了好几个方案。

"悬挂几代领袖的照片！"

"镌刻'为人民服务'五个大字！"

"悬挂'感党恩听党话跟党走'横幅！"

"书写'让人民满意'标语！"

冷晓燕说："这些建议都很好，都能表达我们的心愿。但是那个位置我去看过，基本上是个方形，比较适宜悬挂一面党旗。把党旗挂在大厅正中，让大家一进门，就看到党旗。一看到党旗，就感到党在身边，就感受到党的温暖。一看到党旗就想到党，一心一意听党话，感党恩，跟党走。"

"这个主意好！"大家纷纷表示赞成。

冷晓燕说："如果去定制党旗，难以表达我们的心意。我建议学习狱中的江姐，用我们的双手绣一面党旗！"

冷晓燕话音刚落，现场就响起一片掌声。

这个消息很快让社区群众知道了，大家热情高涨，一个个摩拳擦掌，纷纷要求加入手绣党旗的队伍。

怎么绣？用什么绣呢？他们想到了烟台绒绣公司。这是一家绒绣工艺制品专业制造企业，也是非物质文化遗产传承者。他们不少产品被国家有关部门选为赠送外宾的"国礼"。

冷晓燕把绒绣公司的师傅请到社区，说明了意图，带他们现场去看悬挂党旗的地方。

尽管他们没有制作过规格这样巨大的产品，但还是表示愿意指导帮忙。首先挑选了大块红色绒布，制作了一个特大型"撑子"，把绒布绷紧，画好图案。然后，师傅现场示范怎么穿针、引线，精心挑选出的七八个心灵手巧的大姐，跟着师傅照葫芦画瓢。

技术基本掌握以后，社区的大姐们排班，几个人轮着上阵，这个绣一会儿，那个绣一会儿，这个缝几线，那个缝几线。据统计，参与绣党旗的党员和居民有近千人。

为了增强仪式感，社区艺术团的团员身着盛装，含情脉脉地唱起：线儿长，针儿密，含着热泪绣红旗……

他们把对党的感情，对党的美好祝福，把对未来的希望，都寄托在一针一线里。

经过二十多天努力，这面鲜艳的党旗终于悬挂起来。

那不仅仅是一面旗，而是党员的信仰、群众的向往。

三 一日三餐

有一次，我与冷晓燕聊到社区党组织的自身建设，特别是如何坚持"三会一课"这些基本制度时，她的一番话对我启发很大。

她说："党内许多制度和法规，有的是我们党的优良传统，有的是党的建设实践的经验总结。但要管用，就两条，一条是落地，都在半空晃悠，落不下来，定得再好，有什么用？再一个就是坚持，三天打鱼，两天晒网，能有什么结果？还有一个问题，有些制度，越到基层，越难坚持。"

她喝了口水，继续说，"比如'三会一课'，好坚持吗？不好坚持。硬坚持呢？也不难。有次我到党小组参加活动，有个党员说，'三会一课'太麻烦了，不如拿出几天，什么这会那会、这课那课，一下子全弄完，又省事又利落。"

"你是怎么回答的？"我问道。

她说："我没有批评他。因为乍一听，他讲得似乎有道理，他这话在许多人中有市场。我就说，人，每天都要吃三顿饭，多麻烦呀，不如用几天时间把全年的饭全吃了，又省事又利落。你觉得可能吗？他支支吾吾，没有接话。"

我说："你用一日三餐这个比喻好，有说服力。"

冷晓燕接着这个话题，在党小组里讲了她的观点。一天三顿饭，又是炒又是煎，又是蒸又是煮，又是干的又是稀的，又是主食又是辅食，你说麻烦不麻烦？是麻烦。可那么麻烦，有谁绝食不吃呢？

有的同志说，那是因为习惯了。"哎，你这个话说到点子上了。关键在于形成习惯。一日三餐形成习惯，不嫌麻烦。那么'三会一课'为什么不能形成习惯呢？形成习惯坚持起来不就容易了吗？"

还有的同志讲，一日三餐是人体的刚需，人是铁饭是钢，一顿不吃饿得慌。那么"三会一课"是党员政治生命的刚需，为什么不能和一日三餐一样好好坚持呢？一日三餐和"三会一课"都是刚需，既然是刚需，就要坚持，就要实实在在，不能花里胡哨，既然是刚需，就不能时断时续。

为了感受他们开展"三会一课"的氛围，我找了一份"红色小马扎"影像实录，没加任何修改，把内容如实记录整理出来。从视频上看，参加党小组活动的主角是"红色小马扎"党课主讲人孙美香和预备党员张传荣、社区党委副书记慕文玉。

孙美香先开场："我今天就在这个小马扎小桌上，谈谈我当志愿者以来，我们志愿者团队的表现。

"……2017年3月，冷书记召集我们，成立了养犬协会。这个协会的十二名志愿者的任务，就是早晨把狗粪箱的纸填上去，发现养狗不文明的，给他们一个督促和劝导。

"对我们养犬协会的人来说，谁家有狗，谁家什么情况，我们非常熟悉，了如指掌。开始，有的居民养狗不文明，我们一方面提醒，另一方面以实际行动感化他们，直至他们觉悟。一年365天，每天闲不着，居民对我们挺满意的。

"我一直是那句话，养犬协会要有团队精神，不图报酬，不图荣誉，啥也不图，就是为了服务他人，快乐自己。我们还要感谢社区领导，要没有养犬协会这个平台，我们这些姐妹也难天天聚在一块，这么热闹，这么快乐。"

接下来，张传荣发言，她是预备党员。她说："现在大海阳的环境，比以前好得没法说。我在这个社区住了四十多年了，亲眼见证了这个变化，现在就像我们的小花园一样，一开窗，感受到空气非常新鲜。树呀花呀，都养人。这是社区党组织的功劳。我们每个党员也都感到自豪。"

最后，社区党委副书记慕文玉说："在大海阳社区，像文明养犬协会这样的社会组织，像孙美香、张传荣阿姨这样的党员志愿者还有很多。社区党委充分发挥党组织的战斗堡垒作用，把为群众办的实事落到实处，做到细处。每名党员、每个居民，都要坚定不移地感党恩听党话跟党走。"

这就是社区一堂普普通通的"红色小马扎"党课，用普普通通的话语，说出了普普通通的道理。

看来，只要形成习惯，持之以恒，"三会一课"与一日三餐一样，真的既平平常常，又不可或缺。

四　从小的梦想

在大海阳期间，我发现，这个社区的居民追求进步的意识特别强烈，向党靠拢的热情非常高涨，加入党组织的愿望十分迫切，既有年轻人，也包括老年人。特别是一些老年人，也纷纷争相入党。

我不禁在想，究竟是什么力量，让一些年已花甲的老人燃起入党的热情？又是什么力量让大海阳社区那么多群众自觉地排着长队等待入党？

在冷晓燕办公室，她拿出厚厚的一摞入党申请书给我看。这些申请书都是用水笔书写的。显然，在全民手机电脑年代，水笔书写相对于电脑录入打印，已经远远落伍了，是一个隔着时代的对话。但他们的思想没有落伍，他们对党的感情没有落伍，他们的初心和责任没有落伍，他们的追求没有落伍。

再看看他们的手迹，有的笔画坚硬，非常苍劲；有的笔走龙蛇，非常娟秀。当然，也有的字迹歪歪扭扭，宛如初学，透露了他们韶华已逝和文化水平偏低的秘密。

但不管字迹如何，书写者都在字里行间投入了浓浓的情感，倾注了深深的情愫。每份申请书，都叙说着申请人的人生经历，书写着对我们党的认知，表达着争取加入党组织的动机和迫切心情。再过几年甚至几十年，这种用手书写的纸质文书将会成为难得一见的珍藏。

冷晓燕讲了居民李新国的故事。

李新国年轻的时候，跟人做服装生意。那个时候，天天满世界地跑。东西南北中，从南京到北京，大包扛，小包拎，花钱赚吆喝外加看光景，路没少跑，钱没多挣。

后来公司倒闭，他转来转去，没找着适合的营生。经一个远房亲戚介绍，到烟台广播电视台当了一名保安，一干就是十五年，直到退休。

当保安那些年，他兢兢业业，忠于职守。虽然没有惊天动地的壮举，但赚了个好名声。因为他是个热心肠，谁有难处就搭把手。除了做好分内的事，分外的好事做了也不少。比如：经常帮无暇顾及家庭的年轻职工照看孩子；逢大雪天气，主动清扫并引导车辆安全出入；等等。

不过，他为人低调，从不张扬。

刚退休那阵子，李新国的年纪说小不小，说老不老，算是个"半大老头"。忙活了大半辈子，突然停下来，他有点不太习惯。家里的活，他插不上手，老伴也不指望他。

他就和几个年龄差不多的人一起，骑着自行车到处玩，比较新潮的说法就是"骑行"。先是市内，后是近郊，再往后，越骑越远。像栖霞、龙口等地，都是惯常的骑行线路，到这些地方，来回要好几天，玩得很开心。

这两年，老伴身体越来越差，常闹些这样那样的毛病，加上孙女住在他家，需要照看。这样，李新国就很少出远门了，在家专心陪伴老伴，照看孙女。

有一次，李新国在陪老伴住院时，医院病房楼层的热水器突然爆炸，眼看着火势就要蔓延开来。

听到响声，李新国几个箭步蹿到烧水房。

在场的人突然受到惊吓，顿时慌了手脚，顾头不顾腚地四处逃散，整个楼层乱成了一锅粥。

这时看出了李新国的大心脏，他临危不乱，轻轻阻拦着四处乱跑的人："不要慌，不要叫！"

凭经验，他担心一旦吵声大作，势必惊动全楼，引起恐慌，造成混乱，导致大批人争相下楼，万一发生踩踏事件，后果不堪设想。

他一边安抚众人，一边逆行跑向消防器材存放处。他沉着冷静，取下灭火器，很快把火扑灭了。

这时，从惊吓中回过神来的人们纷纷向李新国竖起大拇指。

李新国摆摆手，转身回到老伴的病房。

老伴问："刚才听外面乌乌泱泱、鸡飞狗跳的，是不是出什么事了？"

李新国平静地说："没啥事。"

这件事很快就惊动了医院领导。院长亲自找到李新国，向他表示感谢。李新国却说："这件事没什么，换谁也会这么做，我只是做了一个平常人应该做的，不足挂齿。"

这几年，在大海阳社区，所有志愿服务现场，几乎都能看到李新国的身影。社区壹家厨坊和壹家小饭堂需要帮忙，他一呼即到，不是一筐筐地搬菜，就是一袋袋地卸面；上下班高峰时段，需要交通志愿者，他第一个报名；疫情防控期间，他深夜里跑到各个指定位置站岗……

一天，李新国手里拿着一个信封，找到冷晓燕，郑重地说："冷书记，我要申请入党。"边说边把装有入党申请书的信封交到冷晓燕手里。

其实，冷晓燕早就洞察到李新国的心思，她接过入党申请书，轻轻握了一下李新国的手。

有人问李新国为什么入党，他略带羞涩地说："我过了大半辈子了，现在退休了也不想闲着。我从小的梦想就是入党。我受党的恩惠太多，必须回报国家。我们大海阳社区，很多党员就在我身边，为老人做饭，接送孩子，辅导学生功课，擦洗休息椅，文明养犬引导，等等。特别是2020年疫情形势最严峻的时候，我们社区党员在危急关头率先站出来，守卡口，送物资，他们的一举一动，一言一行，我都看在眼里。社区党委好不好，党员好不好，群众最有发言权。我看得很清楚，在我们大海阳社区，党员不党员，就是不一样。社区党委是老百姓的靠山，啥事都为我们想办法。党员就是先锋，就是模范。我要跟他们学，向党组织靠拢，争取入党之后，以一名党员的身份，为群众做更多的好事。只要能为别人多做事，我就开心，就高兴。"

当有人问他："你年龄这么大，干那么多累活脏活，遇到危险或者身体吃不消怎么办？"

李新国笑了笑："不怕，哪天干不动了再说。"

五　高兴得像个孩子

像李新国这样积极追求入党的老年人，在大海阳社区还有很多。牛淑华大姐就是其中的一位。

那天，在社区党群服务中心，我与牛淑华大姐当面进行了交流。我知道，牛大姐虽年过七旬，但一直是社区志愿者骨干，热衷于公益事业，一干就是二十多年，还当了十几年楼长，工作兢兢业业，从不计较个人得失。成立壹家厨坊后，她忙里忙外，从不叫苦叫累。食堂每周两次包包子或包饺子，牛淑华总会早早来到食堂，一忙活就是一上午。有时候回到家里，腰酸背痛，但她依然很开心："能为大家做点事，我一点不觉得累，就是身子累点，心里也舒坦。"

我问及她的家庭和她年轻时的经历，她说："我父母当年都是我党地下工作者，我特别为他们感到骄傲。所以我一辈子都想入党，但一直没有机会。现在七十四岁了，还能活几年？再不入党，真的一切都晚了。入了党，我就死而无憾了。"

　　她告诉我："看看冷晓燕书记，她多不容易。这些年来，她一直带病坚持工作，看着她越来越瘦，我都觉得心疼……"说到动情处，牛大姐眼眶有些湿润。

　　党组织批准牛大姐入党那天，她高兴得像个孩子。

　　是的，无论多大年龄，只要在党的怀抱里，都是孩子。

六　永远的遗憾

　　在谈到社区群众积极要求入党的时候，冷晓燕非常兴奋。她认为，现在大家入党意愿非常强烈，每周都有人排队递交入党申请书，这表明，党在群众心目中的形象越来越好，群众对我们党越来越拥护和信赖。在大海阳社区，党员是一个非常骄傲、非常令人向往的称呼。看着一个个大哥大姐、叔叔阿姨走进党组织的怀抱，她打心里为他们高兴。

　　说到这里，冷晓燕突然抬头望了一眼天花板，脸上的笑容顿时消失，进而流露出一丝莫名的忧伤。

　　我意识到，我俩的谈话，可能触碰到了她的痛处。

　　果然不出所料。

　　社区曾有一位老大娘，叫施桂华，虽然已经八十多岁，但始终有颗年轻的心，她热心公益，乐于奉献，被人们誉为用爱心点亮生命之火、用奉献照亮世界的人。

　　那年，社区办起了图书阅览室，她主动请缨，担任阅览室的管理员，成天收发报纸、登记图书、整理内务，每天都有干不完的活。但她苦在其中，乐在其中。

后来，社区办起了"七乐工作室"，主要开展"棋牌乐""文乐""童乐"等活动。担任图书阅览室管理员的施桂华，同时又当起"七乐工作室"的志愿者。

"七乐工作室"分布在社区不同的地方，楼上楼下都有。要全跑完，需要费很大力气。特别是从"乐音工作室"到"乐文工作室"，要爬二十多个台阶。但施大娘对这些根本不管不顾，天天跑上跑下，忙得不亦乐乎。

施大娘还有一个"官衔"——楼长，后来由楼长升为片长。顾名思义，楼长管一栋楼，片长管一片楼。施大娘是个极度认真负责的人。在她管辖的范围内，有很多烧烤店、饭店，这些小店使用液化气罐，对这些潜藏着危险的地方，她不厌其烦，天天检查提醒。辖区内发生大小矛盾纠纷，她也出面调解。别说，在她手里，还真没有解不开的疙瘩。

社区的人都知道，施大娘今生别无他求，唯一的心愿是入党，做党的人。她连续几次，向党组织递交了入党申请书。

2018年除夕，施桂华像以往一样，和家人一起放鞭炮，吃饺子。别人休息之后，她又一笔一画地写起了入党申请书。

写好之后，她又从头到尾仔细校对了一遍，这才装进一个信封里，准备年后一上班交给党组织。

谁知，这份入党申请书竟成为老人的绝笔。

正月初二早晨，施桂华在卫生间突发心脏病去世。

大家得知这一噩耗，无不伤心至极。

冷晓燕在帮助老人料理后事时，发现了那份没来得及递交的入党申请书，当时她就泣不成声——老人心有所向啊！

施大娘是带着遗憾走的，也把遗憾留给了冷晓燕。

冷晓燕把那份入党申请书用玻璃镜框镶起来，摆到了社区记忆馆里。

第九章
众星拱月

夕阳西下，暮色降临。我站在阳台上，仰望苍穹。

一轮明月冉冉升起，宛如玉盘，悬挂在天幕之上，洒下柔和的光，大地一片明亮。

在明月的四周，一群眨着眼睛的星星，闪烁着，跳跃着，用自己的姿态，在明月映照的舞台上，绽放着光彩，怒放着生命。星星的光为明月而发，使得明月更加清澈，更加明亮，也使得整个夜空如此璀璨，如此和谐，如此令人心旷神怡。

我不由得想起习近平总书记那个形象的比喻："要'众星拱月'，'月'就是党，'众星'就是包括群团组织在内的党领导下的各种组织。做党的群众工作，要月明星灿，不能月明星稀。"

众星拱月、月明星灿的天空是美丽的。

眼下的大海阳，在社区党委的领导下，成长起许多社会组织。其中，在民政部门注册登记的社会组织有二十七个，已有雏形但尚未注册登记的有六个。

社区党委就是这轮"明月"，社会组织就是闪烁的星星。

这些社会组织，紧紧围绕在社区党委周围，尽情地发光发热，形成月明星灿的大海阳夜空，凝聚起美好社区、幸福家园建设的磅礴力量。

一 哈士奇

前些日子，我无意中刷到了一个"小视频"，说不养犬的不知道，真正养犬的，视犬为家人，甚至胜过家人。冒犯了他的犬，就冒犯了他的家庭成员，惹急了，他会和你拼命。

看完之后，我付之一笑，没当回事。后来，联想到在大海阳看到和听到的关于人犬的故事，才恍然大悟，不由得信了。

有天早晨，"大波浪"牵着一只哈士奇走在大街上，一边走一边骂骂咧咧："老于头，你个老东西，你不正经，养个野狗也随你，比你更不正经，光天化日之下糟蹋我的小花，我和你没完！"她的叫骂引来不少居民指指点点。

"大波浪"是大海阳社区的居民，铸造厂的退休职工。前些年刚离婚，女儿嫁到了外地，家里就她一个人。年轻的时候爱时髦，成天花里胡哨的。如今已经是过"半张"的人了，但还拿自己当"钢镚"，穿衣打扮依然那么讲究，挑衣服专挑流行的款式，头烫得像波浪，一个圈套一个圈。

在社区居民的眼里，她除了爱时髦，还有点傲气，其他没什么大毛病。因为一个人过，没什么家务，闺女怕她一个人寂寞孤独，就买了条狗给她做伴。"大波浪"非常喜欢这条狗，给她起了个名字叫"小花"，走到哪里都把它带在身边，到了人不离狗、狗不离人的地步。

有人笑她跟人远、跟狗亲。她不但不生气，反而说，狗比人强，狗可以当哥们儿，人有几个真哥们儿？

刚才"大波浪"扯着嗓子骂的老于头，就是和她同住一栋楼的于大爷。

一年前，于大爷在街上溜达，看到一只被人扔掉的小狗，他看着可怜，就把它捡回了家。过了几个月，有人告诉他，那狗是本地土狗，不值钱。他没理睬。

他对宠物没有研究，也说不上什么感情，以前从没养过宠物，他们愿意说什么就说什么，管他什么品种、值不值钱。

"大波浪"牵的那只狗，据说是纯种的哈士奇，也叫西伯利亚雪橇犬，是有血统证书的。

她没料到，这只纯种哈士奇正值发情期，浑身散发着骚气，一不留神，它就跑到大街上搔首弄姿，寻欢作乐。

老于头那只本地土狗正值青春年少，哪经得住"骚情洋妞"的挑逗和诱惑？于是就干起了拿不到台面上的勾当。

恰巧，这一幕被"大波浪"撞见了。她捡起一块石头，狠狠地扔了过去。哪知道老于头那只土狗狡猾得很，见势不妙，机警地一躲，撒丫子跑回家去了。

"大波浪"刚才骂骂咧咧的火气，就是从这里引起的。

她怒气冲冲地来到社区，要替她的"小花"讨个说法。恰巧，冷晓燕那几天都不在，被曹大爷碰上了。曹大爷有只眼不太好，看人看事乜斜着，有人就背后叫他"曹斜眼"。

曹大爷问道："哟，刚才听你大呼小叫的，在骂谁呢？谁那么不长眼敢惹你？脸都气成紫茄子了。"

"大波浪"没好气地说："没你什么事。"

"消消气，哪来那么大的气性？"曹大爷劝道。

"大波浪"说："今天一早，我把小花带出来，让它透透气。可谁知老于头的那条野狗，像老于头一样，流里流气，流氓成性，趁我上趟茅房的工夫，把我的小花糟蹋了。你说我能不生气吗？"

"嘿，我以为多大的事，不就是狗和狗闹玩嘛，还用得着上这么大的火？"

"大波浪"眼瞪得像铜铃似的："闹玩？你说得真轻巧。我的小花是什么身份？他那土狗什么玩意儿？它们能随便闹玩吗？"

"不管什么身份，不都是条狗嘛。"

"嘿，你个曹斜眼，怪不得都叫你曹斜眼，你的眼斜得都没边了。在你的斜眼里，正的成了反的，直的成了弯的，哪里还有正事？你把眼睁大了、看直了，好好看看，我的小花是普通的狗吗？它可是纯种的哈士奇，哈士奇，有血统证书的，俄国西伯利亚雪橇犬，纯种的，你懂吗？"

"我是不懂，但不管中国狗、外国狗，都是狗；不管纯种犬、杂种犬，都是犬；不管这血统那血统，都是畜生。它再高贵，难道还能成了千金小姐不成？"

"大波浪"气得脸都走了形："你——简直是对牛弹琴、不可理喻！"

"不管对牛弹琴还是对驴弹琴，反正你已经弹了。事情都有个前因后果吧，你说老于头的野狗糟蹋你的小花，你不动动脑子想想，母狗不发情，公狗能得逞？两相情愿，愿打愿挨，你怨老于头的野狗，你的小花就没有责任？"

"大波浪"反问道："你是什么意思？照你说，我的小花吃了亏，不怨那条野狗，反倒是我的小花的不是了？"

曹大爷说："这种事，说什么吃亏赚便宜？再说，事情已经这样，能咋办？要不，你就让你的小花再去糟蹋老于头的野狗，把吃的亏找回来，这样不就扯平了吗？"

"大波浪"怒不可遏地骂了一句："扯淡，你是让我的小花再去被它糟蹋？那吃亏的不还是我的小花？真是狗嘴里吐不出象牙，亏你那花花肠子想得出。"

"你那狗不是名贵吗？让它吐个象牙看看？既然我说的办法不行，那你说怎么办？不就是条狗嘛，糟蹋的又不是你。"

"大波浪"骂道："你说的是人话吗？要是你闺女被糟蹋了，你也这样说？"

"我没有闺女，只有两个儿子。"曹大爷低声说。他心里后悔不迭：我干吗要多这个嘴呢？

"大波浪"觉得没趣，骂骂咧咧地回家去了。

后来，冷晓燕知道了"大波浪"和哈士奇的事，忍俊不禁。心想，幸亏当时不在，要在的话，还真不好处理。不管吧，说不过去，管吧，这个事还真没法管。

二　狗屎运

南街"大波浪"的气还没消，东街的胖嫂和周世勇又吵起来了。

早晨，周世勇急匆匆地要去买豆浆油条，谁知，刚出门，一脚就踩在了一坨狗屎上，并且险些滑倒。

他定神一望，胖嫂正站那儿掩嘴偷笑。与她天天形影不离的金毛犬，献媚似的看着主人，站在她旁边摇尾巴。

这种金毛犬的智商很高，可以轻松学会主人教的很多技能，经过训练后，对主人的命令十分服从。

周世勇本来就觉得晦气，见眼前一个人、一条狗，人在偷偷笑，狗在摇尾巴，人狗互动，配合默契，更是气不打一处来，便飞起一脚，踢向那只金毛犬。

金毛犬没有任何防备，被突如其来的一脚踢飞，噗的一声，落在路旁的水池里。

本以为狗掉进水里，会拼命挣扎，谁知，这只金毛犬却不慌不忙，在水里享受起来。原来，在诸多的运动项目中，金毛犬最擅长的就是游泳。

这时胖嫂不干了，她一步冲过来，一把揪住周世勇的衣领，嘴里不干不净地骂着："你个死歪歪，凭什么踢我的宝宝？凭什么？你得赔，你得给它赔礼道歉！"

周世勇把她的手推开，骂道："滚一边去！什么他妈的狗屁宝宝？"

胖嫂往后一退，闪了一个趔趄。她有点恼羞成怒："好你个周世勇，把我的宝宝踢了，还要对老娘下手，我跟你拼了！"说着，又往周世勇身上扑。

周世勇脸色铁青，怒吼一声："我为什么踢你的狗，难道你就没一点数吗？为什么大清早拉到我门口？害得我踩了一脚，臭了满身？"

"凭什么说你踩的狗屎是我家宝宝拉的？你有证据吗？你血口喷人！"胖嫂一点也不示弱。

"你要什么证据？证据都在你的脸上，在你狗的腚上，你要不嫌丢人，咱报案让公安查查？"

"查查就查查，谁怕谁？"

胖嫂嘴上不依不饶，声音却软了下来。忽然，她皮笑肉不笑外加一脸不正经地说："哎哟，周大哥，你就回家打开门，等着接福吧。你交了狗屎运，还不赶快谢谢我！"

周世勇白了她一眼："你满嘴胡喷什么？"

"我说你交了狗屎运，狗屎运，你懂不懂？你要感谢我家宝宝，是它给你带来了好运！"

狗屎运通常是指一种好运。这种好运是出乎意料的、偶发性的，指一个人突然得到一个极佳的机会和结果。踩到狗屎本身不是好事，但引来的好事挡都挡不住。

周世勇瞅了胖嫂一眼："把你的狗屎运自己好好留着吧，我不稀罕！"说完，径直奔早餐店去了。

三　犬之错，人之过

接连几起因狗而起的不快，让冷晓燕很上头。

她意识到自己把这个事看轻了。

以前，她不是不管，相反自己亲自上手管，但没有管好。有些居民说她，自己不养狗，对狗没感情，"站着说话不腰疼"。

冷晓燕觉得，这话有道理，群众批评得对。闻道有先后，术业有专攻。养犬是个普遍的社会现象，尤其在城市，养犬者众多。宠物犬那萌萌呆呆的样子，那极力讨好主人的表情，那忠诚主人的诺诺行为……凡此种种，在养犬者眼里，别提有多可爱了，难怪主人像对自己的孩子一样，甚至超出对自己孩子的宠爱，已经达到溺爱的程度。

他们爱狗，宠狗，当然深谙养狗管狗之道。

经过详细排查摸底，大海阳社区养狗的有 270 多户，有的甚至一户养了好几只。不光狗的数量多，而且品种也多，什么哈士奇、吉娃娃、泰迪、京巴、沙皮、黑丹、金毛等。狗的习性千差万别，狗的主人素质也参差不齐。真把狗管好，也不容易。

在班子工作例会上，冷晓燕说："因为养狗的事，已经出现了不少麻烦，乱七八糟的纠纷已经发生了好几起。有的不拴，小狗到处乱窜。有的到处拉屎撒尿，弄得大家心里很不舒服。这样下去不行，我们得想个解决的办法。"

会上，大家七嘴八舌，有的要这样，有的要那样。

冷晓燕说："其实，大家都知道，犬之过，人之错，管好犬，得先管好人。我们为什么不尝试一下，让养犬者管理养犬者，让养犬者服务养犬者呢？"

大家你看我，我看你。

最后，大家达成共识，成立一个文明养犬协会，让"养犬人管理养犬人，养犬人服务养犬人"。

这个协会会长谁来担任合适呢？

经过走访，大家一致推举了孙美香。

当时，孙大姐六十多岁，退休前在一家外贸食品公司担任工会主席。有爱心，有教养，热心肠，人缘好，一直是社区志愿者队伍的骨干。而且她本身就是养犬者。她的女儿特别喜欢狗，出嫁后，把养了多年的狗留给了她。她有丰富的经验，在养犬户中威信很高。由她牵头成立文明养犬协会，再合适不过了。

冷晓燕几次上门动员，她答应试试看。

说出去的话，泼出去的水。这一答应不要紧，孙美香一脸茫然。别看养小狗小猫这件事不大，但政府头痛不好管，公安发愁管不了，何况这一没职二没权的协会，怎么管？

加上开始大家都不太习惯。不养狗的不喜欢养狗的，嫌弃小狗到处乱窜，弄得到处是粪便；养狗的不待见不养狗的，嫌弃他们不知其中之趣，无聊乱管闲事。

这有点像乘公交车，等车的人，希望快停下；车上的人，希望不要停。车上与车下，心态完全不一样。

孙美香明白，锣鼓一响，就得开张，一旦前行，就没法停止。她首先招兵买马，很快招募了十九名志愿者。

一般来说，每天早晨六七点钟、下午三四点钟，是狗主人出门遛狗的两个高峰。每到高峰时段，孙美香和她的同事们穿上志愿者"红马甲"，带上废纸和清扫工具便上路了。转遍大街小巷犄角旮旯、边边角角，发现狗粪便后马上清理。

其实，狗的表现取决于人，要管好狗先要管好人。孙美香既直来直去，敢于对不讲究的主人说不，同时，又和风细雨，引导他们形成文明养犬的良好习惯。

孙美香当年答应试试，这一试，就是近十年。这期间，她和其他四名副会长，先后把身边一百二十多名养犬者发展成为会员。她们找了铁匠师傅，设计打造了二十四套"宠物狗 WC"，并专门制定了《大海阳社区文明养犬公约》。每年召开一次"我是文明铲屎官"表扬大会，凡是获奖的养犬者，均可领到一份特殊奖品：一根拴狗绳和两包价值二十元的小狗肠。通过"狗粪换狗粮"的模式，引导大家"出门拴狗绳、随手捡粪便"，使文明养犬成为大家的自觉行为。

四　无事生非

仲阿姨和杜大叔，一辈子相濡以沫，年轻时，红脸的时候都很少。没想到，老了老了，都七十多了，反倒闹起了离婚。头天晚上吵了半宿，今天一大早就来找冷晓燕。

冷晓燕笑了笑："大叔大姨，这么大年纪，还闹玩呢？"

仲阿姨翻了个白眼："谁和他闹玩？看他哭丧着那个脸，我就气不打一处来，和他闹什么玩？"

"那您是真想离了？"冷晓燕脸上依然挂着笑。

"真离，这还能假？我现在和他过得够够的，一天，不，半天也待不下去了！"仲阿姨斩钉截铁，不留余地。

冷晓燕转过头来，问："杜大叔，您的意思呢？"

杜大叔往仲阿姨这边望了望，仲阿姨狠狠地瞪了他一眼。

于是，杜大叔把头一低："听她的呗。"

原来，自打退休以来，杜大叔就百无聊赖，天天闲着，一直没找着个正经营生。好在家庭条件不错，老伴也是退休职工，两人的退休金，吃饱喝足，绰绰有余。儿子儿媳也是双职工，小日子过得蛮不错。

杜大叔性格好，和谁都能合得来。先是和退休的几个工友天天去钓鱼，那可是个累活，早起晚归，有时夜钓，还得钓上半宿。风吹日晒，皮肤黢黑，像个乡下小老头。

后来，不知为什么，哥几个不钓了，改成打牌了，从早打到晚。坐得久了，有时候夜里还哼呀嗨哟的。

仲阿姨就提醒他，别天天打了，打牌又不是吃饭，不吃不行。杜大叔反问，不打牌闲着干什么？

仲阿姨本想让他学学写字，一想，钢笔字写得跟狗刨似的，他知道毛笔怎么拿？算了，不管他，退休了嘛，由他去吧，怎么开心怎么来吧。反正家里没多少家务活，就是有，也指望不上他。

问题出在这两年，好的一点没学成，又学会了打麻将。这玩意儿比钓鱼、打牌更有瘾。吃完饭，把碗筷一撂，起身就走，有时连饭都顾不上回家吃，找人随便买点对付几口。

这下，仲阿姨不得不管了，原因有两个。一个是孙子开始上学了，学校离爷爷奶奶家很近。儿子儿媳就提出，让孩子住在爷爷奶奶家，接送都方便。这个要求合乎情理，没理由拒绝。况且，隔辈亲。这样，早晨送孩子，下午接孩子，就不能只靠仲阿姨一个人了，必须两个人倒班。

另一个是，她发现放在抽屉里的现金有时会不翼而飞。一开始，仲阿姨以为自己记错了。后来她发现了端倪，原来是被那个老东西顺走了。不过数量不多，都是零钱，就没管他。男人嘛，爱面子，一块玩，身上一分钱没有，会很尴尬的。知道他打麻将当了筹码，这是以后的事。

导致仲阿姨拉着杜大叔来找冷晓燕的导火索是，昨天他们老两口说好，仲阿姨要回乡下老家，吃一个没出五服侄子的喜酒，接孙子放学回家的活就交代给了杜大叔。

临走前，仲阿姨不放心，又嘱咐了一遍。

杜大叔有点不耐烦："老太婆真啰唆，放心吧，忘不了！"

嘿，越怕忘了，偏偏就忘了。

放学了，孩子们陆续被家长接走。

天黑了，孙子望眼欲穿，仍不见爷爷的身影。

无奈，老师只好给孩子的妈妈打电话。

妈妈请了假，发疯似的奔到学校，把一脸委屈的孩子搂进怀里。

而此时，杜大叔正在牌场上战得酣畅淋漓。

仲阿姨从乡下回来，已经快九点了。回家一看，家里一个人没有，便开始纳闷儿：大晚上的，这爷孙两个去哪儿了？

老太太一想，直接去了老头经常打麻将的场所。

果然没猜错。她一把揪住杜大叔的衣领，大声问道："好你个老东西，我孙子呢？我孙子呢？"

这时，杜大叔才猛然想起接孙子的事，但已经晚了。此时，他像泄了气的皮球，浑身软了。

回到家，仲阿姨骂了半宿。第二天，两人就来到了社区。

冷晓燕知道，这老两口，不是真的不想过了，而是确实气极了，特别是仲阿姨。但让仲阿姨下台，得给她搬个梯子。

于是，冷晓燕指着杜大叔，噼里啪啦把他数落了一通，数落得他体无完肤。

然后，冷晓燕对仲阿姨说："给他个机会，如果再有这样的事，我陪着你们一块去民政局。"

五　不谋而合

把仲阿姨和杜大叔送走后，冷晓燕陷入深思。

在大海阳社区，像仲阿姨、杜大叔这种年龄、这种现状的很多，虽步入老年，但身体很好，长年闲着，无所事事。

人往往就是这样，有事干着，成天忙着，一般来说不会有什么事，起码事比较少。

但一旦闲下来，情况就大不一样了。好多矛盾、好多是非，都是闲出来的。要不，怎么说"无事生非"呢？

这些"闲人"都在干什么呢？前段时间，冷晓燕安排做过大致分析。有的钓钓鱼、打打牌；有的种种草、养养花；有的遛遛狗、喂喂鸟；有的拍拍照、旅旅游；有的练练字、下下棋，打打太极、健健身。这些，都很正常。

但也有少数人，值得引起重视。有的打麻将时动用现金，虽数额不大，但有赌博嫌疑；有的参与封建迷信，烧香拜佛；还有的自己上当受骗，自己受害，不但不幡然醒悟，还以传播健康为名，参与传销等形形色色的不法行为……

冷晓燕突然意识到，城市社区的退休人员、老年群体，也是一个重要阵地，社会主义思想不去占领，其他各种思潮必然要去占领。这也是一场看不见的斗争，不以人的意志为转移。不是东风压倒西风，就是西风压倒东风。

这天，刚刚退休的辛金瑞阿姨找到冷晓燕，谈了她的想法。大意是：

她现在退休，在家闲着。没退休的时候，想着尽快退休，在家过个轻松舒适的日子。可真退了，又留恋起了上班时的好，觉得在家待着，既无趣，也无聊。社区里和她一样退休在家的为数不少，估计和她的感受差不多。她想以六十岁到七十岁左右的居民为主，组建一个艺术团体类的社会组织，唱歌、跳舞，进行各种形式的表演。不追求艺术的水准多高，关键是把大家组织起来，传播优秀文化，丰富精神生活，凝聚

"幸福家园"建设的正能量。

冷晓燕心想，刚犯瞌睡，送枕头的来了。

辛阿姨的话一落地，冷晓燕就高兴得差点把她抱起来："辛阿姨，您咋和我想到一起去了呢？这几天，我正在琢磨这个事怎么办呢，您就找我来了。"

"是吗？那可太好了！"辛阿姨听了非常高兴。

辛金瑞在教育战线上工作了四十多年。青少年时期，她多才多艺，不仅文化课成绩好，还是文艺体育尖子。小学毕业后，她以优异成绩考取烟台一中。1960年8月，在烟台地区第二届运动会上，她过关斩将，获得体操项目冠军。中学毕业后，先后在烟台市多个小学任教，1984年，光荣加入中国共产党。退休前，她担任新海阳小学教导主任。

连续几天，冷晓燕心里特别高兴，真是踏遍铁鞋无觅处，得来全不费工夫。正在为如何把社区居民组织起来发愁的时候，辛金瑞从天而降。冷晓燕凭第六感判定，辛金瑞就是能够把大家组织起来的不二人选。

冷晓燕的判断果然没错。没过几天，一支几十人的队伍就拉了起来，辛金瑞将其命名为新韵艺术团，她自任团长。这支队伍，年龄最大的七十五岁，最小的不到五十岁。

几天前吵着要离婚的仲阿姨和杜大叔也加入了这支队伍。仲阿姨嗓子不错，参加合唱队。杜大叔拉二胡吹笛子都是童子功，在艺术团里担任伴奏员。

艺术团成立后，大家激情澎湃，自编自演，自弹自唱。什么京剧豫剧、什么吕剧扬琴，愿唱什么就唱什么，甚至流行歌曲也能来上几段。白天，二楼大厅里人声鼎沸，晚上，也常常灯火通明。

没过几个月，新韵艺术团发展到一百多人。

每有新节目出炉，辛金瑞就带着他们先在社区举行首场演出，然后到驻地的企业、学校、部队、敬老院、儿童福利院等单位演出，还多次参加省市社区文艺演出大赛，先后荣获多个大奖。省市报社、电视台为他们作过专题报道。

2010 年，第五届中国民间工艺品博览会在烟台举办。活动组委会把开幕式演出任务交给了新韵艺术团。为了让开幕式气势恢宏、丰富多彩，辛金瑞进行了严密组织，精心策划，安排了一百三十多人的演出阵容：腰鼓队四十人，彩带队四十人，扇子队三十六人，朝鲜族手鼓队十六人。

为让这支队伍在"中国的歌儿美美美"的旋律中，跳出各自的特点和不同的舞姿，辛金瑞先后对每个团队进行分别训练，然后再集中合成。

经过十几天的努力，终于顺利完成了任务，受到来宾一致好评。

演出结束后，来宾与外宾纷纷走下主席台，向演职人员竖起大拇指，并与演职人员合影留念，市领导十分满意。

新韵艺术团给大海阳社区带来了许多欢声笑语。随之而来的变化是，打牌的少了，涉赌的没了，邻里关系、家庭关系日趋融洽……

在这些表象后面，真正发生的最大变化是，社区居民的精神文化生活丰富了，素质提高了。社区党组织的凝聚力增强了，居民感党恩、听党话、跟党走的意识更加自觉，社区治理的正能量越来越大。幸福大海阳的幸福指数越来越高，人们的笑声越来越灿烂。

这些，正是冷晓燕和她的同事们孜孜以求的。

六 "万能手"

冷晓燕有个习惯，只要有时间，她就要到居民楼去走走。随便聊聊，拉拉家常。从家长里短中，她了解了不少情况。

下午两点多钟，她刚到南街，碰见了吕爱秋阿姨。

冷晓燕上前问道："吕阿姨，这两天没见你，在家忙活什么？"

"快别提了，这两天还真是忙得不轻，忙得脚不沾地，忙得都快晕头转向了。"吕爱秋答道。

冷晓燕以为吕阿姨开玩笑，便说："太夸张了吧，有那么严重吗？"

"真的，我一点没骗你，一点都没夸张。你说倒霉吧？这两天堵心的事都让我赶上了。"

冷晓燕笑笑："瞧你说的，越说越玄乎了。"

吕阿姨继续说："那天出了趟门，都怪我出门前没看看皇历，可能那天出门不宜，或者是诸事不宜，反正我就那么大大咧咧去了趟郊区。结果，回来后麻烦一个接着一个。先是卫生间的下水道堵了，哎哟，那个味呀！我和老头子鼓捣了一通，一点没管用。我就赶紧给物业打电话，打了半天没人接。也巧，那天正好是星期天。过一会儿，不错，打通了，对方答应得很好，说马上过来看看。一等不来，二等不来，痴老婆等汉子。再打电话，又没人接了。"

吕阿姨喘了口气，接着前边的话茬说，"这时候，我手脏得不像样子，想洗把手，弄点水喝。嘿，一拧水龙头，没水。老伴过来试了试，一样，滴水不流。我以为是临时性停水，一会儿就好了。可一听邻居家的水龙头，哗哗的，这也没停水啊。看来，还是我家哪里出了故障。当时把老伴气得脸色铁青，嘴里骂骂咧咧。我也有点不耐烦，没好气地吼他一声，你骂有什么用？倒是想想办法呀！"

冷晓燕插了一句："就没想想其他办法？"

"怎么没想，喊对门的小高，小高不在。打电话给儿子，儿子出差去了外地。关键时候，谁都指望不上。"

冷晓燕又问："那后来呢？"

"也是天无绝人之路。正在我们束手无策的时候，正好张世安路过我家门口，他朝里望了一眼，看我灰头土脸的样子，问我需要帮忙吗？我原本没指望他能帮上什么忙，但都到这种时候了，实在没法，我就把事给他说了。他说，你别急，等我回家拿个工具，马上就来。他和我同住一栋楼，只是单元和楼层不一样。"

冷晓燕忍不住问道："他帮上忙了吗？"

"没多会儿，张世安提着一个工具箱就来了。没想到，他这儿拧拧，那儿敲敲，很快就找到了厕所堵塞的症结，拿出专业工具，三下五除二，几下子就通开了。你说神不神？"

冷晓燕点点头说："是有点神。"

吕阿姨继续说："接下来还有更神的呢。他看了一下水表，又检查了一遍水管，用扳手一拧，水就来了。"

冷晓燕："噢，这个张世安还真是个人物。"

"你不在场，当时我看得都有点惊呆了。他那双蒲扇样的大手，看上去笨笨的，没想到干起活来，灵巧极了。尤其摆弄那个扳手，像拿着绣花针一样，轻松自如。我都看傻了，在我眼里，他那双手，就是万能手。"

七　张世安其人

吕阿姨一说，冷晓燕怦然心动。她没有想到，大海阳社区竟然藏龙卧虎，还有这样的"万能手"。

前几天，社区的同志进门入户走访时，有的居民就反映，现在好多事很闹心，下水道不通的问题，自来水管漏水的问题，今天需要换个阀门，明天需要换个内垫，后天还需要换个灯泡，等等。这些事看上去不大，但几乎天天都有，遇上了就很烦心。自己修不了，物业指望不上。这个事都快成居民的一块心病了。

大家迫切要求社区组建一个维修服务社，而且这个服务社，社区说了算，召之即来，来之能干，干能干好。

此前，冷晓燕不知道张世安是个"万能手"，只知道他是个出了名的大孝子。

退休前，张世安供职于一家机械厂，干的是工匠活，吃的是手艺饭。钳工、车工、电工、焊工，虽说不上专，但样样都拿得起，放得下。

他父亲去世早，母亲把他拉扯大。因而，他把所有感情都倾注在母亲身上，对母亲百依百顺，让他向东，他决不向西。年轻时，有人给介绍过女朋友，但一个没成，要么压根无缘，要么有缘无分。有人说，他担心娶个厉害媳妇，会给母亲气受。所以，他一辈子没娶。如今，老母亲去世有年，他也年过耳顺，仍然孤身一人。

冷晓燕和大家商量，根据群众要求，组建一个维修服务社，由张世安来担任社长。

有人担心，这个麻烦人的差事，张世安未必愿意干。冷晓燕说，我去找他谈，一次不行两次，两次不行三次，三顾茅庐，总可以了吧？我相信，一个对老母亲百般孝顺的人，对待别人的时候，他的心也冷不到哪里去。

冷晓燕说得没错，当她把居民的要求和社区的想法一说，张世安没有半点犹豫痛痛快快地答应了。

紧接着，招兵买马，对社区内在维修方面有一技之长的盘点了一遍，最后选出了七八个师傅，成立了彩虹安全维修服务社，由张世安担任社长。

服务社提出了"社区的水电我来修"的口号，并把联系方式发给社区所有居民，24小时全天候，随时联系随时上门，只收材料费，不收维修费。

张世安和服务社的师傅们，不管走进谁家，自带鞋套，自带垃圾袋，维修产生的垃圾全部带走。

自从有了彩虹安全维修服务社，居民们再也不为那些扎心、闹心、烦心的事发愁了。

张世安以其热心和诚恳，赢得了老百姓的口碑，在大海阳社区，一提张世安的名字，无不交口称赞。

他被评为"烟台好人"，受到市里的表彰。

十几年过去，张世安一如既往，服务队没有停步过。

2015 年，张世安被评为芝罘区道德模范，区里决定在烟台保利大剧院召开表彰大会。冷晓燕原本打算陪张世安一起参加会议，结果与另一个活动冲突，没有去成，便派了一名社区工作人员陪同。

活动结束以后，这位社区工作者告诉冷晓燕，张世安去参加会议，把脚后跟磨破了。

冷晓燕心想，从大海阳社区到保利大剧院，步行至多十分钟，这么点路，怎么会把脚磨破呢？于是，她问道："怎么回事？"

那位社区工作人员说："对参加这次活动，张世安看得可重了。平时他手攥得特别紧，很少乱花钱，尤其穿衣戴帽，能将就就将就，能对付就对付。一年到头，没见他穿过新衣服。可这次，他一反常态，从头到脚全是新的。其他都好说，问题出在鞋上。刚买的新鞋不合脚，就把脚磨破了。"

冷晓燕一听，心里咯噔一下。

一方面，她为张世安的纯朴而感动。他为社区居民付出那么多，不求回报，无怨无悔。上级给了他一个肯定和荣誉，他就受宠若惊，给点阳光就灿烂，真的是太可爱了。

另一方面，她又为自己的大意而自责。为什么当初就没想到帮他买套可身的衣装呢？

第二天，冷晓燕专门去商场为张世安从头到脚置办了一套新的行头，把他感动得话都不会说了。

第十章
草船借箭

老百姓说，你要想唤鸡，手里要有米。

作为一个社区，你要有号召力，你要把群众凝聚在身边，手中没"米"，手无寸"铁"，那是肯定不行的。

而对社区来讲，往往最缺的就是"米"，就是"铁"。它不是一级政府，不掌握任何财力。甚至也不像一个村那样，拥有一定土地资源、林木资源、矿产资源以及其他资源。

手中无"米"怎么办？手无寸"铁"怎么办？我们的祖先漫不经心地给我们留下取之不尽的智慧。只要信手拈来，足以令你受用终生，用之不竭。

草船借箭的故事，在中国，可以说家喻户晓，尽人皆知。三十六计中的"无中生有"，就是由这个故事衍化而来。

现在部编版的小学语文课本五年级下册第二单元的第一篇精读课文就是《草船借箭》。

抛开这个故事本身，我们至少可以从故事之外得到这样的教益：要善于利用天时地利人和等条件，做成自己想要做的事情。

我甚至想，教育部门之所以把这个故事编入小学课本，除看中故事本身的精彩，还看中故事蕴含的深刻道理。通过这个故事，可以充分认识智慧之重要，可以领悟如何在困境中运用智慧解决面临的主要矛盾和问题。

冷晓燕是深谙此道的。她对草船借箭的故事十分钟情，烂熟于心。年少时崇拜其文采飞扬，青年时羡慕其智慧灌顶，现在奉行的是拿来主义。用她自己的话说，不学你的狡诈学你的智慧还不行吗？我自己手中无"米"无"铁"，借还不行吗？

她这一学，学了个披沙拣金，融会贯通；她这一借，借了个盆满钵满，飞金流银。

一　一个电话的先机

在现代社会，对企业家来说，有用信息就是商机，就是金钱，甚至就是生死。而对于社区书记呢？

一个偶然的机会，冷晓燕得到一个信息：烟台市委组织部准备召开会议，专门部署"双报到、双服务"，即市直机关事业单位党组织和党员到社区报到、为群众服务。基本原则是自愿选择，双向奔赴。可以到所在社区报到，也可选择其他社区。

这个信息的含金量，在不同人的眼里，大相径庭。有的一听了之，有的顺其自然，有的无所谓。

但在冷晓燕眼里，却硬货满满，价值连城。她表面上不动声色，心里却打起了自己的"小九九"。

前几天，她连续多次去烟台市城市排水服务中心养护一所，跑得鞋子都快磨破了。别看这个单位看上去不起眼，但对一个老旧小区来说，这个单位太重要了。

大海阳的居民楼，最早的建于20世纪70年代，晚的也是八九十年代。这些老楼就像上了年纪的老人，哪儿哪儿都是毛病。外观破旧也就罢了，关键是内里也没个好的地方。尤其是排水系统，三天一小漏，五天一大堵。今天这儿刚修好，明天那儿又漏了。堵了下水道，就是堵了居民的心。为这点事，社区居民可烦死了。

冷晓燕想，机会来了。她熟悉该所的一位科长，当天就把电话打了过去，诚恳地邀请他们到大海阳报到。冷晓燕说，如果有必要，她亲自登门去请；如果她自己的分量太轻，面子不够，她就和社区的老党员一起登门去请。

那位科长一听就哈哈笑了，说："哪有那么复杂，到哪个社区报到，对我们领导来说，没那么重要。我拿个方案，报给他签批就行了，不会有问题。"

第二天一问，这事果然成了。

一所的同志来报到那天，大海阳社区的居民像迎接亲人一样，那个热情劲儿，把前来报到的同志全身心地感染了。负责具体管护维修的师傅们，把衣服一撸，就干了起来。井盖坏了换井盖，阀门坏了换阀门，龙头坏了换龙头。

师傅们干活的时候，社区的居民全程跟着服务，搬出了桌椅条凳，摆上了水果茶水。师傅们虽然干得非常辛苦，但心里非常愉悦。

忙活了十几天，社区整个排水系统全部检修一遍，老百姓闹心的那些事一下子解决了，居民脸上都笑开了花。

接下来，冷晓燕精心安排，制作了锦旗，写了感谢信，派社区最有威望的四名老党员专门送到一所的主管单位——烟台市城市管理局，分管副局长在门口专门迎接了他们，把感谢信张贴在机关大厅的正中间，然后，专门派车把四名老党员送回社区。

从此以后，社区与一所关系越走越近，越走越亲，处得像一家人似的。

这么多年过去了，所长换了若干任，但两家的关系一如既往。

二　差点出了个李叔同

晚上，冷晓燕回到家已经快十点了，爱人王云厚正在看电视，她随便问了一句："演的什么？"

"《叛逆者》。"王云厚答道，"谍战片，挺不错。"

冷晓燕已经很久没看电视了，便把包放下，坐在沙发上看起来。

电视画面显示，剧情已近尾声，朱一龙扮演的林楠笙，连续几天寻找战友未果，眼前出现了幻影，他与战友朱怡贞重逢，高兴万分。接着主题歌响起：

　　　　长亭外，古道边

　　　　芳草碧连天

　　　　晚风拂柳笛声残

　　　　夕阳山外山

　　　　天之涯，海之角

　　　　知交半零落

　　　　一壶浊酒尽余欢

　　　　今宵别梦寒

　　　　……

冷晓燕很感动。她知道这首歌的词作者是李叔同，他一生充满传奇，早年才华横溢，三十八岁剃度为僧，以出世之精神，做入世之事业。

她叹了口气，好好的一个人怎么就出家了？

有一天，冷晓燕按惯例到东街王奇家走访。

王奇，六十多岁，是一位退休工人。以冷晓燕的了解，他平时是个很爱热闹的人，喜欢打扑克，下象棋，在家里待不住，一有空就往外跑。

但现在不行，被孙子拴住了。

王奇的儿子，前年刚结婚，今年给他生了个孙子，一下子把他"提拔"成爷爷，可把他高兴坏了。

孙子满八个月了，儿子儿媳把孙子送回来了。开始几天，王奇老两口稀罕得不得了，渐渐地王奇开始有点烦了。这个孩子特别可爱，也特别淘气，不喜欢躺，也不喜欢坐，就喜欢吊在爷爷奶奶身上。

老伴要忙家务，忙活买菜做饭，孙子的"吊带"就光荣地落在了王奇身上。棋不能下了，牌不能打了，弄得王奇很无奈。牌友们调侃挖苦他，越老越没出息，被老婆孩子拴在裤腰带上了。

冷晓燕一进门，只见王奇抱着孩子，老伴在厨房里忙活。王奇抱孩子的动作，一看就笨手笨脚，孩子在怀里哇哇大哭。

冷晓燕关切地问："呦，小宝贝，怎么了？"

"成心捣蛋，和老子对着干！"

冷晓燕把孩子一把接过来，哄了两声，嘿，孩子居然不认生，接着就不哭了。

王奇叹了口气："冷书记，叫你笑话了。"

冷晓燕笑笑："没什么，我也有孩子，谁的孩子不是哭着闹着长大的？"

王奇说："孩子很讨人喜欢，但也天天惹我生气，弄得我好像拴在了门框上，哪里也去不了。"

冷晓燕说："王大叔，带孙子是你的福气，多少人羡慕你啊，怎么还惹你生气了？"

王奇说："我知道是福气，可我也受不了这个气。"

这时，老伴从厨房出来："冷书记，你别听这个老东西瞎叨叨，我就是去厨房做饭的工夫，让他看了一会儿，他就受不了，这哪像个爷爷!"说着，顺手从冷晓燕手里把孩子接了过来。

王奇说："冷书记，我准备出家去当和尚，这个家一天我都待不下去了。"

老伴把眼一瞪："好，你去，你当和尚去吧，我们在家还清净。"

冷晓燕忽然想到昨晚电视剧的主题歌《送别》，想到李叔同。李叔同也是有老婆有孩子出家了，这些男人啊!

接着她笑了笑说："大叔，你想好了? 把大姨丢了，把儿子丢了，大孙子也不要了?"

王奇说："丢就丢了吧，也没有办法。"

老太太对着孙子说："你看看你这个混蛋爷爷，他不要咱，咱还不稀罕他呢。"

冷晓燕说："大叔是说气话呢，老伴不舍得，儿子儿媳不舍得，孙子更不舍得。在这里边我们社区也有责任。"

王奇的老伴说："这个怨不得你，自家的孩子自家养，自古以来都这样，还能自己生孩子，找别人养?"

三 社区传来"驼铃声"

冷晓燕想，王奇大叔要出家当和尚，肯定是气话，但带孙子确实对他是一种束缚。社区里像王奇大叔这种情况的，绝不止一个。于是，她萌生了一个想法，社区能不能建一个幼儿托管方便居民的场所，把大人解放出来，让小孩玩得开心?

她对佘静、慕文玉、王琳、姜艳平等说了这个想法，大家都觉得很好，七嘴八舌地议论起来。

有的说，得先在社区找个小房。

有的说，最好铺软地板，别把小孩伤着。

有的说，可以买个小滑梯，叫小朋友们玩……

佘静说："这些想法好是好，但都得花钱，并且还不是小钱。"

冷晓燕想起，前些日子，与烟台福利彩票中心的王有兴主任交谈，他提到，福彩中心是大海阳的"双报到"单位，他们一直想做个能为群众服务的项目，但没考虑好，说有什么想法，可以及时提醒他们。

想到这里，冷晓燕说："这个事情我去办。"

第二天，冷晓燕和王琳一起去了福利彩票中心，和王主任谈了自己的想法。

王主任是一个很有爱心的人，他认为这是一个能够暖到老百姓心里的项目，当即表示，建幼儿托管场所的全部费用由福彩中心负责。

接下来，冷晓燕和慕文玉在社区里转了一圈，找到一间十七八平方米的闲置小棚，大致上做了个设计，分头开始忙活起来，搞装修的搞装修，买沙发的买沙发，买滑梯的买滑梯，买转盘的买转盘，买球池的买球池。

一天，时任芝罘区委组织部组织科科长的袁恩峻来找冷晓燕商量党群服务中心升级方案，路上看见十几个老太太身后背着一大卷塑料软垫，弯腰弓背，很吃力地慢慢前行。

由于路窄，她们无法并行，彼此间隔的距离又比较大，稀稀拉拉，一溜排开。远远看去，就像沙漠上的驼队，她们每走一步发出哗哗啦啦的声音，就像沙漠里的驼铃声。

走在最前面的是邢军大姐，袁恩峻上前问道："邢大姐，背的啥啊?"

"给孩子们建托管场所用的软垫。"邢军答道。

袁恩峻想，这一卷软垫至少得二三十斤，立起来比人还高，这些老大姐真是能干。

他有点于心不忍，便说："太重了，邢大姐，你们等会儿，我帮着联系辆车。"

"不用麻烦了，袁科长，没几步就到了。"

经过一个月的努力，这个儿童托管场所终于建了起来。福彩中心的王主任亲自参加了启动仪式，并捐赠了一台空调。

王奇大叔东看看，西瞅瞅，乐得合不拢嘴。

冷晓燕笑着问王奇："王大叔，怎么样？"

"好，太好了！"

"去不去当和尚了？"

王奇脸微微一红，摇了摇头。

四　气质不输"明星范儿"

姜艳平刚上班，慕文玉就神秘兮兮地告诉她："你知道吗？冷书记当上公益大使了。"

姜艳平问："是吗？哪里的公益大使？我怎么没听说？"

"山东省福彩公益大使，我也是刚刚知道的。"慕文玉答道。

"这是好事，冷书记成明星了！"姜艳平说。

慕文玉说："那当然，咱们冷书记论形象，论气质，不输任何明星的范儿。"

这几天，冷晓燕以山东省福彩公益大使的身份，到北京中国福彩中心参观。应中国福彩中心领导的要求，冷晓燕讲了她与福彩的故事，她以自己的亲身经历，讲述了烟台福彩中心帮助支持大海阳社区建乐童室的过程。其中讲到有个老年人被孙子"逼得"要出家当和尚；老太太

"驼铃队"把大件塑料软垫背回社区；启动仪式的当天，孩子们在滑梯上爬上滚下，爷爷奶奶们乐得合不上嘴；等等。

最后，冷晓燕声情并茂地说："乐童室像一条纽带，把大海阳社区和烟台福彩中心连为一体，福彩中心成为大海阳居民的依靠，大海阳社区成为福彩中心服务群众的平台。福彩中心的大爱，广泛传播到社区每个居民的心中。"

冷晓燕"大使"的精彩演讲，得到了中国福彩中心主要领导的高度赞扬，他亲自打电话给烟台福彩中心主任王有兴，表扬他工作做得到位，做得主动。

冷晓燕回到烟台后，王主任立马到大海阳社区，对冷晓燕说："冷书记，真的太感谢了，我们只是做了一件应该做的事，你却给了我们那么高的评价，让我们烟台福彩中心在中国福彩中心领导面前露脸了，所以，不应该你感谢我，而应该我感谢你。"

冷晓燕说："我只是实话实说，也没有夸大其词。我是一个懂得感恩的人，不能吃了人家的饭，把嘴一抹就不认账。"

"冷书记，你放心，咱们今后的日子长着呢，只要大海阳社区群众需要，我们要人有人，要钱有钱，不会有任何吝啬。"

五　源源不断的福音

王有兴主任是一个言必信、行必果的人，他真的把大海阳社区群众的事放在了心上。

2024 年 7 月，烟台福彩中心主办的"仁心助医"项目在大海阳社区正式启动。

福彩中心共投入三十多万福彩公益金助力大海阳社区助老医疗服务，

毓璜顶医院、奇山医院、芝罘医院三个爱心医院参与，这个项目关注和解决的重点是老年人看病难、就医难、护理难问题。

大海阳社区 68 名八十周岁以上的独居、空巢、失能老人，残疾人，经济困难老人，计划生育特殊家庭，"光荣在党 50 年"老党员，作为第一批服务对象享受到了这个项目带来的实惠。以上这些对象可以得到免费全程陪诊、上门照护、互联网＋爱心医院、代办跑腿、药品整理等服务。

"福彩敬老、仁心助医"项目，聚焦服务"小切口"，解决了群众的急难愁盼，做好了社区养老"大文章"，真正让社区群众感受到了党和政府的关怀。

六　"大花脸"变成"科普墙"

上级安排"双报到"单位与大海阳社区结对后，冷晓燕没有在社区坐等他们来，而是带着社区党委班子成员主动到这些单位登门拜访，与单位领导进行沟通，主动向他们介绍社区的基本情况，包括群众需求、服务内容，用诚意争取他们的理解支持。

2011 年，烟台市科协到大海阳社区报到。当时，社区沿街的墙壁布满了野广告，乌七八糟，有碍观瞻。冷晓燕找人设计了墙壁科普文化彩绘项目方案。

冷晓燕拿着这个设计方案，找到市科协的领导说，这个项目是烟台市首创，做好了，既能实现我们社区面貌的大改观，也为青少年学习科普知识提供了园地，同时是科协的创新性工作，是为市科协脸上贴金的项目，可以说一举多得。市科协的领导也很高兴，认为这是一个很好的面向社区群众的科普园地，如果采用丙烯颜料，色彩能保持十年，效果远远大于过去传统的贴传单、宣传栏等做法，这种活泼美观的画面一定会受到群众的欢迎。

这个彩绘墙大约二百平方米。市科协先后五次到社区实地察看，主动提出给予七千元资金支持。

一个月后，彩绘墙绘制完成。这期间，群众纷纷上前围观，啧啧称赞。

大家像保护自己家年画一样，决不允许任何人玷污。有天晚上，趁天黑人少，一个"小个子"悄悄溜到科普墙下贴小广告，恰好被出来遛狗的孙美香看到。孙美香大喊一声，"好好的墙，碍你什么事，往哪儿贴不好，非往这儿贴，天天巡逻就等着你呢！"

孙美香这一嗓子，周边的几个大爷、大娘全聚过来了。一看这阵势，"小个子"悻悻地撕掉广告，脚底抹油灰溜溜地跑了。

有一天，时任芝罘区委组织部组织科科长的袁恩峻来社区调研，路过彩绘墙，便站在那里看了一会儿。本来他想到社区党群服务中心，突然接了一个电话，便转身往回走。

走着走着，他感觉身后好像有个人跟着他，他快后面的人也快，他慢后面的人也慢，他回头一看是一位六十多岁的大娘，便停下脚步。大娘走上前说："小伙子，你看看你身上蹭的这一块、那一块的，好好的衣服弄脏了。"说着便用手在他的衣服上拍打起来。

袁恩峻不由得想，彩绘墙不仅美化了环境，也净化了人的心灵。美的是墙，更是人心，这大概就是幸福的感觉。

七　最好的课堂

烟台毓璜顶医院是三甲医院。院长宋西成是烟台市的名人，头上光环无数。比如：全国五一劳动奖章获得者，山东省先进工作者，泰山学者特聘专家，山东省有突出贡献的中青年专家，首批齐鲁卫生与健康领军人才，医学博士，二级教授，主任医师，国家级科研基金及科技奖励评审专家，山东省第十一次党代会代表，山东省优秀科主任，国家卫健委突出贡献奖获得者，等等。

在冷晓燕眼中，宋西成是个好人，是个有情怀、有大爱的专家，这一点比他身上的其他头衔都重要。他出身于山东沂蒙山区，善良与厚道深深地刻在他的骨子里。因为同为山东省第十一次党代会代表，所以两个人比较熟悉。她知道，在宋西成院长眼里，医者仁心，医德比医术更重要。

有一次，在济南参会期间，她试探着向宋西成院长提出，希望毓璜顶医院在"双报到"中选择大海阳。

宋院长看了她一眼："为什么？"

"因为大海阳有我。"冷晓燕答道。

宋院长笑了："这算个理由吗？"

"当然，这当然是个理由。首先，你我都是经过层层选举产生的省党代会代表，这说明，我们是受党员信任的。其次，我们都有为民的情怀。有了这两点，就占有了你选择大海阳的先机。更重要的是，你们医院的党员干部到大海阳报到，会了解社区群众的疾苦，感受到社区群众的真诚；会让你的团队净化灵魂，陶冶情操；会让你们的医护人员不是简单地用医术而是真正地用良心对待百姓、对待患者，这才是医者的最高境界。如果是这样，你们得到的将是一种不一样的回报。"

宋院长若有所思，轻轻地点点头。

冷晓燕又接着说："当然，我也有我的私心。我这个私心是代表大海阳社区7400多名居民，如果你们选择大海阳，社区的居民就医看病就方便了。他们一定会像当年欢迎解放军一样，见着你们格外亲。"

"你终于还是把实话说出来了。但是我愿意听，并且听进去了。任何选择都是双向的。你选择我们医院，我也很高兴。你知道你哪句话扎到我的心了吗？"

冷晓燕笑而未答。

"用良心对待百姓、对待患者。"宋院长说，"这句话让我如醍醐灌顶，茅塞顿开。我们现在也天天抓队伍建设，定期派医护人员外出进修，包括境外海外，也送年轻医护人员到普通医院跟踪实习，积累临床经验。你今天给我一个很好的启发，我们应该开辟一个新的实习渠道和新的实践课堂，让我们的医护人员到社区去，到居民中去，更深切地体会为什么说老百姓是天，老百姓是地，为什么说江山就是人民，人民就是江山。我们医护人员只有用良心对待他们，才能上对得起天，下对得起地。你今天也给我上了一课，真正的大医生并不是在多么有名的学府培养出来的，而是在天地间成长起来的。"

不久，宋院长亲自带队到大海阳报到。他们选派了三名医生担任十二户大病家庭的家庭医生，为他们提供医院挂号、床位安排、医生就诊等服务。还安排了几十名医生参与社区志愿服务，他们把联系方式给群众，随时接受社区居民的咨询。同时，还经常组织党员到社区参加"三会一课"和主题党日活动。

最令冷晓燕感动的是，有几次大海阳的重症患者住进毓璜顶医院，宋西成院长亲自主持会诊，亲自到病房探望。一个患者痊愈后，声泪俱下地说："原来以为，这次进了医院，再也出不来了。一天，有个医生进来，口罩几乎盖住了他的脸，认不出他是谁。等他一开口，我听出来了，天哪，这不是宋院长吗？他像对待自己亲属一样，弯下腰来，一试一摸，一问一听，我的病顿时就去了一半。我感觉，宋院长治病，不单用术，而且用心。术是技术层面，心是精神层面。心到神知，心诚术灵。我真不知道该怎么感谢宋院长。"

现在，毓璜顶医院的医护人员经常到大海阳社区回访，大海阳社区的居民有了毛病就去找毓璜顶医院熟悉的医生。社区和医院，居民和医护人员，结下了不解之缘。

八 "老"字号遇上"老"字号

听到烟台市委老干部局要到大海阳社区报到，冷晓燕非常高兴，当天就登门拜访，向时任老干部局局长的秦桂建汇报了社区的基本情况。

秦桂建同志表示，大海阳工作基础很好，是个服务群众的好平台，我们想帮着社区群众干点力所能及的实事，但一时不知道从哪里下手。

冷晓燕一听，心里暗自高兴。其实，她早就盘算好了，今天是有备而来。

当时，烟台老年大学办得风生水起，如火如荼。其课程设置非常丰富，包括书法、绘画、摄影、非洲鼓等近二十门课程，这些课程与老年人的需求非常对路，深受老同志欢迎。任课老师大都是从本地一些大专院校和专业机构精心挑选的，专业能力和教学水平都非常高。学员几乎全部是从领导岗位退下来的。社区的普通群众，可以说一席难求。

市老年大学的主管部门是市委老干部局。

冷晓燕自有她的想法。长期的社区工作实践，使她深深感到，现在城市社区面临的新情况新变化新要求，同改革开放前大不相同，同改革开放初期大不相同。人们对物质生活的渴求不再那么强烈，而对精神生活的要求则越来越高。如何满足他们这一要求，是社区党组织面临的重要课题。

于是，她向秦局长提出，把市老年大学的资源下沉到大海阳社区，让社区老居民与市里老干部共享同等教学资源。

这个事情乍一听很简单，实则不然。其中涉及师资、教材等发生的费用。因为市老年大学是经过市委批准的，经费的列支都有专门预算。如果把师资、教材等下沉到社区，这就意味着又办了一所新的小型老年大学。

老干部遇上老居民，"老"字号遇上"老"字号，并非想象中那么容易。

市委老干部局进行了认真研究。他们认为，老干部局虽然是市委老干部工作的职能部门，但围绕中心、服务大局，是做好老干部工作的基本原则，为社会服务，为群众服务，参与社会治理，促进社会和谐，也是老干部工作义不容辞的责任。推动市老年大学资源下沉，是一种有益的探索。

于是，他们同意在大海阳社区建一个老年大学服务点，一切免费，师资课程、教学课时和市老年大学完全相同。但他们提出一个条件：共设置 12 门课程，每门课程满 15 名学员就开班，15 人以下就取消这一课程。

冷晓燕马上安排，去每家每户征求意见，发放问卷调查。

结果，第一批学员就达 300 多人。

目前，烟台老年大学大海阳社区服务点共举办培训班五期，培训各类学员 1800 多人次。

这个服务点的建立，具有多方面的意义，为社区培养了一批人才，传播了先进的文化知识，丰富了社区老年人的精神文化生活，凝聚起巨大的正能量。

办起社区老年大学服务点后，市委老干部局又主动把大海阳社区的老干部支部纳入市局的离退休老干部支部统一管理，社区老干部支部书记每月发放通信费用补贴 100 元。同时，每年拨款 1.8 万元，作为支持大海阳社区老干部支部开展活动的专项经费。

有了老年大学服务点这个纽带，大海阳社区与市委老干部局的联系越来越密切。现在，老干部局的团建活动、主题党日等，经常到大海阳社区进行。每月一次的老年人集体生日会，老干部局也主动认领参加，给社区老人送上礼物和祝福。社区也把老年人的剪纸作品、书画作品等，送给市委老干部局，以表达感激之情。

九　别开生面的"表彰会"

眼看快到年底，冷晓燕对全年工作进行了总结。她打心里感谢"双报到"单位对大海阳的鼎力相助，她也在盘算，该为这些单位做点什么。

她反复想，无论从道义上还是礼节上，都应该对这些单位有所表示。懂得感恩，是做人最起码的底线。

她想到送锦旗，觉得太轻了；想到送感谢信，觉得过于老套；想到送礼品，又觉得太俗了。

忽然，她把腿一拍："开表彰会，给他们颁奖！"

慕文玉一听，差点没笑喷："来我们社区报到的，有中央驻烟机构，有省市驻区单位，最不起眼的也是区县级单位，我们一个小小的社区，表彰他们，给他们颁奖，岂不是本末倒置，让人家笑掉大牙？"

"冷书记，你发烧了吧？那可都是些正经八百的单位，你怎么能把对幼儿园小朋友的办法用到他们身上呢？"王琳态度鲜明地表示反对。

佘静也说："我们本来合作得不错，一听要开表彰会，给他们颁奖，他们一定会觉得我们太不识数了，哪有下级表彰上级、下级给上级发奖的？他们不但不会参加这样的会，颁的奖人家也不会要，甚至今后断绝跟我们的合作。"

其他同事也是一片唏嘘，做着鬼脸，没一个人赞成。

冷晓燕一听就有点急，大声说道："哎，是我发烧还是你们犯病？我看是你们老毛病又犯了，什么事也没干，就这也不行，那也不行，自己把自己的路先堵死。那你们说，到底怎么行？"

大家都不吭声了。

冷晓燕如此这般地说了一通，大家半信半疑地点了点头。

接下来，班子成员分头忙活，有的布置会场，有的安排制作奖杯、证书，有的拟定拟给予表彰的名单，有的制作请柬并派人送到拟邀请单位的主要领导手里。

"表彰会"那天到了，14 个"双报到"单位、51 个党建共同体联盟单位的领导悉数到场。社区群众代表有 200 多人。

大家从四面八方凑到一块，彼此都很热情，也很亲切，互相寒暄问候，握手叙旧。

有几位客人目光犹疑，在现场扫来扫去，心里在不断打鼓：今天到底要开什么会？怎么不见市里区里的领导？冷晓燕葫芦里卖的什么药？

这时，冷晓燕手握话筒，站到台前说话了："各位领导，眼下正是岁末年根儿，大家都很忙。各位不辞辛苦，拨冗出席我们今天的活动，太给我们面子了，我代表大海阳社区 7400 多名居民向你们表示由衷的感谢！"

她仰起头来，指了指悬挂的会标，"各位领导想必已经看到了，我们会标上写的是表彰大会。其实，我们是个小小的社区，有什么资格邀请你们参加会议？有什么资格开对你们的表彰大会？有的领导可能怀疑我们的会标是不是写错了，没写错，只不过我们没有想出比表彰大会更贴切、更恰当的词。说实话，一年来，来我们大海阳社区'双报到'的单位，对我们的帮助支持太大了，无论人力、物力、财力，都给了我们无私的援助，帮助我们社区解决了许多老大难问题，帮我们社区的群众解决了许多急难愁盼问题。古人说，受人滴水之恩，当涌泉相报，可古人又说，大恩不言谢，弄得我们不知如何是好了。但有一条，你们所做的一切，我们永远铭记在心，没齿不忘。我们想过，给你们送锦旗、送礼品、送感谢信，都不太合适，都表达不出我们的感激之情。所以，为了表达我们的谢意，我们社区党委研究决定召开这次表彰大会，给你们发奖！"

冷晓燕略微一顿，接着说，"不过，这个表彰不是我们社区对你们的表彰，我们社区没有资格对你们表彰；这个奖也不是我们社区颁给你们的奖，我们社区没有资格给你们颁这个奖。那么谁有这个资格呢？老百姓有这个资格！我们常说，金杯银杯不如老百姓的口碑，金奖银奖不如老百姓的夸奖。今天，颁奖的主角，有三名是我们社区的老党员，有三名是我们社区的居民，他们平均年龄七十八岁。他们要颁发的是老百姓的口碑和老百姓的夸奖！下面，我们请六位颁奖嘉宾上台，给受奖者颁发'口碑'和'奖杯'！"

这次会上，共给 20 个联盟单位、42 个服务项目和 470 名个人颁发了老百姓的"口碑"和"奖杯"。

一位"双报到"单位的领导饱含真情地说："多少年来，上级给我们颁过奖，我们也给下属单位颁过奖，但从来没有老百姓给我们颁过奖。这个奖对我们来说太重了，是我们历史上得过所有奖项中分量最重的奖，我们一定会倍加珍惜，不负期望！"

第十一章
魔力之网

一个社区，几千户、几千人甚至上万人住着，相互之间的情况谁能掌握、谁能了解？

遇到特殊情况或者突发事件，社区怎样才能以最快捷的方式把信息传递到每家每户？

答案只有一个，网格。

网格化管理，其实就是依托统一的城市管理以及数字化平台，将城市管理辖区按照一定的标准划分成单元网格，通过加强对单元网格的部件和事件巡查，建立一种监督和处置相分离的形式。

最通常的做法就是，每个网格配备网格长、网格管理员、民情信息员、网格安全员、网格监督员等，把矛盾调处、公共服务等与百姓息息相关的事项，融入网格，落到人头。

网格化管理不是万能的，但对于城市社区来说，离开它真的是万万不行的。

一 哪里冒出的白烟

快过年了，家家户户都在忙年。

有的忙着洗涮，有的忙着扫尘，有的忙着蒸煮，有的忙着写对联、贴窗花……

男的女的，老的少的，没有闲着的。用老人的话说，忙是忙点，累是累点，但忙得舒畅，累得开心。一年到头，一年一次，要的就是这种忙劲、这种热闹、这种喜庆。

突然，有人发现，中街4号楼的窗户里，呼呼往外冒白烟。那态势，显然不是灶台冒出的炊烟，而是失火引起可燃物燃烧的浓烟。

"失火了！赶紧救火了！"这时，楼道里传出呼叫声。

冷晓燕听见喊声，从办公室跑了出来。她刚要打电话报警，突然接到4号楼楼长王艳的电话："冷书记，我是4号楼楼长王艳，现在是4号楼失火了，房主是张勇波。我和五名网格员都在现场，正在全力进行扑救。"

"要不要报警？"冷晓燕着急地问。

"没有必要，火势已经得到控制，明火已经扑灭，只有几处暗火，估计没有大的问题，特此向你报告。"

"好，我马上就到。"

没等挂断电话，冷晓燕就向4号楼跑去。

到了张勇波家一看，火已经基本扑灭，只有沙发垫子还有一丝丝细烟。王艳和几个网格员已经看不出原来的模样，脸基本是黑的，只露出两排白白的牙齿。

张勇波一瘸一拐地收拾着。他的母亲和姐姐受到惊吓，蹲在墙角浑身哆嗦得像筛子一样。

说起来，这一家人也够可怜的。张勇波的母亲患有阵发性精神病，好的时候，和正常人差不多，一旦犯病，就像疯了一样，披头散发，又哭又闹。他的姐姐也患有精神病，症状跟他母亲类似，生活基本不能自理，什么活都不能干，快六十岁了，一直没有成家。全家只有张勇波是顶梁柱，但因患小儿麻痹症，落下腿部残疾，走起路来不太利落。

刚刚，张勇波忙着收拾买回的鱼，他姐姐觉着屋里温度太低，就想点个火盆取暖。结果，在用废报纸引火的时候，不小心把沙发上的海绵垫子烧着了。当时，沙发上放着两床刚翻新过的棉被，还有一件棉大衣，全被烧了。沙发旁边有个洗衣机，塑料外壳也烧坏了。

窗户冒出白烟的时候，楼长王艳正带着几个网格员走访。按照惯例，每次走访，一户不落，每家每户都要敲门进屋，与房主谈话不短于十分钟，把应该知道的情况掌握起来。正在走访的时候，王艳突然闻到一股奇怪而且比较浓烈的烟味。凭着对社区的熟悉，王艳立即做出判断，是张勇波家中失火了。他们急忙推开张勇波家房门，有的用水浇，有的用拖把砸，有的用东西压。好在火势不大，一小会儿就扑灭了。

冷晓燕长舒一口气，说："好险！幸亏王艳他们走访的时候发现及时，扑救及时，才没有酿成大祸。如果靠他们家两个精神残疾、一个身体有残疾的人，后果不堪设想。"

她把吓得瘫坐在地上的张勇波拉起来，说了一些安慰的话，接着安排人帮张勇波重新买了沙发坐垫、棉被及其他被烧毁的物品。

冷晓燕知道，这次楼长和网格员确实发挥了很大作用。

其实，大海阳社区从2011年就开始抓网格。开始时遇到了很多问题。比如，群众没有参与进来，成了社区和网格员自己事务性的网；比如，费了好大的劲抓，最后还是不知道群众在想什么、盼什么、要什么，与群众的感情不牢也不深。

于是，她就开始思考，什么样的网格才是好网格？怎样才能发挥网格作用？怎样做实网格党建？

在冷晓燕看来，能织密贯通组织体系，把党的根系深深扎进千家万户、群众身边的就是好网格。他们按照街巷分布，划分了八个网格，每个网格设置一两个党员家庭服务点，形成"社区党委—网格党支部—楼栋党小组—党员家庭服务点"四级组织体系,并充分发动网格内党员群众力量,同步建立起"网格长—网格员—网格助理员—楼栋长(志愿者)"四级分包制,将社区 2528 户居民群众一户不落地组织起来。

这次张勇波家失火,使这一做法又得到了印证。

二 夜半三更的诡异

31 号楼的王新枝阿姨刚过八十岁生日,自称"80 后"。她性格开朗,为人热情,乐善好施,侠骨柔肠。同时,她做事又非常认真,只要是上边交办、别人托付的事,她比自己的事看得还重、还上心。

比如,让她口头转达个通知,她绝不会过夜,即便等到凌晨三点,她也要转达到;委托她在市场捎份青菜,结果市场脱销,她宁可再跑两个市场,也决不食言。

王阿姨在这栋楼上住了三十多年,楼上楼下,左邻右舍,差不多都认识。即使不认识,起码也"面熟"。

不过,这些年,这栋楼上的住户,变化比较大,搬进搬出的比较多。主要原因是,有些年轻人成了家,就了业,在更方便的地方,买了更舒适的房子。过两年,结婚生子,又把老人接了过去。这栋楼上的房子便闲置起来,有的干脆租了出去,多少也能挣点房租。这种情况,楼上至少有五六家。

王阿姨家楼上,原来住着一对做生意的夫妇,后来,他们的生意越做越大,搬到青岛去了。房子就那么闲着,没有外借,也没有出租。一年前回来过一次,不过第二天就匆匆忙忙地走了,再没见回来。

有一天晚上,夜已经很深了,王阿姨突然听到有拖动行李的声音,接着是掏出钥匙慢慢插进锁孔的声音。

她不大放心,打开灯看了一眼闹钟,已经凌晨 1 点多了。她披衣下床，想出门看个究竟。

结果，到处黑黢黢的，什么也看不见，没看见人，也没见楼上房子的灯亮。

她以为自己听错了，就回屋去了。

第二天晚上，大概还是凌晨时分，那个拖东西、掏钥匙插锁孔的声音又出现了。

王阿姨以为楼上把房子租出去了，搬东西开门的可能是新来的租户。于是，她就没有理睬。

第三天晚上，和前两个晚上一样，同样的情景又重演了一遍。

王阿姨一想，觉得不对，便又披上衣服出了门。结果，还是什么也没看见，也没看见屋里亮灯。

她感到怪异，如果是租户，为什么每次要半夜里来？进屋以后为什么不开灯？

天亮以后，她把这个情况报告给社区。当时在社区值班的小伙子查了相关资料，发现王阿姨楼上的房子并没有出租。

那就奇了怪了，凌晨回来的肯定不是房主，也不是租户，那会是谁呢？

第四天晚上，王阿姨还是保持高度警惕，但一夜无事。

白天，王阿姨到了楼上，隔着玻璃窗户朝里望了望，见屋里基本是空的，什么东西也没有，只是客厅里两个破沙发在那儿摆着。

又过去了几个晚上，照样平安无事。

时间一长，王阿姨就把这个事搁下了。

三　意外的锦旗

两年以后，青岛两名公安人员在当地派出所民警的引领下，来到大海阳，对冷晓燕表示感谢，并赠送了一面锦旗。

冷晓燕一脸蒙：什么没做，谢从何来？

直到来者说明了原委，冷晓燕才恍然大悟。

原来，青岛警方刚刚破获了一起重要案件，案犯是一个犯罪团伙。这个犯罪团伙的大本营本来在青岛，后因被公安盯上，就企图往烟台转移。他们派了两人前来踩点，很快把窝点定在 31 号楼王阿姨家的楼上，他们已经打探清楚，这个房子常年闲着，交通方便，又比较隐蔽。

正当他们试着往这个窝点转移的时候，不料，楼下的老太太像幽灵一样，只要他们在那个房子出现，那个老太太必定在相同时间出现，使得他们不敢轻举妄动，不得不另作打算。

这是犯罪团伙归案后交代的。

青岛警方说，如果不是王阿姨鱼鹰一样的眼睛死死盯着那间闲置的房子，那个犯罪团伙转移巢穴的想法就有可能得逞。而他们的想法一旦得逞，又会给国家和人民带来难以估量的损失。同时，也给这个犯罪团伙的侦破带来更大的困难。

青岛来的两名公安干警提出要见见王阿姨，会会这个使惯犯团伙都为之胆战的老太太。不巧的是，那天王阿姨到郊区亲戚家去了。

这个不是案例的案例，使冷晓燕进一步体会到，能精准掌握街巷民情，对群众的事情时时做到全兜全管、了如指掌，这样的网格才是严密的网格。

冷晓燕觉得，信息精准是抓好网格管理的基础。所以，他们用了五年时间，开展社情民意大走访，将群众急难愁盼的问题全部记录在《民情日记》中，共二十二大本、三万多条。他们摸清了基础信息，现在哪户是老人，哪户是党员，哪家有小孩，哪家有几辆车，遇到突发情况时有多少居民愿意提供志愿服务车……对这些情况，他们了如指掌，如数家珍。

他们还通过走访摸清了群众的需求。只有知道群众在想什么，才知道我们应该做什么，始终将群众的需求作为一切工作的出发点和落脚点，学会向群众心坎上使劲。同时，又挖掘了一批热心群众，把他们发展成为网格信息员，随时掌握反馈群众的信息动态。

一般来说，要做到 24 小时掌握群众动态，单单靠社区的力量，是很难的，而且也是办不到的。但以网格为基本单元，依靠群众一起来做，就相对容易多了。

31 号楼的王阿姨，就是社区的网格信息员。

四 十万火急的电话

这天，刘莹刚锁好门，准备去趟菜市场，乡下几个亲戚今天要来，她去准备点吃的。

突然，她的手机爆炸似的响了起来。

她赶紧接起来，问道："谁呀？"

"小刘好，我是方崇尚。"对方声音有点急促。

刘莹又问："老方，有事吗？"

"我感觉情况不大好。我刚到莱山区，过来办点事。老伴突然给我打电话，我问她什么事，她一句话没说，只听在电话里喘粗气，不一会儿，电话就挂断了。我再拨回去，没人接听。我有种不祥的预感，担心要出事。因为我现在离家还比较远，至少一个小时才能赶回去，我想麻烦你，到我家去看看我老伴什么情况，我这就往回赶。"

老方说话的腔调都变了。

刘莹感觉到这个电话的紧要，也感觉到这个电话的信任。

有时候能够得到一种信任比什么都宝贵。

刘莹是大海阳南街的网格员。方崇尚是大海阳社区的居民。

刘莹一听，哪顾得上去菜市场？眼都没眨，撒丫子奔着老方家就去了。她是老网格员了，是社区里行走的地图，双脚就是高德导航。谁家住哪儿，家里有谁，她心里门清。

五 "从阎王爷那儿又回来了"

刘莹气喘吁吁地跑到方崇尚家，先是大声呼叫，室内没有回应。接着她用力想把门推开，推了几次，一动不动。

她来到走廊的窗户前，朝屋里一望，老方的老伴就倒在门的后面，看样子，当时想挣扎着出门，结果没等把门打开，就倒在地上，手里拿着那部拨通号码但没有讲出话的手机。

此时的刘莹，没有因着急而自乱方寸。她先打 120 急救电话求救，明确告诉他们病人的详细地址和大体情况，接着打通社区维修服务社的电话，让张世安赶紧带上工具，赶到大海阳路 50 号，开锁破门，又打通社区卫生服务站的电话，通知他们做好与马上赶来的 120 急救车配合工作的准备。

安排妥当，她又对着房门踢了两脚，仍然无济于事。

不一会儿，破门的来了，社区卫生服务站的来了，120 救护车来了……

大家默契配合，用了二十分钟，就把老方的老伴送到了医院急诊室。经医生诊断，老方的爱人被确诊为突发脑血栓。

经过医护人员紧急抢救，老方的爱人终于脱离了危险，并很快恢复了知觉。

大夫说，幸亏送来及时，抢救及时，如果错过了五个小时的黄金急救期，生命会有危险，后果不堪设想。

当方崇尚上气不接下气地赶到医院时，他老伴已经苏醒过来。他眼里泪汪汪，激动得什么话也说不出来。

事后，他拉着冷晓燕的手，连连表示感谢："我最慌最急最无助的时候，第一个想到的就是社区和网格员。这也是我这一辈子做得最最正确的一件事。"

老方的老伴还没恢复元气，她颤颤巍巍地告诉来探望她的亲朋好友："我到阎王爷那儿转一圈，又回来了。没有网格员刘莹，就没我这条命了。"

这就是网格的力量。

冷晓燕说，能及时回应急难愁盼，用精细服务牢牢守护万家灯火、群众幸福，这是做好网格的初心。网有了，但好不好用、管不管用，关键看服务成效。一般来说，社区没有惊天动地的大事，更多的是家长里短的小事。办好这些小事、搞好精细服务，主要靠网格员。他们实行照片上墙、电话公开，24小时全天候在线，要求网格员每周走访16户，每周五下午采用电话回访的方式，对他们联系服务群众的情况进行抽查考核。内容包括：居民是否知道在哪个网格，是否知道网格员姓名，有没有网格员上门走访，在家里聊的时间有没有十分钟。通过这种方式，让网格员真正地走进群众家门，坐上群众炕头，解决群众诉求，让网格员成为群众没有血缘关系但最亲密的家人。

方崇尚终于知道，世界上还有一种亲人，是没有血缘关系的亲人。他也切身感受到，什么人是没有血缘关系的亲人。

第十二章

身边榜样

什么是榜样？最通俗的解释是，值得学习、效法的好人好事。

可以说，榜样是一种力量，彰显进步；榜样是一面旗帜，鼓舞斗志；榜样是一座灯塔，指引方向。

善于发现榜样，需要胸襟，需要慧眼；善于运用榜样启发人、教育人、引导人，则是一种艺术、一种智慧。

有人群的地方，就有榜样；有榜样，就有榜样的力量。

榜样可以是伟大的，也可以是普通的；可以是国家最高层面的，也可以是基层一线层面的；可以是某一地方的，也可以是某个行业的；可以是个体，也可以是群体。

榜样的力量是无穷的。国家层面的榜样可以引领一个国家一个时代的进步；一个基层一线的榜样，可以引领一个地方一个单位的社会风气。

智慧的领导者，特别注重发现身边的榜样，真真切切，实实在在，鲜活生动，感染力强，其作用和力量不可小视。

从这个意义上讲，冷晓燕是有胸襟、有慧眼的，她善于发现身边的榜样；她也是懂艺术、有智慧的，她善于运用榜样的力量，做社区人的工作，用身边的人教育身边的人。

在大海阳的日子里，我接触了多位"社区的榜样"，他们普普通通，乍看上去，没那么高大上，没那么超凡脱俗，没那么气贯长虹，甚至与其他居民没什么两样。但深入了解一下，你会发现，每个平凡的外表下面都是不平凡。

冷晓燕说，"进入新时代，全国各行各业各条战线涌现出大量的英模和榜样，在全国产生了极为广泛的影响，我们要求社区的党员和群众，向榜样学习，向榜样看齐。

"同时，我们自己也发现和挖掘了一批社区榜样。他们虽然没有什么可歌可泣的事迹，没有那么惊天动地的伟业，但他们有理想，有追求，讲道德，讲奉献，老老实实做人，实实在在做事，赢得了广大居民的赞誉和口碑。这些人在广大居民眼里，就是高尚的人、纯粹的人，有道德的人，脱离了低级趣味的人，有益于人民的人。这些人天天在居民中间，可以学习，可以效法。正是有了这些榜样，才帮助社区克服了许多本来难以克服的困难，解决了许多本来难以解决的问题。"

一 "自带光芒"的于占芬

在大海阳，于占芬的大名，如雷贯耳。

她是烟台市公安局芝罘分局南大街派出所原指导员，2005 年退休，成了大海阳社区志愿者。她和社区居民太熟了，熟得大家都忘记了她的名字，不管男女老少，都以大姐称呼她。

1945 年，于占芬出生于山东乳山农村。在她年幼的时候，父母就投身革命，出没于滚滚的战火硝烟中。新中国成立后，父亲任乳山县公安局局长，母亲也在县公安局工作。

这就容易想到，她为什么干了一辈子公安。

1963 年，于占芬高中毕业，她不顾别人反对，毅然决然地考取了公安学院。刚上大二那年，她就光荣入党。

于占芬大学毕业后，分到烟台公安局当了一名人民警察。从警员到派出所指导员，一干就是三十多年。

当警察期间，她一身本领，机智勇敢，参与侦破了多起疑难案件，立功受奖不计其数。如今，虽已离开江湖多年，但江湖依然流传着她许多美丽的传说。

于占芬退休的时候，冷晓燕刚到大海阳社区担任书记。她从许多人那里了解了于占芬的情况，知道她一身正气，刚直不阿，眼里揉不进一粒沙子。同时又古道热肠，看不得别人受苦、好人受气。于是她主动登门，想请于占芬大姐出山，参与和支持社区工作。

于占芬一听，正中下怀。她正在琢磨退休以后干点什么，冷晓燕接着给她抛出了橄榄枝，所以，两人一拍即合。

在冷晓燕支持下，于占芬发起成立了社区志愿者队伍。

最初，她与同是社区志愿者的朱桂娟一起创办了一个阅览室，取名"姊妹工作室"。

阅览室设在一间破旧简陋的房子里。她们花了几天的工夫，把房子打扫得干干净净。然后，动员居民自愿捐书，利用原来工作时的人脉关系，取得他们的支持。经过一阵忙活，阅览室正式开张。

虽然书报数量种类不够，但也受到社区居民的欢迎。

在公安系统工作多年的经验使于占芬意识到，在社区，倾听群众的呼声很重要。如果群众有苦无处诉，有难无人帮，久而久之，很容易积成怨气，最后把怨气撒向社会。同时，这种不健康的心理，还容易导致干群矛盾。

于是，在冷晓燕的支持下，大海阳社区成立了群众协调工作站，吸收了十二名志愿者加盟，由于占芬担任站长。

于占芬带领社区群众协调工作站的成员，通过居民之间的感情交流，在社区与群众之间形成纽带，解决上访隐患，做到了抓小抓早，进一步密切了党群干群关系。

随着工作一步步深入，群众协调工作站业务不断扩大，人员不断增多，逐步发展成"七彩志愿服务队"，包括红色先锋、绿色维修、蓝色互助、橙色老人、青色创业、金色儿童、黄色暖心等，从而为社区储备了大量志愿者。

当听说社区要办壹家厨坊时，于占芬找到冷晓燕，主动请缨，承担这一任务。

此时，于占芬已经是七十多岁的人了，身体虽说还可以，没有什么大毛病，但小毛病也不少，患有低血糖，腿脚也渐渐不利落。

她原来住在芝罘区，离大海阳社区很近。后来，全家搬到了莱山区，离大海阳至少有六七十里路，并且交通很不方便，往返都是乘公交，每天有五六个小时在公交车上度过。有时吃饭不及时，就会头昏发虚出冷汗。但她仍然和在职的时候一样，非常自律，几乎天天到大海阳上班，从不缺勤旷工，甚至从不迟到。

她儿子在单位非常敬业，在家里非常孝顺，对母亲既心疼，又敬重，还得顺着。他几次尝试着说服于占芬，说岁数不饶人，不能和以前那样拼了，身体要紧。她不听，儿子只好退了一步，说隔一天去上一次班，或者一周只上三天班，这样总可以了吧？这次不错，她痛快地答应了。但后来发现，她只是嘴上答应，可心里哪放得下社区那些比她还老的老人？儿子不在的时候，她又坐上公交去大海阳了。

有意思的是，儿子不仅没有拦住母亲，反而被母亲的精神所感染，自己也报名到大海阳社区做了志愿者。他利用自己团队的资源，主动为社区食堂捐赠了许多生活用品。

这成了大海阳社区的一段佳话。

后来有人问于占芬的儿子："当初你想'策反'你妈，结果没'策反'成功，反而被你妈'策反'了，你是什么感受？"

他憨厚地笑了笑，没有吱声。

于占芬的一举一动，所作所为，居民看在眼里，记在心里。他们打心里佩服仰慕的同时，纷纷学习效法。许多同志说："于大姐都那样了，还没白没黑地拼命。她为了谁？还不是为了社区的老百姓？我们在后面跟着学都跟不上，怎么还有脸偷懒呢？"

于是，一个人大踏步地走在前面，一群人紧紧跟在后面。

我想，这就是榜样的力量。

二 六十多年前香港《大公报》的发现

有一天，我在大海阳社区党群服务中心与一位八十多岁的老大姐聊天，聊天气，聊物价，聊家常。老大姐很健谈，也很开朗很阳光，感觉她浑身上下，都是满满的正能量。我们聊得很投入，也很开心。

这时，冷晓燕走过来，把我拉到一边，悄声说，你知道她是谁吗？我摇了摇头。她告诉我，这个老太太可不简单，她是大海阳社区最资深的榜样，从20世纪60年代到现在，一直受人追捧，圈粉无数，并且她的好，最早还是香港《大公报》的记者发现并传播的。

我不禁重新打量了一下眼前的这位老大姐。只见她满头银发，不是通常说的花白，而是已经全白；不是斑斑驳驳的白，而是闪闪飘逸的白。这头白发，叙说着她所经历的岁月沧桑。再看她的皮肤，白里透红，富有弹性，我瞬间明白了，什么叫童颜鹤发。老大姐衣着得体，不仅外表看上去如此儒雅，举手投足之间，也透出了内在的涵养。

时间长了，我对这位老大姐的了解逐渐多了起来。

她叫张景弄，今年八十四岁。1958年，她高小毕业。那个年代，对普通人家的孩子来说，已经算是"高学历"了。因此，父母就没继续供她念书。当时，正赶上饭店招工，她就去饭店当了服务员。1964年，烟台火车站饭店业务扩张，人手不够，她又被调去，还是从事服务员工作。

一天，张景弄像往常一样，马不停蹄地跑前跑后，端菜端饭，招呼客人。这时，大厅里进来一位客人，衣衫不整，蓬头垢面。看样子，离开家的时间已经不短，行走在路上的时间一定很长。很显然，他已经体力不支，疲惫不堪。

他倒了一大碗白开水，咕咚咕咚地喝了下去，接着，坐在椅子上睡着了。

天已将黑，饭店的客人陆陆续续走得差不多了，那位客人还在睡着。又过了一会儿，大厅里只剩了两个人，一个是正在睡着的他，另一个是正在微微浅酌的年轻人。

张景弄怕有什么意外，就上前把他叫醒。

那客人睁开惺忪的双眼，声音略有颤抖地说："我已经两天没有吃东西了，能不能给我口吃的？"

看他可怜兮兮的样子，不像撒谎，也不像要赖。张景弄便去请示当班的领导。领导同意后，她去后厨给他盛来了一碗热热乎乎的炖菜，还有两个稍微温乎的大馒头。

那位客人实在太饿了，一通狼吞虎咽，把桌上的东西吃了个精光。接着，他掏了一下口袋，想付钱。可上掏下掏，左掏右掏，连一个钢镚都没掏出来。

张景弄见状，知道他身上没钱，就说："算了吧，反正也不多，我给你垫上就行了。"

临走时，那客人千恩万谢，感激涕零。

不一会儿，那个年轻人也付完账，起身走了。出门时，他很绅士地向张景弄点了点头。

二十多天过去了，张景弄早把这一出忘了。

谁知，这个事突然被炒起来了，炒得沸沸扬扬。

这个消息是从上边来的，没底下什么事。

火车站饭店的女服务员是谁？

先是北京有人过问，再是省里过问，然后市里过问。

原来，那天饭店里最后一个离开的年轻人，是香港《大公报》的一名记者。他来内地采访前，脑子里被灌满的，都是西方社会对内地的种种歪曲，诸如愚昧啊，贫穷啊，自私啊，暴力啊，等等。

他被报社派到内地采访的第一站是上海，然后是大连。从上海到大连，恰好途经烟台。他在饭店里就餐的时候，无意中看到了张景弄对待素不相识的客人所做的一切。这一下子颠覆了他对内地的印象，使他看清了社会底层人与人之间的关系。他亲眼所见的，与在香港听说的，完全是两个概念。

回到香港后，他写了一篇内地见闻，以很长的篇幅介绍了在烟台火车站饭店见到的一幕。这篇见闻发表在香港《大公报》上。一件小事，竟然引起了不小的轰动。

当时，张景弄还没机会看到《大公报》，是上级业务主管部门顺着报纸提供的线索，找到了火车站饭店，找到了她。

接下来，上级业务主管部门和省市新闻媒体的人接踵而来，调研，采访，座谈，把她做过的事大大小小翻了个底掉。

这一点，我们不得不佩服《大公报》那位记者的眼光。短短几个小时，他就看懂了张景弄的为人和她的内心世界。

经过记者的层层跟踪采访，张景弄成了助人为乐的典型，成了众人追捧的榜样，也成了那个年代年轻人崇拜的偶像。

那些日子，她到处作报告，风光无限。

没过多久，她被提拔为烟台市饮食服务公司副总经理。

难能可贵的是，她没有忘乎所以，依然安守本分，低调做事，老实做人，一直受到领导和员工的好评。

2005 年，张景弄从烟台市振华集团服务公司副总经理岗位上退休。

退休之后，她一方面仍然挂念着曾经与自己并肩奋战的老工友、老朋友、老同事，谁家孩子上学、应征入伍，她都会前往恭贺，谁伤风感冒、有病有灾，或者住进医院，她总是千方百计前去探望。另一方面，她还积极参加社区志愿服务。

尤其社区办起壹家厨坊，她第一个报名来当志愿者，还担任了厨坊负责人兼任面点师。她说干餐饮、开饭店，这是她的老本行。

但办厨坊和开饭店毕竟是两码事。壹家厨坊的原则是，就餐者想吃什么、吃多少，厨坊都会根据就餐者的要求，量身定做，每天饭菜提前预订，厨坊依据订单"量材下锅"。

张景弄是厨坊里年龄最大的志愿者。每天天不亮，她第一个来到厨坊。为了做好发面馒头，她把面揉好多遍，直到揉到火候为止。揉面是个技术活，也是个力气活。揉不筋道，面就发不好；面发不好，吃起来就发硬，口感就差。张景弄干什么都追求完美，她做出的馒头都格外香软。

她一辈子的信条是，帮助他人，快乐自己。

现在，张景弄依然像当年一样，身后有一大批追随者。这些追随者说，跟着张阿姨学做事，也跟着学做人。

冷晓燕自豪地对我说："有了这样的榜样，后面跟着若干粉丝，我还用为了干好某件事费那么多口舌吗？"

三 把"楼长"看得比市长还重

唐德玲退休后担任了大海阳社区的楼长。

"楼长算个啥官？要权无权，要钱无钱，出力不讨好，好心无好报。"有些好心的姐妹劝她别找闲心操了。

老伴也劝她："这么大年纪，在家好好待着，别再出去逞能了。"

唐德玲却说："那哪儿行？不管官大官小，组织和群众信任我，我不能不识抬举，得把这个责任负起来。"

果然，一上任，她很快就进入了角色。小区要进行自来水一户一表改造，由于每户要收几百元的费用，因而意见有些分歧。十八户居民有三户不同意，这就无法统一进行。

这下可把她急坏了。今天跑东家，明天跑西家。今天找老王，明天找老李。天天楼上楼下跑，鞋快跑烂了，嘴快磨破了，终于把那三户说通了。

过了一段时间，社区要对小区的楼道进行粉刷，并加装防盗门。这本来是一件好事，是社区给的"福利包"。可事情往往就是这样，即便是好事，到了居民那里，意见也不一定统一。俗话说得好，千人千思想，万人万模样。没有苦口婆心的说服，没有几个回合的较量，要想办成，恐怕没那么容易。

唐德玲是有事不过夜的人。当天就一家一户征求意见，耐心说服，耐心解释，终于完成了任务。

有人和她开玩笑："当了个小楼长和当了市长似的。"

她很认真地回答："你不用挖苦我，从一定意义上说，楼长和市长真有许多相同的地方。市长需要有魄力有思路有智慧，楼长也需要有魄力有思想有智慧，市长需要有责任有担当，楼长也需要有责任有担当。不管市长楼长，都是为群众服务。一个城市需要有个好市长，一栋楼需要有个好楼长。"

有次会上，唐德玲把工作说完，拽了几句："哪怕我是一棵小草，也要为社区增添一抹新绿；哪怕我是一滴水，也要为社区荡起一层涟漪。"

冷晓燕听完笑了笑："这话好是好，像诗一样。不过，我怎么听着不太像你的话呀？"

唐德玲接着哈哈笑了起来："噢？还是露馅了。我哪能编出那么酸溜溜的词？是我家那个臭小子，为了挖苦我讽刺我，特意编排的，想打击我的积极性。哼，我是那种经不住讽刺挖苦的人吗？不过，我琢磨了琢磨，编得挺好，越琢磨越有味道，有那么点意思，符合我的想法。所以，我又编了编，现在就成为我的豪言壮语了。"

冷晓燕给我讲唐德玲的时候，禁不住笑起来："这就是我们的社区榜样，干什么都这样可爱。"

唐德玲还有更可爱的。

近些年来，社会上道德缺失的现象让唐德玲痛心不已：老人倒地，无人敢扶；病人摔倒，无人敢救。

她曾经多次救助过晕倒的路人，赢得市民交口称赞。

有一次，一个二十多岁的小伙子突然晕倒在地，正好唐德玲从那里路过。只见那个年轻人口角歪斜，情况危急，她二话没说，就伏下身去掐那个小伙子的人中，没想到这一招还真管用，小伙子接着醒过来了。随后，旁边的好心人帮着联系医院，不一会儿，来了120救护车，把小伙子拉去了医院。

回家后，老伴听说了此事，替她后怕，说："万一小伙子出了意外，被他的家人讹上怎么办？"

唐德玲说："就算被人讹上，也不能见死不救吧？"

另有一次，唐德玲路过南大街光大银行的门前，发现一位中年妇女倒在地上。当时，来来往往，路上不少行人，可都侧目而过，没有一个人肯伸出援手。唐德玲见状，没有丝毫犹豫，立马蹲下，轻轻扶着那位女同志的头，还是用老办法掐人中，不一会儿病人醒了过来，被送去了医院。

还有一次，她去文化宫市场买菜回来，遇到一位老人突然摔倒在地。她马上把菜篮子一扔，赶紧去扶那位老人。幸好这时一位女医生路过，在确认老人没有大碍的情况下，唐德玲和女医生一起将老人扶到附近的诊所救治。

一个榜样一盏灯。大海阳这些社区榜样可能很"草根"，可能有这样那样的毛病和缺点，可能拿不到国家级的"台面"上，可能通不过这样那样"海底捞"式的考察考核，甚至连区县级的榜样都沾不上边，但他们浑身是满满的正能量，对于干好社区工作，真的很好使、很管用。

人，往往是容易相互感染的。好的东西相互感染，坏的东西也相互感染。正能量的东西多了，相互感染，形成更大的正能量。同样，负能量的东西相互感染，也会形成更大的负能量。

汇聚正能量，传递正能量，这就是榜样的意义所在、力量所在。

尾声
花儿为什么这样红

迟子建在《额尔古纳河右岸》（跋）中写道："一部作品的诞生，就像一棵树的生长一样，是需要机缘的。首先，它必须拥有种子，种子是万物之母。其次，它缺少不了泥土。还有，它不能没有阳光的照拂、雨露的滋润以及清风的抚慰。"

我深以为然。

一个典型的成长与一部作品的诞生一样，同样需要机缘，同样离不开种子，离不开泥土，也离不开阳光的照拂、雨露的滋润以及清风的抚慰。

在大海阳的这些日子，我一直在想，大海阳为什么有如此广泛的影响力、如此强大的带动力和如此旺盛的生命力？

一　撒什么种子开什么花

大海阳出生于烟台，而烟台是一片肥沃的土地、红色的土地。大海阳第一次开眼看世界，看到的几乎都是金光闪闪的勋章和奖章，还有蕴藏在父辈们内心深处的忠诚坚贞和不屈。而更为难能可贵的是，她的身上流淌着先辈们滚烫的热血。

作为中国革命的重要发祥地之一，烟台拥有丰富的红色历史和文化。早在 1921 年秋天，中国共产党成立之初，邓中夏、王荷波等人就到烟台来，了解海校情况，开展革命活动，为胶东地区播下了革命的种子。1924 年，烟台建立了早期党组织——中共烟台组，并先后成立了胶东第一个农村党支部——中共莱阳县前保驾山村支部，成立了胶东第一个县委——中共莱阳县委。烟台党政军民为中国革命胜利和新中国诞生付出巨大牺牲，做出巨大贡献。

烟台承载了太多的红色文化和红色精神。

2014 年 9 月 1 日，国务院颁布第一批 80 处国家级抗战纪念设施、遗址名录，位于烟台英灵山脚下的胶东革命烈士陵园名列其中。这里安息着 20850 名抗日战争中在胶东地区英勇牺牲的革命先烈。

1935 年，中共胶东特委领导发动了"一一·四"暴动，创立了中国工农红军胶东游击队，是中国北方沿海地区及山东省内唯一坚持到抗战全面爆发的红军队伍。

战争年代，胶东地区共计 50 万人参军，280 万人次支前。

1938 年 3 月成立的掖县抗日民主政府，是山东省第一个县级抗日民主政权。同年 8 月成立的胶东北海区行政督察专员公署，是山东省第一个专区级抗日民主政权。

1942 年和 1943 年，胶东地区贡献的公粮和田赋，占山东省抗日根据地的 42% 以上。

抗战时期，胶东区筹集黄金 13 万余两，分别送交党中央和山东分局，有力地支援了我党领导的抗战事业。

创立于 1938 年的胶东特委机关报《大众报》，是抗战时期山东省内创立最早的主要党报之一。

抗战爆发后，胶东地区许多青年妇女投身革命，无法抚养自己的孩子。为了保护和养育这些革命后代，1942 年，胶东行署和胶东妇联共同研究决定，筹办了胶东育儿所。到 1948 年底，胶东育儿所先后收育 400 多名孩子。胶东育儿所的工作人员和保姆，用自己的心血和乳汁，为抗日战争和解放战争做出了不可磨灭的贡献。

"胶东乳娘"与"沂蒙红嫂"手牵手肩并肩，成为中国革命历史的天空中相互辉映的两颗"红色圣母"星。

……

有道是，栽什么树苗结什么果，撒什么种子开什么花。烟台广大基层党组织都是中国共产党在不同时期栽下的树苗，撒下的种子，其中包括大海阳社区党委。如今，他们长成参天大树，开出灿烂花朵，这正是我们党的期望。这是一个寂静的夜晚。我独自来到海边，沐浴着徐徐的海风，眺望着黄渤海交汇处涌动的浪花，倾听着远处汽笛声夹着海浪声，思绪穿越在历史和现实长长的廊道上。我猛然顿悟，烟台的昨天为什么如此厚重，烟台的今天为什么如此辉煌，大海阳之花为什么开得如此绚烂。

二　千帆竞发争风流

任何典型，包括群体典型与个人典型，都不是"野生"的，都需要各级党组织发现培养扶持和关心，都需要"阳光的照拂、雨露的滋润以及清风的抚慰"。

党的十八大以来，习近平总书记多次指出，党的工作最坚实的力量支撑在基层，最突出的矛盾问题也在基层，必须把抓基层打基础作为长远之计和固本之举。

强调党的力量支撑和矛盾问题都在基层，这是因为基层党组织是党整个体系的组织支撑，党落实任务的工作支撑，党联系群众的纽带支撑，党应对风险考验的战斗力支撑。基层强，党就强，基层弱，党就弱。因此，治国安邦，重在基础；管党治党，重在基层。

强调抓基层打基础是长远之计和固本之举，这是因为基层党组织是党执政大厦的根基，在新的历史条件下，我们党面临"四大考验""四种危险"，基层党组织处在经受考验、化解危险的最前沿，只有把基层党组织这个根基打牢，整个党才能坚如磐石；只有持之以恒、固本培元，我们党才能长期执政、永续执政。

习近平总书记还多次强调，要牢固树立大抓基层的鲜明导向，推动基层建设全面进步、全面过硬。各级都要重视基层、关心基层、支持基层，加强指导帮助，加大投入力度，赋予相应权力，尽可能在人力物力财力上向基层适当倾斜，确保基层党组织有资源、有能力为群众服务。

在以习近平同志为核心的党中央领导下，各级党组织高度重视党的基层组织建设，把抓好党建作为最大的政绩，把党建工作摆上更加重要的位置，定期研究部署，定期督促检查，抓主要矛盾，抓薄弱环节，抓重点难点，一级抓一级，一级带一级，推动基层党建工作不断向纵深发展。

烟台市委同全国一样，从党要管党、从严治党的高度，切实把基层党建工作抓在手上。建立健全了党委统一领导、组织部门牵头协调、行业系统具体指导、有关部门积极参与的工作体制，形成上下通力合作共同抓好党建的强大合力。

正是在这样的大环境和大背景下，烟台市基层党建工作不断向前推进，取得空前进步。农村、城市、国有企业、新经济组织、新社会组织、新就业形态以及机关、学校等，各个领域各个层面涌现出一大批过硬的先进典型。大海阳社区党委在百舸争流、千帆竞发中脱颖而出。

三 雨露滋润禾苗壮

烟台市委和芝罘区委对党建工作的重视不是停留在泛泛的一般号召上，更不是以会议落实会议，以文件落实文件，而是把党中央的部署要求转化为具体的、实在的、物化的要求，把党中央对党建工作的部署要求转化为具体举措，转化为具体政策和制度，使之更具有长期性和可操作性。

比如，对社区工作者队伍建设，市委和区委给予了前所未有的重视，把原来不入主流的"散兵游勇"，纳入了整体干部队伍视野，一并谋划，一并培养，一并管理。市、区两级书记把党建引领基层治理作为"书记项目"和一号工程。在财政压力很大的情况下，几乎年年都面向社会招考社区工作者，使社区工作人员从过去"姥姥不亲、舅舅不爱"，摇身一变，成为谁都稀罕的"香饽饽"，从过去的名分不明、收入不定、来去不定的临时工，到有待遇，有身份，有尊严，全市实现了"每万城镇常住人口配备不少于 18 名社区工作者"的目标。比如，以大海阳社区为例，全社区 7000 多人，配备社区工作者 14 人，网格助理员等公益岗 16 人。

在经费保障上，烟台市在山东省率先构建了"三岗十八级"全链条职业体系，社区书记月工资从 2000 元，提高到 5900 多元。同时，市里将社区办公经费提高到每千户 3 万元，社区党组织服务群众专项经费提高到每年 30 万元。

为了提升社区工作者能力，市委和区委在大海阳社区建立了社区工作者实践训练基地，为冷晓燕设立了市级"社区书记工作室"。区里成立了"冷晓燕党建引领基层治理讲师团"，常态化组织社区书记跨社区交流任职、实训锻炼。仅 2021 年一年，就有两名在大海阳社区担任专职副书记的同志，提拔交流到其他社区担任党委书记。

为了使社区工作者有前途、有奔头，烟台市在山东省率先打破了社区工作者晋升进步的"天花板"，从 2018 年开始，全市面向优秀社区书记招考事业编人员。

冷晓燕就是参加了芝罘区面向优秀社区书记的事业编考试，顺利转为事业编。目前，芝罘区已有 22 名社区书记考选为公务员和事业编。

这些年来，市委书记和区委书记，市委组织部部长和区委组织部部长，已经换过若干任，接力棒虽然换了，但跑道没有变。每任书记和组织部部长，都始终把党建工作紧紧抓在手上。

在大海阳社区党群服务中心的二楼，设有社区记忆馆，在这里，我看到大海阳服务群众场所的 6 次搬迁变化：

第一次是 1979 年，党群服务中心设在文化宫西街 34 - 4 楼房内，面积仅 15 平方米。

第二次是 1988 年，党群服务中心设在大海阳东街 14 号楼东，6 间瓦房，面积大约 30 平方米。

第三次是 1996 年，党群服务中心设在大海阳东街 14 号楼北，南街小棚，面积共 40 平方米。

第四次是 2002 年，党群服务中心设在南街 22 - 1 居民楼，面积 62 平方米。

第五次是 2013 年，党群服务中心设在大海阳路 53 号，面积共 300 平方米。

第六次是 2018 年，面积 1700 平方米。

自 2020 年以来，对原来的一些旧场所进行了整合，目前，大海阳社区服务群众的场所达到 2200 平方米。

从 1979 年至 2024 年，一共 45 年，这期间，6 次变迁。第 1 次到第 4 次搬迁，每次增加 10 平方米左右，其间最多的是 2002 年，增加了 22 平方米。

变化幅度最大的是 2018 年，从 300 平方米猛增到 1700 平方米。

如果是局外人，不会留心这几个数字；现在的人，也不会关心多了十平方米还是二十平方米；再下去十年或者二十年，人们更不会对这些数字有丝毫兴趣。

然而，大凡像我这样长期从事党建工作，大凡经历过这四十多年的发展历程，大凡在大海阳社区长期居住的居民，大家都会扳起手指数着每增加十平方米的不易。

从某种意义上讲，每增加一平方米的服务场所，就增加了社区老百姓对党的一份感情。

这些，都是真金白银的投入。也许，数字的罗列是枯燥的、抽象的，但数字背后的故事则是具体的、生动的；一组数字的变化也许反映不出事物的本质，却为研究事物的本质描述了清晰客观的轨迹和依据；数字表现的也许是外在表象，却折射出主观的清醒和自觉。

四 向下扎根， 向上生长

作家李娟在《林海孤岛》中写了一种"坐"在大地上的松树：难怪这种松树极易倾倒，倒下后，它的根平平展展如横截面一般，是一面平整的根墙——这种根不是向下扎的，而是向四面八方盘生，使树木不是生长在大地上，而是稳稳当当地"坐"在大地上。

"坐"在大地上的树与"长"在大地上的树，是截然不同的。"坐"在大地上的树，没有根，很难坐住坐稳，一遇强风来袭，它就会倒伏在地。而"长"在大地上的树，根深扎于泥土，树与泥土凝为一体，盘根错节，坚不可摧，除非百年一遇的不可抗力，一般强风对它无可奈何。

世间万物，成长最美。

根深才能叶茂，本固方可枝繁。向上生长与向下扎根，是辩证的统一。向下扎根，以吸收大地的水分和养分；向上生长，则可以获得阳光和空气。向下扎根是为了更好地向上生长，向上生长必须向下扎根。向上生长是追求，向下扎根是保证。二者相辅相成。

冷晓燕说："我们社区是最基层，没有那么多高深的理论。我们把向上生长和向下扎根，作了一个通俗化的理解。向下扎根，就是每天脚上都要沾着大海阳的泥土，社区每个居民见了你都愿意主动跟你说话，主动跟你打招呼。向上生长，就是上级党委部署的任务都要在限定时间内不折不扣地完成。每年社区党委、党员、社区工作者、社区志愿者以及楼长、网格长都要保持良好的精神状态，都要努力取得街道以上的表彰和荣誉。这样，使大家始终保持向上的朝气和心气。"

二十多年来，大海阳社区党委沐浴着党的阳光，牢牢把根扎在这片土地上，扎根在居民群众中，脚不离地，腿上沾泥，在无路中探路，在不求中寻求，其爱也真，其情也浓。他们在没有办法中想出办法，在困难叠加中克服困难，直至摆脱困境，在突出重围中开出绚烂无比的花朵。

2024年4月24日上午，我与毓璜顶街道文化苑社区党委书记刘洛晶进行了交谈。她是1992年生人，毕业于山东工商学院。2016年考取文化苑社区工作者，2020年6月通过竞聘被录用为社区党委副书记。2023年4月被组织安排到大海阳社区挂职任社区党委副书记。经过十个月的学习锻炼，2024年2月，重回文化苑社区，担任党委书记。

她非常珍惜和留恋在大海阳社区工作的十个月时光。

她告诉我，文化苑和大海阳，两个社区挨得很近，并且客观条件相似，都是老旧社区，所辖面积和规模也大同小异。

她说："我刚到大海阳那天，正赶上开例会。在其他社区，工作会议一般是临时动议，不固定时间。而大海阳社区非常规范，并且，研究工作非常细致，细化到项目、到人头，完成时间，具体措施，清清楚楚，这令我感到非常震撼。

"我感触比较深的是他们的办事效率，一旦定了的事情马上就办，限期要结果。当时我分管宣传工作，定了要做个宣传片的筹划方案，按过去的习惯，至少要十天半个月，可这次只用了三天。这种工作效率也很让我震撼。

"再拿社区志愿者来说，其他社区往往过于考虑志愿者个人的兴趣爱好，而在大海阳社区，首先考虑的是服务项目的需要。比如社区食堂给老年人上门送饭，冷书记说，今天服务别人，明天就会接受别人的服务，从而使志愿者把志愿服务变成了真正的自觉，谁也不会打退堂鼓。

"他们在向上生长的同时，更注重向下扎根，从社区书记到社区工作者、楼长、网格长，天天和居民泡在一起。居民想什么、盼什么，要求做什么，社区一清二楚。"

我似乎感觉到，向下扎根、向上生长，这是大海阳真正的生存之道、发展之道。向下扎根有多深，向上生长就有多高。

五　可移植，能复制

我始终认为，先进典型与人一样，应当有血有肉，有悲有喜，有鲜活的生命特征，这是先进典型的人性基点。这样的典型才有人缘，才有灵魂，才有温度，才能走远。

现实中，有些"典型"的悲哀在于，典型没有成为具有推广意义的典型，而是成为只有观赏意义的"盆景"。

典型与"盆景"的区别是，典型具有普遍意义，具有引领指导价值，其做法和经验，可复制，可推广。而"盆景"则不然。它只能用于观赏，不能"移植"，也不能复制。

如果把先进典型打造成"盆景"，那么，它的先进特征、典型意义都将不复存在。它就变成另外的样子，一切听从别人的摆弄，由不得自己生长。一方面，高处不胜寒，可望而不可即。另一方面，离开了泥土，失去了自我，变得孤独、可怜。别人只能望"景"兴叹，不愿学，不想学。即使想学，也学不好，学不了。不管出于什么动机和目的，把典型打造成"盆景"，都是令人厌恶的。

如果大海阳是吃"小灶"吃起来的，是"拔苗助长"拔起来的，那肯定坚持不到现在，不是"废了"，就是"黄了"。即使上级给予外力支持，比如政策倾斜、财力投入等，也只能勉强硬撑，注定不会有好的结果。要么"弱不禁风"，要么昙花一现，再不就是"见光死""离水枯"。

周航宇是毓璜顶街道南通社区党委书记，"90后"的小伙子。他是1992年生人，毕业于烟台大学。2019年考取兴隆街社区工作者，同年加入中国共产党。2021年经过考试当选为大海阳社区书记助理。2023年7月担任文化苑社区党委书记，2024年2月，担任南通社区党委书记。

他说，在大海阳社区工作的两年半的时间，是他学习最多、进步最快的一段时间。

"冷晓燕书记对班子成员和社区工作者要求很严，每周一次例会雷打不动，每项任务都具体落实到个人。推进工作的过程中，她绝不会因为分工明确就撒手不管，相反，她一定跟踪督促和检查，发现问题决不迁就。

"对网格化的管理，要求每个网格员每周必须走访16户以上，每家至少要坐10分钟，她会跟上抽查。

"冷书记的严格要求，促使我们每个同志个人素质和工作能力都有了很大提升。从大事，到小事，莫不如此。比如，脱稿即兴演讲训练，个人动手写发言稿、编小视频等，这样一来，使社区工作者离全能型社区干部越来越近。"

周航宇向我介绍，"大海阳的做法和经验，不神秘，不深奥，想学就能学，学了就能用，用了就有效。当时，组织上让我离开大海阳到文化苑社区当书记，说实话，我真的不愿走，在大海阳那个温暖的家庭里，我还没待够。我留恋那里的同事，留恋那里的居民，留恋那里的一切。

"我从文化苑社区又交流到南通社区，还是担任社区书记。南通社区是老社区，拆迁的任务非常重。我在大海阳社区学到的东西派上了用场。不用变通，照搬照用就行。现在，各项工作正在有条不紊地进行。"

令人欣喜的是，大海阳已经开枝散叶，大海阳的背后，已经成长起来千千万万个基因相同的"大海阳"。

目前，已经从大海阳走出了七个社区党组织书记。

六 素面朝天

走进大海阳，感到心里踏实。他们从来不搞虚的假的，不搞花里胡哨，不搞花拳绣腿，不搞形式主义，甚至"妆"都不化，素面朝天，更不会搞什么"面子工程""形象工程"。无论干什么事，都是实打实地来，不施粉黛，不要滤镜，不需美颜，坦然地以自己的本来面目面对大众，面对社会。

我之所以说这些看上去似乎与主题不相干的话题，是因为现在见到"素面朝天"比见到稀有矿藏困难多了。

当今社会太浮躁了，浮躁得让人真假难辨，浮躁得让人惶恐不安，浮躁得让人无所适从。有的特别善于包装，包装的水平比小品《如此包装》的水平高多了。有的特别善于作秀，为了达到某种目的或效果而故意展示自己，刻意追求外在的评价或利益。有的特别善于表演，为了迎接上级检查提前进行排练，对好台词，防止"穿帮"，把好多人练成了"戏精"。有的特别善于炒作，动不动就"有史以来""亘古未有""世界一流"。有的特别善于"整容"，工作没做好，面子不好看，就拿剪子动刀做手术，方圆大脸盘"削"成"刀子脸""尖下巴"，本来是单眼皮却拉成"双眼皮"，而且是"欧式双眼皮"。有的特别善于粉饰，本来满脸"麻子"，却涂抹得溜光水滑，本来秃顶，头套一戴就长发飘飘。

也难怪，就连那些过去在人们心中分量很重的人，包括著名的大学教授、资深的专家学者、"满脑子祖传秘方"的医生，他们本来各自都有自己的舞台，比如书房、讲台、诊室等，但他们已经被外界的喧嚣诱惑得六神无主、坐立不安，最后终于按捺不住"躁动"的心，耐不住"冷板凳"的寂寞，跑到屏幕上去当"演员"了。

马菲菲跟我谈了她在大海阳工作期间的感受。马菲菲是奇山街道御龙山社区党总支书记，"准90后"，1989年生人。2019年，芝罘区委组织部面向各街道公开考试选拔大海阳社区党委专职副书记，当时，马菲菲在奇山街道长生社区任党委委员。她报名参加了考试并被录取，任大海阳社区党委副书记。从2019年4月至2021年3月，她在大海阳社区工作整整两年。

她说，"大海阳党委班子成员特别是冷书记，最突出的特点是工作务实，作风踏实，待人实诚，为人实在。他们做每件事情，不是先考虑上边喜欢不喜欢，而是问问居民愿意不愿意。市里区里的领导经常到大海阳检查工作，有时也陪同省和中央的有关领导到大海阳调研。社区党委从来不做'化妆''整容'式的准备，就让领导看'毛片''毛边'，看本来的样子。向领导汇报工作，一是一，二是二，没有那些冠冕堂皇的套话，也没有让人听了浑身起鸡皮疙瘩的肉麻话。有问题也不掖着藏着，从不遮遮掩掩。

"冷晓燕经常和大家说，领导是'大聪明'，我们是'小聪明'。在'大聪明'面前要'小聪明'，这不是关公面前耍大刀、鲁班门前卖大斧嘛。所以，我们任何时候都要明白一个道理，老实人，常常在。老实才是我们基层干部的看家本领，如果把这个本领丢了，就等于把吃饭的本领丢了。

"不光对上级，与居民之间，与同事之间，和其他社区之间，与'双报到'单位之间，都是以最简单最朴实的方式相处。最简单的方式是最好的方式。比如，对待50多家共建单位，有什么困难，有什么需要他们帮助的，都说在明处，这样，对方反而很好办。

"我现在所在的御龙山社区，共有3368户，4856人。125栋楼，基本都是新建的楼盘，电梯入户。是改善型社区，封闭小区，也是相对高档的小区。刚开始，逐户走访，居民不接受，有时连门都敲不开。后来，我们把大海阳的许多做法和经验'移植''复制'过去，与居民交朋友，来实的，不玩虚的。俗话说，人心都是肉长的。渐渐地与居民拉近了距离，让他们知道，社区党委除了居民的利益，没有其他利益。这样一来，逐步赢得了他们的信任。目前，我们各项工作推进都非常顺利，我们对未来信心满满。"

七　烟火气，凡人心

"人间烟火气，最抚凡人心，纵有不平路，天天有归人。"短短几句话，道出了寻常百姓最真实的生活，诉说着人间最温暖的柔情和最厚重的感情。纵然这个世界上有许多缺憾，有坎坷不平的路，但只要有人间烟火相伴，再不快的心情也会平复。

走进大海阳，冒出的第一感觉就是烟火气和凡人心。大海阳是普通社区，没有达官贵人，张家大爷，李家大婶，都是平头百姓，寻常人家。

虽然没有农舍的袅袅炊烟，没有渔村的渔舟唱晚，没有草原的牧羊少年，没有古寨的杨柳羌笛，但东家炒肉，西家炸鱼，楼上蒸馍，楼下煲汤，到处缭绕着浓浓的烟火气，给人以亲切自然之感，整个社区充满着人与人之间的温情。

他们工作中也不是刻意追求"高大上"，以平常心，做平常事。他们的行为，给人的感觉始终是，思想与温度并存，亲情与温情同在，平凡与伟大相融，普通与高尚一体。让人感觉大海阳就是一个家，一个温馨温情的家，一个可以互相信任互相依靠的家。

黄务街道东珠社区党支部书记于倩说，到现在，她仍然想念大海阳的烟火气，想念与冷晓燕分开时一起吃的蛋糕味。

于倩，三十五六岁，毕业于烟台大学，2009 年入党。2015 年考取社区工作者，2017 年任白石街道白春社区党委委员。2019 年经过考试被任命为大海阳社区党委副书记，分管党建和党组织服务群众专项经费的管理和使用。她对冷晓燕最深的印象是，有些事举重若轻，有些事举轻若重，有些看上去很难办的事情，谈笑间就办成了，班子成员之间，处得和兄弟姐妹一样，有事一块干，有难一块扛，有时候，连续几天加班到凌晨，但大家不是不叫苦，而是压根就没觉得苦。

于倩说："2021 年 3 月 8 日，组织上找我谈话，让我到新岗位独当一面。当天，冷晓燕和班子成员一起为我送行，我们边吃蛋糕边聊天。到现在我还记得，她没有说什么大词，更没有豪言壮语，高谈阔论，只是说了些家长里短和保重祝福的话。

"我到了东珠社区，把大海阳的烟火气也带过来了。"

毓璜顶街道毓西社区党委书记刘毅，曾任大海阳社区党委副书记。她说她感受最深的是，大海阳社区开展工作从不急于求成，从不急功近利，更不追求什么轰动效应。这是非常难得的。社区工作，说到底就是老百姓的工作，不能有功利心，而要有平常心。对待居民要有温情，有温度，让群众觉得舒适舒服，有亲和感和幸福感。对一些上了年纪的老人，要有耐心，耐心听他们说，听他们絮叨，这样，他们才觉得社区的人是家人，是可以信赖的人。

八　故事仍在继续

我把我所知道的大海阳的故事、冷晓燕的故事给你讲了，但这并不是全部，只是沧海一粟、冰山一角。而且，故事还在继续。

目前，全国共有 60.6 万个社区，其中农村社区 48.9 万个，城市社区 11.7 万个。大海阳是 60.6 万分之一，或者说 11.7 万分之一。想必其他社区与大海阳一样，每天都在上演着日常琐碎的故事，鸡毛蒜皮的故事，家长里短的故事，柴米油盐的故事，悲欢离合的故事……

我想，如果把每一个社区都建设成为人民群众的幸福家园，那么，我们的祖国不就是人民群众的幸福大家园吗？

我还想，如果每一个社区党组织书记都和冷晓燕一样，向阳而生，逐光而行，向下扎根，向上生长，那么，社区虽小，不照样大有作为吗？

（文中部分人物为化名）

2024 年 4 月 9 日至 4 月 26 日，于烟台采访。

2024 年 4 月 28 日至 2024 年 7 月 9 日，于北京完成初稿。

2024 年 7 月 11 日至 2024 年 7 月 26 日，于烟台改定。